老舍

一些印象／非正式的公园／趵突泉的欣赏／春风／青岛与山大／想北平／大明湖之春／吊济南／可爱的成都／我热爱新北京／内蒙风光／春来忆广州／药集／落花生／小动物们／小动物们(鸽)续／鬼与狐／闲话／英国人／东方学院／英国人与猫狗／兔儿爷／多鼠斋杂谈／北京的春节／猫／到了济南／自传难写／新年醉话／观画记／大发议论／考而不死是为神

目　录

一些印象（节选） ························· 1
非正式的公园 ···························· 8
趵突泉的欣赏 ···························· 10
春风 ································· 12
青岛与山大 ····························· 14
想北平 ······························· 17
大明湖之春 ····························· 20
吊济南 ······························· 23
可爱的成都 ····························· 28
我热爱新北京 ···························· 31
内蒙风光（节选） ························· 34
春来忆广州 ····························· 41

药集 ································· 43
落花生 ······························· 46
小动物们 ······························ 49
小动物们（鸽）续 ························· 54
鬼与狐 ······························· 60
闲话 ································· 63
英国人 ······························· 67
东方学院 ······························ 72

英国人与猫狗	77
兔儿爷	82
多鼠斋杂谈	84
北京的春节	97
猫	101
到了济南	104
自传难写	111
新年醉话	113
观画记	115
大发议论	119
考而不死是为神	124
小病	126
神的游戏	129
避暑	132
写字	135
读书	138
忙	141
歇夏(也可以叫作"放青")	143
代语堂先生拟赴美宣传大纲	147
相片	151
婆婆话	155
我的理想家庭	160
有了小孩以后	163
搬家	168
四位先生	171
在火车上	176

抬头见喜……………………………………… *180*
又是一年芳草绿…………………………… *183*
无题(因为没有故事)……………………… *187*
南来以前…………………………………… *190*
小型的复活(自传之一章)………………… *194*
快活得要飞了……………………………… *199*
入会誓词…………………………………… *201*
一封信……………………………………… *203*
生日………………………………………… *208*
独白………………………………………… *211*
诗人………………………………………… *213*
自述………………………………………… *216*
述志………………………………………… *222*
自谴………………………………………… *224*
文牛………………………………………… *227*
大智若愚…………………………………… *230*
三函"良友"………………………………… *232*
"五四"给了我什么………………………… *239*

何容何许人也……………………………… *241*
宗月大师…………………………………… *245*
敬悼许地山先生…………………………… *249*
我所认识的沫若先生……………………… *256*
我的母亲…………………………………… *259*
大地的女儿………………………………… *264*
悼念罗常培先生…………………………… *268*
梅兰芳同志千古…………………………… *271*

一些印象(节选)

济南的秋天是诗境的。设若你的幻想中有个中古的老城,有睡着了的大城楼,有狭窄的古石路,有宽厚的石城墙,环城流着一道清溪,倒映着山影,岸上蹲着红袍绿裤的小妞儿。你的幻想中要是这么个境界,那便是个济南。设若你幻想不出——许多人是不会幻想的——请到济南来看看吧。

请你在秋天来。那城,那河,那古路,那山影,是终年给你预备着的。可是,加上济南的秋色,济南由古朴的画境转入静美的诗境中了。这个诗意秋光秋色是济南独有的。上帝把夏天的艺术赐给瑞士,把春天的赐给西湖,秋和冬的全赐给了济南。秋和冬是不好分开的,秋睡熟了一点便是冬,上帝不愿意把它忽然唤醒,所以作个整人情,连秋带冬全给了济南。

诗的境界中必须有山有水。那末,请看济南吧。那颜色不同,方向不同,高矮不同的山,在秋色中便越发的不同了。以颜色说吧,山腰中的松树是青黑的,加上秋阳的斜射,那片青黑便多出些比灰色深,比黑色浅的颜色,把旁边的黄草盖成一层灰中透黄的阴影。山脚是镶着各色条子的,一层层的,有的黄,有的灰,有的绿,有的似乎是藕荷色儿。山顶上的色儿也随着太阳的转移而不同。山顶的颜色不同还不重要,山腰中的颜色不同才真叫人想作几句诗。山腰中的颜色是永远在那儿变动,特别是在秋天,那阳光能够忽然清凉一会儿,忽然又温暖一会儿,这个变动并不激烈,可是山上的颜色觉得出这个变化,而立刻随着变换。忽然黄色更真了一些,忽然又暗了一些,忽然像有层看不见的薄雾在那儿流动,忽然像有股细风替"自然"调合着彩色,轻轻的抹上一层各色俱全而全是淡美的色道儿。有这样的山,再配上那蓝的天,晴暖的阳光;蓝得像要由蓝变绿了,可又没完全绿了;晴暖得要发燥了,可是有点凉风,正像诗一样的温柔;这便是济南的秋。况且因为颜色的不同,那山的高低也更显然了。高的更高了些,低的更低了些,山的棱角曲线在晴空中更真了,更分明了,更瘦硬了。看山顶上那个塔!

　　再看水。以量说,以质说,以形式说,哪儿的水能比济南?有泉——到处是泉——有河,有湖,这是由形式上分。不管是泉是河是湖,全是那么清,全是那么甜,哎呀,济南是"自然"的Sweet heart 吧?大明湖夏日的莲花,城河的绿柳,自然是美好的了。可是看水,是要看秋水的。济南有秋山,又有秋水,这个秋才算个秋,因为秋神是在济南住家的。先不用说别的,只说水中的绿藻吧。那份儿绿色,除了上帝心中的绿色,恐怕没有别的东西能比拟的。这种鲜绿全借着水的清澄显露出来,好像美人借着镜子鉴赏自己的美。是的,这些绿藻是自己享受那水的甜美呢,不是为谁看的。它们知道它们那点绿的心事,它们终年在那儿吻着水皮,做着绿色的香梦。淘气的鸭子,用黄金的脚掌碰它们一两下。浣女的影儿,吻它们的绿叶一两下。只有这个,是它们的香甜的烦恼。羡慕死诗人呀!

　　在秋天,水和蓝天一样的清凉。天上微微有些白云,水上微微有些波皱。天水之间,全是清明,温暖的空气,带着一点桂花的香味。山影儿也更真了。秋山秋水虚幻的吻着。山儿不动,水儿微响。那中古的老城,带着这片秋色秋声,是济南,是诗。

　　要知济南的冬日如何,且听下回分解。

　　上次说了济南的秋天,这回该说冬天。

对于一个在北平住惯的人,像我,冬天要是不刮大风,便是奇迹;济南的冬天是没有风声的。对于一个刚由伦敦回来的,像我,冬天要能看得见日光,便是怪事;济南的冬天是响晴的。自然,在热带的地方,日光是永远那么毒,响亮的天气反有点叫人害怕。可是,在北中国的冬天,而能有温晴的天气,济南真得算个宝地。

设若单单是有阳光,那也算不了出奇。请闭上眼想:一个老城,有山有水,全在蓝天下很暖和安适的睡着;只等春风来把他们唤醒,这是不是个理想的境界?

小山整把济南围了个圈儿,只有北边缺着点口儿,这一圈小山在冬天特别可爱,好像是把济南放在一个小摇篮里,它们全安静不动的低声的说:你们放心吧,这儿准保暖和。真的,济南的人们在冬天是面上含笑的。他们一看那些小山,心中便觉得有了着落,有了依靠。他们由天上看到山上,便不觉的想起:明天也许就是春天了吧?这样的温暖,今天夜里山草也许就绿起来了吧?就是这点幻想不能一时实现,他们也并不着急,因为有这样慈善的冬天,干啥还希望别的呢。

最妙的是下点小雪呀。看吧,山上的矮松越发的青黑,树尖上顶着一髻儿白花,像些小日本看护妇。山尖全白了,给蓝天镶上一道银边。山坡上有的地方雪厚点,有的地方草色还露着,这样,一道儿白,一道儿暗黄,给山们穿上一件带水纹的花衣;看着看着,这件花衣好像被风儿吹动,叫你希望看见一点更美的山的肌肤。等到快日落的时候,微黄的阳光斜射在山腰上,那点薄雪好像忽然害了羞,微微露出点粉色。就是下小雪吧,济南是受不住大雪的,那些小山太秀气。

古老的济南,城内那么狭窄,城外又那么宽敞,山坡上卧着些小村庄,小村庄的房顶上卧着点雪,对,这是张小水墨画,或者是唐代的名手画的吧。

那水呢，不但不结冰，反倒在绿藻上冒着点热气。水藻真绿，把终年贮蓄的绿色全拿出来了。天儿越晴，水藻越绿，就凭这些绿的精神，水也不忍得冻上；况且那长枝的垂柳还要在水里照个影儿呢。看吧，由澄清的河水慢慢往上看吧，空中，半空中，天上，自上而下全是那么清亮，那么蓝汪汪的，整个的是块空灵的蓝水晶。这块水晶里，包着红屋顶，黄草山，像地毯上的小团花的小灰色树影；这就是冬天的济南。

树虽然没有叶儿，鸟儿可并不偷懒，看在日光下张着翅叫的百灵们。山东人是百灵鸟的崇拜者，济南是百灵的国。家家处处听得到它们的歌唱；自然，小黄鸟儿也不少，而且在百灵国内也很努力的唱。还有山喜鹊呢，成群的在树上啼，扯着浅蓝的尾巴飞。树上虽没有叶，有这些羽翎装饰着，也倒有点像西洋美女。坐在河岸上，看着它们在空中飞，听着溪水活活的流，要睡了，这是有催眠力的；不信你就试试；睡吧，决冻不着你。

要知后事如何，我自己也不知道。

到了齐大，暑假还未曾完。除了太阳要落的时候，校园里不见一个人影。那几条白石凳，上面有枫树给张着伞，便成了我的临时书房。手里拿着本书，并不见得念；念地上的树影，比读书还有趣。我看着：细碎的绿影，夹着些小黄圈，不定都是圆的，叶儿稀的地方，光也有时候透出七棱八角的一小块。小黑驴似的蚂蚁，单喜欢在这些光圈上慌手忙脚的来往过。那边的白石凳上，也印着细碎的绿影，还落着个小蓝蝴蝶，抿着翅儿，好像要睡。一点风儿，把绿影儿吹醒，散乱起来；小蓝蝶醒了懒懒的飞，似乎是作着梦飞呢；飞了不远，落下了，抱住黄蜀菊的蕊儿。看着，老大半天，小蝶儿又飞了，来了个楞头磕脑的马蜂。

真静。往南看，千佛山懒懒的倚着一些白云，一声不出。往北看，围子墙根有时过一两个小驴，微微有点铃声。往东西看，只看见楼墙上的爬山虎。叶儿微动,像竖起的两面绿浪。往下看,四下都是绿草。往上看,看见几个红的楼尖。全不动。绿的,红的,上上下下的,像一张画,颜色固定,可是越看越好看。只有办公处的大钟的针儿,偷偷的移动,好似唯恐怕叫光阴知道似的,那么偷偷的动,从树隙里偶尔看见一个小女孩,花衣裳特别花哨,突然把这一片静的景物全刺激了一下;花儿也更红,叶儿也更绿了似的;好像她的花衣裳要带这一群颜色跳舞起来。小女孩看不见了,又安静起来。槐树上轻轻落下个豆瓣绿的小虫,在空中悬着,其余的全不动了。

园中就是缺少一点水呀!连小麻雀也似乎很关心这个,时常用小眼睛往四下找;假如园中,就是有一道小溪吧,那要多么出色。溪里再有些各色的鱼,有些荷花!那怕是有个喷水池呢,水声,和着枫叶的轻响,在石台上睡一刻钟,要作出什么有声有色有香味的梦!花木够了,只缺一点水。

短松墙觉得有点死板,好在发着一些松香;若是上面绕着些密罗松,开着些血红的小花,也许能减少一些死板气儿。园外的几行洋槐很体面,似乎缺少一些小白石凳。可是继而一想,没有石凳也好,校园的全景,就妙在只有花木,没有多少人工作的点缀,砖砌的花池咧,绿竹篱咧,全没有;这样,没有人的时候,才真像没有人,连一点人工经营的痕迹也看不出;换句话说,这才不俗气。

啊,又快到夏天了!把去年的光景又想起来;也许是盼望快放暑假吧。快放暑假吧!把这个整个的校园,还交给蜂蝶与我吧!太自私了,谁说不是!可是我能念着树影,给诸位作首不十分好,也还说得过去的诗呢。

学校南边那块瓜地,想起来叫人口中出甜水;但是懒得动;在石凳上等着吧,等太阳落了,再去买几个瓜吧。自然,这还是去年的话;今年那块地还种瓜吗?管他种瓜还是种豆呢,反正白石凳还在那里,爬山虎也又绿起来;只等玫瑰开呀!玫瑰开,吃棕子,下雨,晴天,枫树底下,白石凳上,小蓝蝴蝶,绿槐树虫,哈,梦!再温习温习那个梦吧。

有诗为证,对,印象是要有诗为证的;不然,那印象必是多少带点土气的。我想写"春夜",多么美的题目!想起这个题目,我自然的想作诗了。可是,不是个诗人,怎办呢;这似乎要"抓瞎"——用个毫无诗味的词儿。新诗吧?太难;脑中虽有几堆"呀,噢,唉,喽"和那俊美的";",和那珠泪滚滚的"!"。但是,没有别的玩艺,怎能把这些宝贝缀上去呢?此路不通!旧诗?又太死板,而且至少有十几年没动那些七庚八葱的东西了;不免出丑。

到底硬联成一首七律,一首不及六十分的七律;心中已高兴非常,有胜于无,好歹不论,正合我的基本哲学。好,再作七首,共合八首;即便没一首"通"的吧,"量"也足惊人不是?中国地大物博,一人能写八首春夜,呀!

唉!湿膝病又犯了,两膝僵肿,精神不振,终日茫然,饭且不思,何暇作诗,只有大喊拉倒,予无能为矣!只凑了三首,再也凑不出。

想另作一篇散文吧,又到了交稿子的时候;况且精神不好,其影响于诗与散文一也;散了吧,好歹的那三首送进去,爱要不要;我就是这个主意!反正无论怎说,我是有诗为证:

(一)

多少春光轻易去?无言花鸟夜如秋。
东风似梦微添醉,小月知心只照愁!
柳样诗思情入影,火般桃色艳成羞。
谁家玉笛三更后?山倚疏星人倚楼。

(二)

一片闲情诗境里,柳风淡淡析声凉。
山腰月少青松黑,篱畔光多玉李黄。
心静渐知春似海,花深每觉影生香。
何时买得田千顷,遍种梧桐与海棠!

(三)

且莫贪眠减却狂,春宵月色不平常!
碧桃几树开蝴蝶,紫燕联肩梦海棠。
花比诗多怜夜短,柳如人瘦为情长。
年来潦倒漂萍似,惯与东风道暖凉。

得看这三大首!五十年之后,准保有许多人给作注解——好诗是不需注解的。我的评注者,一定说我是资本家,或是穷而倾向资本主义者,因为在第二首里,有"何时买得田千顷"之语。好,我先自己作点注吧:我的意思是买山地呀,不是买一千顷良田,全种上花木,而叫农民饿死,不是。比如千佛山两旁的秃山,要全种上海棠,那要多么美,这才是我的梦想。这不怨我说话不清,是律诗自身的别扭;一句非七个字不可,我怎能忽然来句八个九个字的呢?

得了,从此再不受这个罪;《一些印象》也不再续。暑假中好好休息,把腿养好,能加入将来远东运动会的五百哩竞走,得个第一,那才算英雄好汉;诌几句不准多于七个字一句的诗,算得什么!

载1931年3月至6月《齐大月刊》第1卷第5、6、7、8期

非正式的公园

济南的公园似乎没有引动我描写它的力量,虽然我还想写那么一两句;现在我要写的地方,虽不是公园,可是确比公园强的多,所以——非正式的公园;关于那正式的公园,只好,虽然还想写那么一两句,待之将来。

这个地方便是齐鲁大学,专从风景上看。齐大在济南的南关外,空气自然比城里的新鲜,这已得到成个公园的最要条件。花木多,又有了成个公园的资格。确是有许多人到那里玩,意思是拿它当作——非正式的公园。

逛这个非正式的公园以夏天为最好。春天花多,秋天树叶美,但是只在夏天才有"景",冬天没有什么特色。

当夏天,进了校门便看见一座绿楼,楼前一大片绿草地,楼的四围全是绿树,绿树的尖上浮着一两个山峰,因为绿树太密了,所以看不见树后的房子与山腰,使你猜不到绿荫后边还有什么;深密伟大,你不由的深吸一口气。绿楼?真的,"爬山虎"的深绿肥大的叶一层一层的把楼盖满,只露着几个白边的窗户;每阵小风,使那层层的绿叶掀动,横着竖着都动得有规律,一片竖立的绿浪。

往里走吧,沿着草地——草地边上不少的小蓝花呢——到了那绿荫深处。这里都是枫树,树下四条洁白的石凳,围着一片花池。花池里虽没有珍花异草,可是也有可观;况且往北有一条花径,全是小红玫瑰。花径的北端有两大片洋葵,深绿叶,浅红花；这两片花的后面又有一座楼，门前的白石阶栏像享受这片鲜花的神龛。楼的高处，从绿槐的密叶的间隙里看到，有一个大时辰钟。

往东西看，西边是一进校门便看见的那座楼的侧面与后面，与这座楼平行，花池东边还有一座；这两座楼的侧面山墙，也都是绿的。花径的南端是白石的礼堂，堂前开满了百日红，壁上也被绿蔓爬匀。那两座楼后，两大片草地，平坦，深绿，像张绿毯。这两块草地的南端，又有两座楼，四周围蔷薇作成短墙。设若你坐在石凳上，无论往哪边看，视线所及不是红花，便是绿叶；就是往上下看吧：下面是绿草，红花，与树影；上面是绿枫树叶。往平里看，有时从树隙花间看见女郎的一两把小白伞，有时看见男人的白大衫。伞上衫上时时落上些绿的叶影。人不多，因为放暑假了。

拐过礼堂，你看见南面的群山，绿的。山前的田，绿的。一个绿海，山是那些高的绿浪。

礼堂的左右，东西两条绿径，树荫很密，几乎见不着阳光。顺着这绿径走，不论是往西往东，你看见些小的楼房，每处有个小花园。园墙都是矮松做的。

春天的花多，特别是丁香和玫瑰，但是绿得不到家。秋天的红叶美，可是草变黄了。冬天树叶落净，在园中便看见了山的大部分，又欠深远的意味。只有夏天，一切颜色消沉在绿的中间，由地上一直绿到树上浮着的绿山峰，成为以绿为主色的一景。

载 1932 年 7 月《华年》第 1 卷第 12 期

趵突泉的欣赏

千佛山、大明湖和趵突泉,是济南的三大名胜。现在单讲趵突泉。

在西门外的桥上,便看见一溪活水,清浅,鲜洁,由南向北的流着。这就是由趵突泉流出来的。设若没有这泉,济南定会丢失了一半的美。但是泉的所在地并不是我们理想中的一个美景。这又是个中国人的征服自然的办法,那就是说,凡是自然的恩赐交到中国人手里就会把它弄得丑陋不堪。这块地方已经成了个市场。南门外是一片喊声,几阵臭气,从卖大碗面条与肉包子的棚子里出来。进了门有个小院,差不多是四方的。这里,"一毛钱四块!"和"两毛钱一双!"的喊声,与外面的"吃来"联成一片。一座假山,奇丑;穿过山洞,接联不断的棚子与地摊,东洋布,东洋磁,东洋玩具,东洋……加劲的表示着中国人怎样热烈的"不"抵制劣货。这里很不易走过去,乡下人一群跟着一群的来,把路塞住。他们没有例外的全买一件东西还三次价,走开又回来摸索四五次。小脚妇女更了不得,你往左躲,她往左扭;你往右躲,她往右扭,反正不许你痛快的过去。

到了池边,北岸上一座神殿,南西东三面全是唱鼓书的茶棚,唱的多半是梨花大鼓,一声"哟"要拉长几分钟,猛听颇像产科医院的病室。除了茶棚还是日货摊子,说点别的吧!

泉太好了。泉池差不多见方,三个泉口偏西,北边便是条小溪流向西门去。看那三个大泉,一年四季,昼夜不停,老那么翻

老舍摄于1923年5月

老舍1926年摄于伦敦寓所。

滚。你立定呆呆的看三分钟,你便觉出自然的伟大,使你不敢再正眼去看。永远那么纯洁,永远那么活泼,永远那么鲜明,冒,冒,冒,永不疲乏,永不退缩,只是自然有这样的力量!冬天更好,泉上起了一片热气,白而轻软,在深绿的长的水藻上飘荡着,使你不由的想起一种似乎神秘的境界。

池边还有小泉呢:有的像大鱼吐水,极轻快的上来一串小泡;有的像一串明珠,走到中途又歪下去,真像一串珍珠在水里斜放着;有的半天才上来一个泡,大,扁一点,慢慢的,有姿态的,摇动上来;碎了;看,又来了一个!有的好几串小碎珠一齐挤上来,像一朵攒整齐的珠花,雪白。有的……这比那大泉还更有味。

新近为增加河水的水量,又下了六根铁管,做成六个泉眼,水流得也很旺,但是我还是爱那原来的三个。

看完了泉,再往北走,经过一些货摊,便出了北门。

前年冬天一把大火把泉池南边的棚子都烧了。有机会改造了!造成一个公园,各处安着喷水管!东边作个游泳池!有许多人这样的盼望。可是,席棚又搭好了,渐次改成了木板棚;乡下人只知道趵突泉,把摊子移到"商场"去(就离趵突泉几步)买卖就受损失了;于是"商场"四大皆空,还叫趵突泉作日货销售场;也许有道理。

载 1932 年 8 月《华年》第 1 卷第 17 期

春　风

济南与青岛是多么不相同的地方呢！一个设若比作穿肥袖马褂的老先生，那一个便应当是摩登的少女。可是这两处不无相似之点。拿气候说吧，济南的夏天可以热死人，而青岛是有名的避暑所在；冬天，济南也比青岛冷。但是，两地的春秋颇有点相同。济南到春天多风，青岛也是这样；济南的秋天是长而晴美，青岛亦然。

对于秋天，我不知应爱哪里的：济南的秋是在山上，青岛的是海边。济南是抱在小山里的；到了秋天，小山上的草色在黄绿之间，松是绿的，别的树叶差不多都是红与黄的。就是那没树木的山上，也增多了颜色——日影、草色、石层，三者能配合出种种的条纹，种种的影色。配上那光暖的蓝空，我觉到一种舒适安全，只想在山坡上似睡非睡的躺着，躺到永远。青岛的山——虽然怪秀美——不能与海相抗，秋海的波还是春样的绿，可是被清凉的蓝空给开拓出老远，平日看不见的小岛清楚的点在帆外。这远到天边的绿水使我不愿思想而不得不思想；一种无目的的思虑，要思虑而心中反倒空虚了些。济南的秋给我安全之感，青岛的秋引起我甜美的悲哀。我不知应当爱哪个。

两地的春可都被风给吹毁了。所谓春风，似乎应当温柔，轻吻着柳枝，微微吹皱了水面，偷偷的传送花香，同情的轻轻掀起禽鸟的羽毛。济南与青岛的春风都太粗猛。济南的风每每在丁香海棠开花的时候把天刮黄，什么也看不见，连花都埋在黄暗中,青岛的风少一些沙土,可是狡猾,在已很暖的时节忽然来一阵或一天的冷风,把一切都送回冬天去,棉衣不敢脱,花儿不敢开,海边翻着愁浪。

两地的风都有时候整天整夜的刮。春夜的微风送来雁叫,使人似乎多些希望。整夜的大风,门响窗户动,使人不英雄的把头埋在被子里;即使无害,也似乎不应该如此。对于我,特别觉得难堪。我生在北方,听惯了风,可也最怕风。听是听惯了,因为听惯才知道那个难受劲儿。它老使我坐卧不安,心中游游摸摸的,干什么不好,不干什么也不好。它常常打断我的希望:听见风响,我懒得出门,觉得寒冷,心中渺茫。春天仿佛应当有生气,应当有花草,这样的野风几乎是不可原谅的!我倒不是个弱不禁风的人,虽然身体不很足壮。我能受苦,只是受不住风。别种的苦处,多少是在一个地方,多少有个原因,多少可以设法减除;对风是干没办法。总不在一个地方,到处随时使我的脑子晃动,像怒海上的船。它使我说不出为什么苦痛,而且没法子避免。它自由的刮,我死受着苦。我不能和风去讲理或吵架。单单在春天刮这样的风!可是跟谁讲理去呢?苏杭的春天应当没有这不得人心的风吧?我不准知道,而希望如此。好有个地方去"避风"呀!

载 1935 年 3 月 24 日《益世报》

青岛与山大

北中国的景物是由大漠的风与黄河的水得到色彩与情调：荒、燥、寒、旷、灰黄，在这以尘沙为雾，以风暴为潮的北国里，青岛是颗绿珠，好似偶然的放在那黄色地图的边儿上。在这里，可以遇见真的雾，轻轻的在花林中流转，愁人的雾笛仿佛像一种特有的鹃声。在这里，北方的狂风还可以袭入，激起的却是浪花；南风一到，就要下些小雨了。在这里，春来的很迟，别处已是端阳，这里刚好成为锦绣的乐园，到处都是春花。这里的夏天根本用不着说，因为青岛与避暑永远是相联的。其实呢，秋天更好：有北方的晴爽，而不显着干燥，因为北方的天气在这里被海给软化了；同时，海上的湿气又被凉风吹散，结果是天与海一样的蓝，湿与燥都不走极端；虽然大雁还是按时候向南飞，可是此地到菊花时节依然是很暖和的。在海边的微风里，看高远深碧的天上飞着雁字，真能使人暂时忘了一切，即使欲有所思，大概也只有赞美青岛吧。冬天可实在不能令人满意；有相当的冷，也有不小的风。但是，这里的房屋不像北平的那样以纸糊窗，街道上也没有尘土，于是冷与风的厉害就减少了一些。再说呢，夏季的青岛是中外有钱有闲的人们的娱乐场所，因为他们与她们都是来享福取乐，所以不惜把壮丽的山海弄成烟酒香粉的世界。到了冬天，他们与她们都另寻出路，把山海自然之美交给我们久住青岛的人。雪天，我们可以到栈桥去望那美若白莲的远岛；风天，我们可以在夜里听着寒浪的击荡。就是不风不雪，街上的行人也不甚多,到处呈现着严肃的气象,我们也可以吐一口气,说:这是山海的真面目。

一个大学或者正像一个人,他的特色总多少与它所在的地方有些关系。山大虽然成立了不多年,但是它既在青岛,就不能不带些青岛味儿。这也就是常常引起人家误解的地方。一般的说,人们大概会这样想:山大立在青岛恐怕不大合适吧?舞场、咖啡馆、电影院、浴场……在花花世界里能安心读书吗?这种因爱护而担忧的猜想,正是我们所愿解答的。在前面,我们叙述了青岛的四时:青岛之有夏,正如青岛之有冬;可是一般人似乎只知其夏,不知其冬,猜测多半由此而来。说真的,山大所表现的精神是青岛的冬。是呀,青岛忙的时候也是山大忙的时候,学会啊,参观团啊,讲习会啊,有时候同时借用山大作会场或宿舍,热忙非常。但这总是在夏天,夏天我们也放假呀。当我们上课的期间,自秋至冬,自冬至初夏,青岛差不多老是静寂的。春山上的野花,秋海上的晴霞,是我们的,避暑的人们大概连想也没想到过。至于冬日寒风恶月里的寂苦,或者也只有我们的读书声与足球场上的欢笑可与相抗;稍微贪点热闹的人恐怕连一个星期也住不下去。我常说,能在青岛住过一冬的,就有修仙的资格。我们的学生在这里一住就是四冬啊!他们不会在毕业时候都成为神仙——大概也没人这样期望他们——可是他们的静肃态度已经养成了。一个没到过山大的人,也许容易想到,青岛既是富有洋味的地方,当然山大的学生也得洋服唧当的,像些华侨子弟似的。根本没有这一回事。山大的校舍是昔年的德国兵营,虽然在改作学校之后,院中铺满短草,道旁也种上了玫瑰,可是它总脱不了营房的严肃气象。学校的后面左面都是小山,挺立着一些青松,我们每天早晨一抬头就看见山石与松林之美,但不是柔媚的那一种。学校里我们设若打扮得怪漂亮的,即使没人多看两眼,也觉得仿佛有些不得劲儿。整个的严肃空气不许我们漂亮,到学校外去,依然用不着修饰。六七月之间,此处固然是万紫千红,士女如云,好一片摩登景象了。可是过了暑期,海边上连个人影也没有;我们大概用不着花花绿绿的去请白鸥与远帆来看吧?因此,山大虽在青岛,而很少洋味儿,制服以外,蓝布大衫是第二制服。就是在六七月最热闹的时候,我们还是如此,因为朴素成了风气,蓝布大衫一穿大有"众人摩登我独古"的气概。

还有呢,不管青岛是怎样西洋化了的都市,它到底是在山东。"山东"二字满可以用作朴俭静肃的象征,所以山大——虽然学生不都是山东人——不但是个北方大学,而且是北方大学中最带"山东"精神的一个。我们常到崂山去玩,可是我们的眼却望着泰山,仿佛是。这个精神使我们朴素,使我们能吃苦,使我们静默。往好里说,我们是有一种强毅的精神;往坏里讲,我们有点乡下气。不过,即使我们真有乡下气,我们也会自傲的说,我们是在这儿矫正那有钱有闲来此避暑的那种奢华与虚浮的摩登,因为我们是一群"山东儿"——虽然是在青岛,而所表现的是青岛之冬。

至于沿海上停着的各国军舰,我们看见的最多,此地的经济权在谁何之手,我们知道的最清楚;这些——还有许多别的呢——时时刻刻刺激着我们,警告着我们,我们的外表朴素,我们的生活单纯,我们却有颗红热的心。我们眼前的青山碧海时时对我们说:国破山河在! 于此,青岛与山大就有了很大的意义。

载 1936 年《山大年刊》

想 北 平

　　设若让我写一本小说,以北平作背景,我不至于害怕,因为我可以捡着我知道的写,而躲开我所不知道的。让我单摆浮搁的讲一套北平,我没办法。北平的地方那么大,事情那么多,我知道的真觉太少了,虽然我生在那里,一直到廿七岁才离开。以名胜说,我没到过陶然亭,这多可笑!以此类推,我所知道的那点只是"我的北平",而我的北平大概等于牛的一毛。

　　可是,我真爱北平。这个爱几乎是要说而说不出的。我爱我的母亲。怎样爱?我说不出。在我想作一件事讨她老人家喜欢的时候,我独自微微的笑着;在我想到她的健康而不放心的时候,我欲落泪。言语是不够表现我的心情的,只有独自微笑或落泪才足以把内心揭露在外面一些来。我之爱北平也近乎这个。夸奖这个古城的某一点是容易的,可是那就把北平看得太小了。我所爱的北平不是枝枝节节的一些什么,而是整个儿与我的心灵相粘合的一段历史,一大块地方,多少风景名胜,从雨后什刹海的蜻蜓一直到我梦里的玉泉山的塔影,都积凑到一块,每一小的事件中有个我,我的每一思念中有个北平,这只有说不出而已。

　　真愿成为诗人,把一切好听好看的字都浸在自己的心血里,像杜鹃似的啼出北平的俊伟。啊!我不是诗人!我将永远道不出我的爱,一种像由音乐与图画所引起的爱。这不但是辜负了北平,也对不住我自己,因为我的最初的知识与印象都得自北平，它是在我的血里，我的性格与脾气里有许多地方是这古城所赐给的。我不能爱上海与天津，因为我心中有个北平。可是我说不出来！

伦敦，巴黎，罗马与堪司坦丁堡，曾被称为欧洲的四大"历史的都城"。我知道一些伦敦的情形；巴黎与罗马只是到过而已；堪司坦丁堡根本没有去过。就伦敦，巴黎，罗马来说，巴黎更近似北平——虽然"近似"两字要拉扯得很远——不过，假使让我"家住巴黎"，我一定会和没有家一样的感到寂苦。巴黎，据我看，还太热闹。自然，那里也有空旷静寂的地方，可是又未免太旷；不像北平那样既复杂而又有个边际，使我能摸着——那长着红酸枣的老城墙！面向着积水潭，背后是城墙，坐在石上看水中的小蝌蚪或苇叶上的嫩蜻蜓，我可以快乐的坐一天，心中完全安适，无所求也无可怕，像小儿安睡在摇篮里。是的，北平也有热闹的地方，但是它和太极拳相似，动中有静。巴黎有许多地方使人疲乏，所以咖啡与酒是必要的，以便刺激；在北平，有温和的香片茶就够了。

论说巴黎的布置已比伦敦罗马匀调的多了，可是比上北平还差点事儿。北平在人为之中显出自然，几乎是什么地方既不挤得慌，又不太僻静：最小的胡同里的房子也有院子与树；最空旷的地方也离买卖街与住宅区不远。这种分配法可以算——在我的经验中——天下第一了。北平的好处不在处处设备得完全，而在它处处有空儿，可以使人自由的喘气；不在有好些美丽的建筑，而在建筑的四围都有空闲的地方，使它们成为美景。每一个城楼，每一个牌楼，都可以从老远就看见。况且在街上还可以看见北山与西山呢！

好学的，爱古物的，人们自然喜欢北平，因为这里书多古物多。我不好学，也没钱买古物。对于物质上，我却喜爱北平的花多菜多果子多。花草是种费钱的玩艺，可是此地的"草花儿"很便宜,而且家家有院子,可以花不多的钱而种一院子花,即使算不了什么,可是到底可爱呀。墙上的牵牛,墙根的靠山竹与草茉莉,是多么省钱省事而也足以招来蝴蝶呀!至于青菜,白菜,扁豆,毛豆角,黄瓜,菠菜等等,大多数是直接由城外担来而送到家门口的。雨后,韭菜叶上还往往带着雨时溅起的泥点。青菜摊子上的红红绿绿几乎有诗似的美丽。果子有不少是由西山与北山来的,西山的沙果,海棠,北山的黑枣,柿子,进了城还带着一层白霜儿呀!哼,美国的橘子包着纸;遇到北平的带霜儿的玉李,还不愧杀!

是的,北平是个都城,而能有好多自己产生的花,菜,水果,这就使人更接近了自然。从它里面说,它没有像伦敦的那些成天冒烟的工厂;从外面说,它紧连着园林,菜圃与农村。采菊东篱下,在这里,确是可以悠然见南山的;大概把"南"字变个"西"或"北",也没有多少了不得的吧。像我这样的一个贫寒的人,或者只有在北平能享受一点清福了。

好,不再说了吧;要落泪了,真想念北平呀!

载 1936 年 6 月 16 日《宇宙风》第 19 期

大明湖之春

北方的春本来就不长,还往往被狂风给七手八脚的刮了走。济南的桃李丁香与海棠什么的,差不多年年被黄风吹得一干二净,地暗天昏,落花与黄沙卷在一处,再睁眼时,春已过去了!记得有一回,正是丁香乍开的时候,也就是下午两三点钟吧,屋中就非点灯不可了;风是一阵比一阵大,天色由灰而黄,而深黄,而黑黄,而漆黑,黑得可怕。第二天去看院中的两株紫丁香,花已像煮过一回,嫩叶几乎全破了!济南的秋冬,风倒很少,大概都留在春天刮呢。

有这样的风在这儿等着,济南简直可以说没有春天;那么,大明湖之春更无从说起。

济南的三大名胜,名字都起得好:千佛山,趵突泉,大明湖,都多么响亮好听!一听到"大明湖"这三个字,便联想到春光明媚和湖光山色等等,而心中浮现出一幅美景来。事实上,可是,它既不大,又不明,也不湖。

湖中现在已不是一片清水,而是用坝划开的多少块"地"。"地"外留着几条沟,游艇沿沟而行,即是逛湖。水田不需要多么深的水,所以水黑而不清;也不要急流,所以水定而无波。东一块莲,西一块蒲,土坝挡住了水,蒲苇又遮住了莲,一望无景,只见高高低低的"庄稼"。艇行沟内,如穿高粱地然,热气腾腾,碰巧了还臭气烘烘。夏天总算还好,假若水不太臭,多少总能闻到一些荷香,而且必能看到些绿叶儿。春天,则下有黑汤,旁有破烂的土坝;风又那么野,绿柳新蒲东倒西歪,恰似挣命。所以,它既不大,又不明,也不湖。

话虽如此,这个湖到底得算个名胜。湖之不大与不明,都因为湖已不湖。假若能把"地"都收回,拆开土坝,挖深了湖身,它当然可以马上既大且明起来:湖面原本不小,而济南又有的是清凉的泉水呀。这个,也许一时作不到。不过,即使作不到这一步,就现状而言,它还应当算作名胜。北方的城市,要找有这么一片水的,真是好不容易了。千佛山满可以不算数儿,配作个名胜与否简直没多大关系。因为山在北方不是什么难找的东西呀。水,可太难找了。济南城内据说有七十二泉,城外有河,可是还非有个湖不可。泉,池,河,湖,四者俱备,这才显出济南的特色与可贵。它是北方唯一的"水城",这个湖是少不得的。设若我们游湖时,只见沟而不见湖,请到高处去看看吧,比如在千佛山上往北眺望,则见城北灰绿的一片——大明湖;城外,华鹊二山夹着弯弯的一道灰亮光儿——黄河。这才明白了济南的不凡,不但有水,而且是这样多呀。

况且,湖景若无可观,湖中的出产可是很名贵呀。懂得什么叫作美的人或者不如懂得什么好吃的人多吧,游过苏州的往往只记得此地的点心,逛过西湖的提起来便念道那里的龙井茶,藕粉与莼菜什么的,吃到肚子里的也许比一过眼的美景更容易记住,那么大明湖的蒲菜,茭白,白花藕,还真许是它驰名天下的重要原因呢。不论怎么说吧,这些东西既都是水产,多少总带着些南国风味;在夏天,青菜挑子上带着一束束的大白莲花葶菁出卖,在北方大概只有济南能这么"阔气"。

我写过一本小说——《大明湖》——在一二八与商务印书馆一同被火烧掉了。记得我描写过一段大明湖的秋景,词句全想不起来了,只记得是什么什么秋。桑子中先生给我画过一张油画,也画的是大明湖之秋,现在还在我的屋中挂着。我写的,他画的,都是大明湖,而且都是大明湖之秋,这里大概有点意思。对了,只是在秋天,大明湖才有些美呀。济南的四季,唯有秋天最好,晴暖无风,处处明朗。这时候,请到城墙上走走,俯视秋湖,败柳残荷,水平如镜;唯其是秋色,所以连那些残破的土坝也似乎正与一切景物配合:土坝上偶尔有一两截断藕,或一些黄叶的野蔓,配着三五枝芦花,确是有些画意。"庄稼"已都收了,湖显着大了许多,大了当然也就显着明。不仅是湖宽水净,显着明美,抬头向南看,半黄的千佛山就在面前,开元寺那边的"橛子"——大概是个塔吧——静静的立在山头上。往北看,城外的河水很清,菜畦中还生着短短的绿叶。往南往北,往东往西,看吧,处处空阔明朗,有山有湖,有城有河,到这时候,我们真得到个"明"字了。桑先生那张画便是在北城墙上画的,湖边只有几株秋柳,湖中只有一只游艇,水作灰蓝色,柳叶儿半黄。湖外,他画上了千佛山;湖光山色,联成一幅秋图,明朗,素净,柳梢上似乎吹着点不大能觉出来的微风。

  对不起,题目是大明湖之春,我却说了大明湖之秋,可谁教亢德先生出错了题呢!

载 1937 年 3 月《宇宙风》第 37 期

吊 济 南

从民国十九年七月到二十三年秋初,我整整的在济南住过四载。在那里,我有了第一个小孩,即起名为"济"。在那里,我交下不少的朋友:无论什么时候我从那里过,总有人笑脸地招呼我;无论我到何处去,那里总有人惦念着我。在那里,我写成了《大明湖》,《猫城记》,《离婚》,《牛天赐传》,和收在《赶集》里的那十几个短篇。在那里,我努力地创作,快活地休息……四年虽短,但是一气住下来,于是事与事的联系,人与人的交往,快乐与悲苦的代换,便显明地在这一生里自成一段落,深深地印划在心中;时短情长,济南就成了我的第二故乡。

它介乎北平与青岛之间。北平是我的故乡,可是这七年来,我不是住济南,便是住青岛。在济南住呢,时常想念北平;及至到了北平的老家,便又不放心济南的新家。好在道路不远,来来往往,两地都有亲爱的人,熟悉的地方;它们都使我依依不舍,几乎分不出谁重谁轻。在青岛住呢,无论是由青去平,还是自平返青,中途总得经过济南。车到那里,不由的我便要停留一两天。趵突泉,大明湖,千佛山等名胜,闭了眼也曾想出来,可是重游一番总是高兴的:每一角落,似乎都存着一些生命的痕迹;每一小小的变迁,都引起一些感触;就是一风一雨也仿佛含着无限的情意似的。

讲富丽堂皇,济南远不及北平;讲山海之胜,也跟不上青岛。可是除了北平青岛,要在华北找个有山有水,交通方便,既不十分闭塞,而生活程度又不过高的城市,恐怕就得属济南了。况且,它虽是个大都市,可是还能看到朴素的乡民,一群群的来此卖货或买东西,不像上海与汉口那样完全洋化。它似乎真是稳立在中国的文化上,城墙并不足拦阻住城与乡的交往;以善作洋奴自夸的人物与神情,在这里是不易找到的。这使人心里觉得舒服一些。一个不以跳舞开香槟为理想的生活的人,到了这里自自然然会感到一些平淡而可爱的滋味。

济南的美丽来自天然,山在城南,湖在城北。湖山而外,还有七十二泉,泉水成溪,穿城绕郭。可惜这样的天然美景,和那座城市结合到一处,不但没得到人工的帮助而相得益彰,反而因市设的敷衍而淹没了丽质。大路上灰尘飞扬,小巷里污秽杂乱,虽然天色是那么清明,泉水是那么方便,可是到处老使人憋得慌。近来虽修成几条柏油路,也仍旧显不出怎么清洁来。至于那些名胜,趵突泉左右前后的建筑破烂不堪,大明湖的湖面已化作水田,只剩下几道水沟。有人说,这种种的败陋,并非因为当局不肯努力建设,而是因为他们爱民如子,不肯把老百姓的钱都化费在美化城市上。假若这是可靠的话,我们便应当看见老百姓的钱另有出路,在国防与民生上有所建设。这个,我们却没有看见。这笔账该当怎么算呢?况且,我们所要求的并不是高楼大厦,池园庭馆,而是城市应有的卫生与便利。假若在城市卫生上有相当的设施,到处注意秩序与清洁,这座城既有现成的山水取胜,自然就会美如画图,用不着浪费人工财力。

这倒并非专为山水喊冤,而是借以说明许多别的事。济南的多少事情都与此相似,本来可以略加调整便有可观,可是事实上竟废弛委弃,以至一切的事物上都罩着一层灰土。这层灰土下蠕蠕微动着一群可好可坏的人,隐覆着一些似有若无的事;不死不生,一切灰色。此处没有崭新的东西,也没有彻底旧的东西,本来可以令人爱护,可是又使人无法不伤心。什么事都在动作,什么可也没照着一定的计划作成。无所拒绝,也不甘心接受,不易见到有何主张的人,可也不易见到很讨厌的人,大家都那么和气一团,敷敷衍衍,不易捉摸,也没什么大了不起。有电灯而无光,有马路而拥挤不堪,什么都有,什么也都没有,恰似暮色微茫,灰灰的一片。

按理说,这层灰色是不应当存到今日的,因为五卅惨案的血还鲜红的在马路上,城根下,假若有记性的人会闭目想一会儿。我初到济南那年,那被敌人击破的城楼还挂着"勿忘国耻"的破布条在那儿含羞的立着。不久,城楼拆去,国耻布条也被撤去,同被忘掉。拆去城楼本无不可,但是别无建设或者就是表示着忘去烦恼最为简便;结果呢,敌人今日就又在那里唱凯歌了。

在我写《大明湖》的时候,就写过一段:在千佛山上北望济南全城,城河带柳,远水生烟,鹊华对立,夹卫大河,是何等气象。可是市声隐隐,尘雾微茫,房贴着房,巷联着巷,全城笼罩在灰色之中。敌人已经在山巅投过重炮,轰过几昼夜了,以后还可以随时地重演一次;第一次的炮火既没能打破那灰色的大梦,那么总会有一天全城化为灰烬,冲天的红焰赶走了灰色,烧完了梦中人灰色的城,灰色的人,一切是统制,也就是因循,自己不干,不会干,而反倒把要干与会干的人的手捆起来;这是死城!此书的原稿已在上海随着一二八的毒火殉了难,不过这一段的大意还没有忘掉,因为每次由市里到山上去,总会把市内所见的灰色景象带在心中,而后登高一望,自然会起了忧思。湖山是多么美呢,却始终被灰色笼罩着,谁能不由爱而畏,由失望而颤抖呢?

再说,破碎的城楼可以拆去,而敌人并未曾退出;眼不见心不烦,可是小鬼们就在眼前,怎能疏忽过去,视而不见呢?敌人的医院,公司,铺户,旅馆,分散在商埠各处。那一个买卖也带"白面",即使不是专售,也多少要预备一些,余利作为妇女与孩子们的零钱。大批的劣货垄断着市场,零整批发的吗啡白面毒化着市民,此外还不时的暗放传染病的毒菌,甚至于把他们国内穿残的破裤烂袄也整船的运来销卖。这够多么可怕呢?可是我们有目无睹,仍旧逍遥自在;等因奉此是唯一的公事,奉命唯谨落个好官,我自为之,别无可虑。人家以经济吸尽我们的血,我们只会加捐添税再抽断老百姓的筋。对外讲亲善,故无抵制;对内讲爱民,而以大家不出声为感戴。敌人的炮火是厉害的,敌人的经济侵略是毒辣的,可是我们的捆束百姓的政策就更可怕。济南是久已死去,美丽的湖山只好默然蒙羞了!

平日对敌人的经济侵略不加防范,还可以用有心无力或事关全国为词。及至敌军已深入河北,而大家依旧安闲自在,就太可怪了。山东的富力为江北各省之冠,人民既善于经营,又强壮耐苦。有这样的财力与人力,假若稍有准备,即使不能把全省防御得如铜墙铁壁至少也得教敌人吃很大的苦头,方能攻入。可是,济南是省会,既系灰色,别处就更无可说的了。济南为全省的脑府,而实际上只是空空的一个壳儿,并无脑子。这个空壳子响一响便是政治,四面低低的回应便算办了事情。计划、科学、文化、人才,都是些可疑的名词,因为它们不是那空壳子所能了解的。反之,随便响一响,从心所欲正好见出权威。济南是必须死的,而且必不可免的累及全省。

这里一点无意去攻击任何人;追悔不如更新,我们且揭过这一页去吧。灰色的济南,可爱的济南,已被敌人的炮火打碎。可是湖山难改,我们且去用血把它刷新重建个美丽庄严的新都市。别矣济南!那是一场恶梦!再会面时,你将是清醒的合理的,以人民的力量筑成而归人民享用的。我将看到那城河更多一些绿柳,柳荫下有白石的小凳,任人休息。我将看见破旧的城墙变为宽坦的马路,把乡郊与城市打成一家;在城里可望见南山的果林,在乡间可以知道城内的消息。我将看到大明湖还田为湖,有十顷白莲。我将看见趵突泉改为浴场,游泳着健壮的青年男女。

我将看见马鞍山前后有千百烟囱,用着博山的煤,把胶东的烟叶制成金丝,鲁北的棉花织成细布,泰山的樱桃,莱阳的梨,肥城的蜜桃,制成精美的罐头;烟台的葡萄与苹果酿成美酒,供给全国的同胞享用。还有那已具雏型的造钟制钢,玻璃磁器,绵绸花边等等工业,都能合理的改进发展,富国裕民。我希望济南成为全省真正的脑府,用多少条公路,几条河流,和火车电话,把它的智慧热诚的清醒的串送到东海之滨与泰山之麓。挣扎吧,济南!失去一城,无关于最后的胜负。今日之泪是悔认昨日之非;有此觉悟,便能打好明日的主意。济南,今日之死是脱胎换骨,取得新的生命;那明湖上的新蒲绿柳自会有我们重来欣赏啊!

载 1938 年 1 月《大时代》3 号

可爱的成都

到成都来,这是第四次。第一次是在四年前,住了五六天,参观全城的大概。第二次是在三年前,我随同西北慰劳团北征,路过此处,故仅留二日。第三次是慰劳归来,在此小住,留四日,见到不少的老朋友。这次——第四次——是受冯焕璋先生之约,去游灌县与青城山,由山上下来,顺便在成都玩几天。

成都是个可爱的地方。对于我,它特别的可爱,因为:

(一)我是北平人,而成都有许多与北平相似之处,稍稍使我减去些乡思。到抗战胜利后,我想,我总会再来一次,多住些时候,写一部以成都为背景的小说。在我的心中,地方好像也都像人似的,有个性格。我不喜上海,因为我抓不住它的性格,说不清它到底是怎么一回事。我不能与我所不明白的人交朋友,也不能描写我所不明白的地方。对成都,真的,我知道的事情太少了;但是,我相信会借它的光儿写出一点东西来。我似乎已看到了它的灵魂,因为它与北平相似。

(二)我有许多老友在成都。有朋友的地方就是好地方。这诚然是个人的偏见,可是恐怕谁也免不了这样去想吧。况且成都的本身已经是可爱的呢。八年前,我曾在齐鲁大学教过书。七七抗战后,我由青岛移回济南,仍住齐大。我由济南流亡出来,我的妻小还留在齐大,住了一年多。齐大在济南的校舍现在已被敌人完全占据,我的朋友们的一切书籍器物已被劫一空,那么,今天又能在成都会见其患难的老友,是何等的快乐呢!衣物,器具,书籍,丢失了有什么关系!我们还有命,还能各守岗位的去忍苦抗敌,这就值得共进一杯酒了!抗战前,我在山东大学也教过书。这次,在华西坝,无意中的也遇到几位山大的老友,"惊喜欲狂"一点也不是过火的形容。一个人的生命,我以为,是一半儿活在朋友中的。假若这句话没有什么错误,我便不能不"因人及地"的喜爱成都了。啊,这里还有几十位文艺界的友人呢!与我的年纪差不多的,如郭子杰,叶圣陶,陈翔鹤,诸先生,握手的时节,不知为何,不由的就彼此先看看头发——都有不少根白的了,比我年纪轻一点的呢,虽然头发不露痕迹,可是也显着削瘦,霜鬓瘦脸本是应该引起悲愁的事,但是,为了抗战而受苦,为了气节而不肯折腰,瘦弱衰老不是很自然的结果么?这真是悲喜俱来,另有一番滋味了!

（三）我爱成都,因为它有手有口。先说手,我不爱古玩,第一因为不懂,第二因为没有钱。我不爱洋玩艺,第一因为它们洋气十足,第二因为没有美金。虽不爱古玩与洋东西,但是我喜爱现代的手造的相当美好的小东西。假若我们今天还能制造一些美好的物件,便是表示了我们民族的爱美性与创造力仍然存在,并不逊于古人。中华民族在雕刻,图画,建筑,制铜,造瓷……上都有特殊的天才。这种天才在造几张纸,制两块墨砚,打一张桌子,漆一两个小盒上都随时的表现出来。美的心灵使他们的手巧。我们不应随便丢失了这颗心。因此,我爱现代的手造的美好的东西。北平有许多这样的好东西,如地毯,珐琅,玩具……但是北平还没有成都这样多。成都还存着我们民族的巧手。我绝对不是反对机械,而只是说,我们在大的工业上必须采取西洋方法,在小工业上则须保存我们的手。谁知道这二者有无调谐的可能呢?不过,我想,人类文化的明日,恐怕不是家家造大炮,户户有坦克车,而是要以真理代替武力,以善美代替横暴。果然如此,我们便应想一想是否该把我们的心灵也机械化了吧?次说口:成都人多数健谈。文化高的地方都如此,因为"有"话可讲。但是,这且不在话下。

这次,我听到了川剧,洋琴,与竹琴。川剧的复杂与细腻,在重庆时我已领略了一点。到成都,我才听到真好的川剧。很佩服贾佩之,萧楷成,周企何诸先生的口。我的耳朵不十分笨,连昆曲——听过几次之后——都能哼出一句半句来。可是,已经听过许多次川剧,我依然一句也哼不出。它太复杂,在牌子上,在音域上,恐怕它比任何中国的歌剧都复杂的好多。我希望能用心的去学几句。假若我能哼上几句川剧来,我想,大概就可以不怕学不会任何别的歌唱了。竹琴本很简单,但在贾树三的口中,它变成极难唱的东西。他不轻易放过一个字去,他用气控制着情,他用"抑"逼出"放",他由细嗓转到粗嗓而没有痕迹。我很希望成都的口,也和它的手一样,能保存下来。我们不应拒绝新的音乐,可也不应把旧的扫灭。恐怕新旧相通,才能产生新的而又是民族的东西来吧。

还有许多话要说,但是很怕越说越没有道理,前边所说的那一点恐怕已经是胡涂话啊!且就这机会谢谢侯宝璋先生给我在他的客室里安了行军床,吴先忧先生领我去看戏与洋琴,文协分会会员的招待,与朋友们的赏酒饭吃!

载 1942 年 9 月 23 日《中央日报》

我热爱新北京

北京是美丽的,我知道,因为我不但是北京人,而且到过欧美,看见过许多西方的名城,假若我只用北京人的资格来赞美北京,那也许就是成见了。

我知道北京美丽,我爱她像爱我的母亲。因为我这样爱她,所以才为她的缺点着急,苦闷。我关切她的缺欠正像关切一个亲人的疾病。是的,北京确实是有缺欠。那些缺欠是过去的皇帝、军阀和国民党政府带给北京的。他们占据着北京,也糟踏北京。

在过去,举例说吧,当皇帝或蒋介石出来的时候,街道上便打扫干净,洒上清水;可是,他们的大轿或汽车不经过的地方便永远没见过扫帚与水桶。达官贵人住着宫殿式的房子,而且有美丽的花园;穷人们却住着顶脏的杂院儿。达官贵人的门外有柏油路,好让他们跑汽车;穷人的门前却是垃圾堆。

一九四九年年尾,我回到故乡北京。我已经十四年没回来过了。虽然别离了这么久,我可是没有一天不想念着她。不管我在哪里,我还是拿北京作我的小说的背景,因为我闭上眼想起的北京是要比睁着眼看见的地方更亲切,更真实,更有感情的。这是真话。

到今天,我已经在北京住了一年。在这一年里,我所看到听到的都证明了,新的政府千真万确是一切仰仗人民,一切为了人民的。只就北京的建设来说,证据已经十分充足了。让我们提出几项来说吧。

一,下水道。北京的下水道年久失修,每逢一下大雨,就应了那句不体面的话:"北京,刮风是香炉,下雨是墨盒子。"北京市人民政府自从一成立就要洗刷这个由反动政府留下的污点,一方面修路,一方面挖沟。我知道,在十几年抗日与解放战争之后,百废待举,政府的财力是不怎么从容的。可是,政府为人民的福利,并不因经济的困难而延迟这重大的任务。各城的暗沟都挖了,雨水污水都有了排泄的路子。北京再不怕下雨;下雨不再使道路成为"墨盒子"。

最使我感动的是:这个为人民服务的政府并不只为通衢路修沟,而且特别顾到一向被反动政府忽视的偏僻地方。在以前,反动政府是吸去人民的血,而把污水和垃圾倒在穷人的门外,叫他们"享受"猪狗的生活。现在,政府是看哪里最脏,疾病最多,便先从哪里动手修整。新政府的眼是看着穷苦人民的。

在北京的南城,有一条明沟,叫龙须沟。多么美的名字啊!龙须沟!可是,实际上,那是一条最臭的水沟。沟的两岸密匝匝地住满了劳苦的人民,终年呼吸着使人恶心的臭气,多少年了,这条沟没有人修理过,因为这里是贫民窟。人民屡次自动地捐款修沟,款子都被反动的官吏们吞吃了。去年夏初,人民政府在明沟的旁边给人民修了暗沟,秋天完工,填平了明沟。人民怎样地感戴是可以想象得到的。我亲自去看过这条奇臭的"龙须"和那新的暗沟,并且搜集了那一带人民的生活情形和他们对政府给他们修沟的反应,写成一出三幕话剧,表示我对政府的感激与钦佩。

二,清洁。北京向来是美丽的,可是在反动政府下并不处处都清洁。是的,那时候人民确是按期交卫生费的,但是因为官吏的贪污与不负责,卫生费并不见得用在公众卫生事业上。现在,北京像一个古老美丽的雕花漆盒,落在一个勤勉人手里,盒子上的每一凹处都收拾得干干净净,再没有一点积垢。真的,北京的每一条小巷都已经清清爽爽,连人家的院子里也没有积累的垃圾,因为倾倒秽土的人员是那么勤谨,那么准时必来,人们谁都愿意逐日把院子里外收拾清洁。美丽是和清洁分不开的。这人民的古城多么清爽可喜呀!我可以想象到,在十年八年以后,北京的全城会成为一座大的公园,处处美丽,处处清洁,处处有古迹,处处也有最新的卫生设备。

三,灯和水。北京,在解放前,夜里常是黑暗的。她有电灯,但灯光是那么微弱,似有若无,而且时时长时间地停电。政治的黑暗使电灯也无光。水也是这样。夏天水源枯竭,便没有水用。就在平日,也是有势力的拼命用水,穷人住的地带根本没有自来水管。他们必得喝井水。这七百年的古城,在反动政府的统治下,灯水的供应似乎还停留在七百年前的光景。

北京解放了,人的心和人的眼一齐见到光明。由于电厂有了新的管理法,由于工人的进步与努力,北京的电灯真像电灯了。工人们保证不缺电,不停电。这古老的都城,在黑夜间,依然露出她的美丽。那金的绿的琉璃瓦、红的墙、白玉石的桥,都在明亮的灯光下显现出最悦目的颜色。而且,电力还够供给各工厂。同样的,水也够用了。而且,就是在龙须沟的人们也有自来水吃啦。

我爱北京,我更爱今天的北京——她是多么清洁、明亮、美丽!我怎么不感谢毛主席呢?是他,给北京带来了光明和说不尽的好处哇!我只提到下水道和灯水什么的,可是我的感激是无尽的,因为提到的这些不过是新北京建设工作的一部分哪。

载 1951 年 1 月 25 日《人民日报》

内蒙风光(节选)

1961年夏天,我们——作家、画家、音乐家、舞蹈家、歌唱家等共二十来人,应内蒙古自治区乌兰夫同志的邀请,由中央文化部、民族事务委员会和中国文联进行组织,到内蒙古东部和西部参观访问了八个星期。陪同我们的是内蒙古文化局的布赫同志。他给我们安排了很好的参观程序,使我们在不甚长的时间内看到林区、牧区、农区、渔场、风景区和工业基地;也看到了一些古迹、学校和展览馆;并且参加了各处的文艺活动,交流经验,互相学习。到处,我们都受到领导同志们和各族人民的欢迎与帮助,十分感激!

以上作为小引。下面我愿分段介绍一些内蒙风光。

林　海

这说的是大兴安岭。自幼就在地理课本上见到过这个山名,并且记住了它,或者是因为"大兴安岭"四个字的声音既响亮,又含有兴国安邦的意思吧。是的,这个悦耳的名字使我感到亲切、舒服。可是,那个"岭"字出了点岔子:我总以为它是奇峰怪石,高不可攀的。这回,有机会看到它,并且进到原始森林里边去,脚落在千年万年积累的几尺厚的松针上,手摸到那些古木,才真的证实了那种亲切与舒服并非空想。

对了,这个"岭"字,可跟秦岭的"岭"字不大一样。岭的确很多,高点的,矮点的,长点的,短点的,横着的,顺着的,可是没有一条使人想起"云横秦岭"那种险句。多少条岭啊,在疾驰的火车上看了几个钟头,既看不完,也看不厌。每条岭都是那么温柔,虽然下自山脚,上至岭顶,长满了珍贵的林木,可是谁也不孤峰突起,盛气凌人。

目之所及,哪里都是绿的。的确是林海。群岭起伏是林海的波浪。多少种绿颜色呀:深的,浅的,明的,暗的,绿得难以形容,绿得无以名之。我虽诌了两句:"高岭苍茫低岭翠,幼林明媚母林幽",但总觉得离眼前实景还相差很远。恐怕只有画家才能够写下这么多的绿颜色来吧?

兴安岭上千般宝,第一应夸落叶松。是的,这是落叶松的海洋。看,"海"边上不是还有些白的浪花吗?那是些俏丽的白桦,树干是银白色的。在阳光下,一片青松的边沿,闪动着白桦的银裙,不像海边上的浪花么?

两山之间往往流动着清可见底的溪河,河岸上有多少野花呀。我是爱花的人,到这里我却叫不出那些花的名儿来。兴安岭多么会打扮自己呀:青松作衫,白桦为裙,还穿着绣花鞋呀。连树与树之间的空隙也不缺乏色彩:在松影下开着各种的小花,招来各色的小蝴蝶——它们很亲热地落在客人的身上。花丛里还隐藏着像珊瑚珠似的小红豆,兴安岭中酒厂所造的红豆酒就是用这些小野果酿成的,味道很好。

就凭上述的一些风光,或者已经足以使我们感到兴安岭的亲切可爱了。还不尽然:谁进入岭中,看到那数不尽的青松白桦,能够不马上向四面八方望一望呢?有多少省份用过这里的木材呀!大至矿井、铁路,小至桌椅、橡柱,有几个省市的建设与兴安岭完全没有关系呢?这么一想,"亲切"与"舒服"这种字样用来就大有根据了。所以,兴安岭越看越可爱!是的,我们在图画中或地面上看到奇山怪岭,也会发生一种美感,可是,这种美感似乎是起于惊异与好奇。兴安岭的可爱,就在于它美得并不空洞。它的千山一碧,万古常青,又恰好与广厦、良材联系起来。于是,它的美丽就与建设结为一体,不仅使我们拍掌称奇,而且叫心中感到温暖,因而亲切、舒服。

哎呀,是不是误投误撞跑到美学问题上来了呢?假若是那样,我想:把美与实用价值联系起来,也未必不好。我爱兴安岭,也更爱兴安岭与我们生活上的亲切关系。它的美丽不是孤立的,而是与我们的建设分不开的。它使不远千里而来的客人感到应当爱护它,感谢它。

及至看到林场,这种亲切之感便更加深厚了。我们伐木取材,也造林护树,左手砍,右手栽。我们不仅取宝,也作科学研究,使林海不但能够万古常青,而且百计千方,综合利用。山林中已有了不少的市镇,给兴安岭添上了新的景色,添上了愉快的劳动歌声。人与山的关系日益密切,怎能够使我们不感到亲切、舒服呢?我不晓得当初为什么管它叫作兴安岭,由今天看来,它的确含有兴国安邦的意义了。

草　原

自幼就见过"天苍苍,野茫茫,风吹草低见牛羊"这类的词句。这曾经发生过不太好的影响,使人怕到北边去。这次,我看到了草原。那里的天比别处的天更可爱,空气是那么清鲜,天空是那么明朗,使我总想高歌一曲,表示我的愉快。在天底下,一碧千里,而并不茫茫。四面都有小丘,平地是绿的,小丘也是绿的。羊群一会儿上了小丘,一会儿又下来,走在哪里都像给无边的绿毯绣上了白色的大花。那些小丘的线条是那么柔美,就像没骨画那样,只用绿色渲染,没有用笔勾勒,于是,到处翠色欲流,轻轻流入云际。这种境界,既使人惊叹,又叫人舒服,既愿久立四望,又想坐下低吟一首奇丽的小诗。在这境界里,连骏马与大牛都有时候静立不动,好像回味着草原的无限乐趣。紫塞,紫塞,谁说的?这是个翡翠的世界。连江南也未必有这样的景色啊!

我们访问的是陈巴尔虎旗的牧业公社。汽车走了一百五十华里,才到达目的地。一百五十里全是草原。再走一百五十里,也还是草原。草原上行车至为洒脱,只要方向不错,怎么走都可以。初入草原,听不见一点声音,也看不见什么东西,除了一些忽飞忽落的小鸟。走了许久,远远地望见了迂回的,明如玻璃的一条带子。河!牛羊多起来,也看到了马群,隐隐有鞭子的轻响。快了,快到公社了。忽然,像被一阵风吹来的,远丘上出现了一群马,马上的男女老少穿着各色的衣裳,马疾驰,襟飘带舞,像一条彩虹向我们飞过来。这是主人来到几十里外,欢迎远客。见到我们,主人们立刻拨转马头,欢呼着,飞驰着,在汽车左右与前面引路。静寂的草原,热闹起来:欢呼声,车声,马蹄声,响成一片。车、马飞过了小丘,看见了几座蒙古包。

蒙古包外,许多匹马,许多辆车。人很多,都是从几十里外乘马或坐车来看我们的。我们约请了海拉尔的一位女舞蹈员给我们作翻译。她的名字漂亮——水晶花。她就是陈旗的人,鄂温克族。主人们下了马,我们下了车。也不知道是谁的手,总是热乎乎地握着,握住不散。我们用不着水晶花同志给作翻译了。大家的语言不同,心可是一样。握手再握手,笑了再笑。你说你的,我说我的,总的意思都是民族团结互助!

也不知怎的,就进了蒙古包。奶茶倒上了,奶豆腐摆上了,主客都盘腿坐下,谁都有礼貌,谁都又那么亲热,一点不拘束。不大会儿,好客的主人端进来大盘子的手抓羊肉和奶酒。公社的干部向我们敬酒,七十岁的老翁向我们敬酒。正是:

祝福频频难尽意,举杯切切莫相忘!

我们回敬,主人再举杯,我们再回敬。这时候鄂温克姑娘们,戴着尖尖的帽儿,既大方,又稍有点羞涩,来给客人们唱民歌。我们同行的歌手也赶紧唱起来。歌声似乎比什么语言都更响亮,都更感人,不管唱的是什么,听者总会露出会心的微笑。

饭后,小伙子们表演套马,摔跤,姑娘们表演了民族舞蹈。客人们也舞的舞,唱的唱,并且要骑一骑蒙古马。太阳已经偏西,谁也不肯走。是呀!蒙汉情深何忍别,天涯碧草话斜阳!

人的生活变了,草原上的一切都也随着变。就拿蒙古包说吧,从前每被呼为毡庐,今天却变了样,是用木条与草秆作成的,为是夏天住着凉爽,到冬天再改装。看那马群吧,既有短小精悍的蒙古马,也有高大的新种三河马。这种大马真体面,一看就令人想起"龙马精神"这类的话儿,并且想骑上它,驰骋万里。牛也改了种,有的重达千斤,乳房像小缸。牛肥草香乳如泉啊!并非浮夸。羊群里既有原来的大尾羊,也添了新种的短尾细毛羊,前者肉美,后者毛好。是的,人畜两旺,就是草原上的新气象之一。

渔　　场

这些渔场既不在东海,也不在太湖,而是在祖国的最北边,离满洲里不远。我说的是达赉湖。若是有人不信在边疆的最北边还能够打鱼,就请他自己去看看。到了那里,他就会认识到祖国有多么伟大,而内蒙古也并不仅有风沙和骆驼,像前人所说的那样。内蒙古不是什么塞外,而是资源丰富的宝地,建设祖国必不可缺少的宝地!

据说:这里的水有多么深,鱼有多么厚。我们吃到湖中的鱼,非常肥美。水好,所以鱼肥。有三条河流入湖中,而三条河都经过草原,所以湖水一碧千顷——草原青未了,又到绿波前。湖上飞翔着许多白鸥。在碧岸、翠湖、青天、白鸥之间游荡着渔船,何等迷人的美景!

　　我们去游湖。开船的是一位广东青年,长得十分英俊,肩阔腰圆,一身都是力气。他热爱这座湖,不怕冬天的严寒,不管什么天南地北,兴高采烈地在这里工作。他喜爱文学,读过不少的文学名著。他不因喜爱文学而藏在温暖的图书馆里,他要碰碰北国冬季的坚冰,打出鱼来,支援各地。是的,内蒙古尽管有无穷的宝藏,若是没有人肯动手采取,便连鱼也会死在水里。可惜,我忘了这位好青年的姓名。我相信他会原谅我,他不会是因求名求利而来到这里的。

风　景　区

　　札兰屯真无愧是塞上的一颗珍珠。多么幽美呀!它不像苏杭那么明媚,也没有天山万古积雪的气势,可是它独具风格,幽美得迷人。它几乎没有什么人工的雕饰,只是纯系自然的那么一些山川草木。谁也指不出哪里是一"景",可是谁也不能否认它处处美丽。它没有什么石碑,刻着什么什么烟树,或什么什么奇观。它只是那么纯朴的,大方的,静静的,等待着游人。没有游人呢,也没大关系。它并不有意地装饰起来,向游人索要诗词。它自己便充满了最纯朴的诗情词韵。

　　四面都有小山,既无奇峰,也没有古寺,只是那么静静地在青天下绣成一个翠环。环中间有一条河,河岸上这里多些,那里少些,随便地长着绿柳白杨。几头黄牛,一小群白羊,在有阳光的地方低着头吃草,并看不见牧童。也许有,恐怕是藏在柳荫下钓鱼呢。河岸是绿的。高坡也是绿的。绿色一直接上了远远的青山。这种绿色使人在梦里也忘不了,好像细致地染在心灵里。

　　绿草中有多少花呀。石竹,桔梗,还有许多说不上名儿的,都那么毫不矜持地开着各色的花,吐着各种香味,招来无数的风蝶,闲散而又忙碌地飞来飞去。既不必找小亭,也不必找石磴,就随便坐在绿地上吧。风儿多么清凉,日光可又那么和暖,使人在凉暖之间,想闭上眼睡去,所谓"陶醉",也许就是这样吧?

夕阳在山,该回去了。路上到处还是那么绿,还有那么多的草木,可是总看不厌。这里有一片荞麦,开着密密的白花;那里有一片高粱,在微风里摇动着红穗。也必须立定看一看,平常的东西放在这里仿佛就与众不同。正是因为有些荞麦与高粱,我们才越觉得全部风景的自自然然,幽美而亲切。看,那间小屋上的金黄的大瓜哟!也得看好大半天,仿佛向来也没有看见过!

是不是因为札兰屯在内蒙古,所以才把五分美说成十分呢?一点也不是!我们不便拿它和苏杭或桂林山水作比较,但是假若非比一比不可的话,最公平的说法便是各有千秋。"天苍苍,野茫茫"在这里就越发显得不恰当了。我并非在这里单纯地宣传美景,我是要指出,并希望矫正以往对内蒙古的那种不正确的看法。知道了一点实际情况,像札兰屯的美丽,或者就不至于再一听到"口外"、"关外"等名词,便想起八月飞雪,万里流沙,望而生畏了。

        载 1961 年 10 月 13 日《人民日报》

春来忆广州

我爱花。因气候、水土等等关系,在北京养花,颇为不易。冬天冷,院里无法摆花,只好都搬到屋里来。每到冬季,我的屋里总是花比人多。形势逼人!屋中养花,有如笼中养鸟,即使用心调护,也养不出个样子来。除非特建花室,实在无法解决问题。我的小院里,又无隙地可建花室!

一看到屋中那些半病的花草,我就立刻想起美丽的广州来。去年春节后,我不是到广州住了一个月吗?哎呀,真是了不起的好地方!人极热情,花似乎也热情!大街小巷,院里墙头,百花齐放,欢迎客人,真是"交友看花在广州"啊!

在广州,对着我的屋门便是一株象牙红,高与楼齐,盛开着一丛丛红艳夺目的花儿,而且经常有些很小的小鸟,钻进那朱红的小"象牙"里,如蜂采蜜。真美!只要一有空儿,我便坐在阶前,看那些花与小鸟。在家里,我也有一棵象牙红,可是高不及三尺,而且是种在盆子里。它入秋即放假休息,入冬便睡大觉,且久久不醒,直到端阳左右,它才开几朵先天不足的小花,绝对没有那种秀气的小鸟作伴!现在,它正在屋角打盹,也许跟我一样,正想念它的故乡广东吧?

春天到来,我的花草还是不易安排:早些移出去吧,怕风霜侵犯;不搬出去吧,又都发出细条嫩叶,很不健康。这种细条子不会长出花来。看着真令人焦心!

好容易盼到夏天,花盆都运至院中,可还不完全顺利。院小,不透风,许多花儿便生了病。特别由南方来的那些,如白玉兰、栀子、茉莉、小金桔、茶花……也不怎么就叶落枝枯,悄悄死去。因此,我打定主意,在买来这些比较娇贵的花儿之时,就认为它们不能长寿,尽到我的心,而又不作幻想,以免枯死的时候落泪伤神。同时,也多种些叫它死也不肯死的花草,如夹竹桃之类,以期老有些花儿看。

夏天,北京的阳光过暴,而且不下雨则已,一下就是倾盆倒海而来,势不可当,也不利于花草的生长。

秋天较好。可是忽然一阵冷风,无法预防,娇嫩些的花儿就受了重伤。于是,全家动员,七手八脚,往屋里搬呀!各屋里都挤满了花盆,人们出来进去都须留神,以免绊倒!

真羡慕广州的朋友们,院里院外,四季有花,而且是多么出色的花呀!白玉兰高达数丈,干子比我的腰还粗!英雄气概的木棉,昂首天外,开满大红花,何等气势!就连普通的花儿,四季海棠与绣球什么的,也特别壮实,叶茂花繁,花小而气魄不小!看,在冬天,窗外还有结实累累的木瓜呀!真没法比!一想起花木,也就更想念朋友们!朋友们,快作几首诗来吧,你们的环境是充满了诗意的呀!

春节到了,朋友们,祝你们花好月圆人长寿,新春愉快,工作胜利!

载 1963 年 1 月 25 日《羊城晚报》

老舍摄于1930年

1931年老舍送给胡絜青的第一张照片。

药　集

今年的药集是从四月廿五日起,一共开半个月——有人说今年只开三天,中国事向来是没准儿的。地点在南券门街与三和街。这两条街是在南关里,北口在正觉寺街,南头顶着南围子墙。

喝!药真多!越因为我不认识它们越显得多!

每逢我到大药房去,我总以为各种瓶子中的黄水全是硫酸,白的全是蒸馏水,因为我的化学知识只限于此。但是药房的小瓶小罐上都有标签,并不难于检认;假若我害头疼,而药房的人给我硫酸喝,我决不会答应他的。到了药集,可是真没有法儿了!一捆一捆,一袋一袋,一包一包,全是药材,全没有标签!而且买主只问价钱,不问名称,似乎他们都心有成"药";我在一旁参观,只觉得腿酸,一点知识也得不到!

但是,我自有办法。桔皮,干向日葵,竹叶,荷梗,益母草,我都认得;那些不认识的粗草细草长草短草呢?好吧,长的都算柴胡,短的都算——什么也行吧,看那柴胡,有多少种呀;心中痛快多了!

关于动物的,我也认识几样:马蜂窝,整个的干龟,蝉蜕,僵蚕,还有椿蹦儿。这每一样的药名和拉丁名,我全不知道,只晓得这是椿树上的飞虫,鲜红的翅儿,翅上有花点,很好玩,北平人管它们叫椿蹦儿;它们能治什么病呢?还看见了羚羊,原来是一串黑亮的小球;为什么羚羊应当是小黑球呢?也许有人知道。

还有两对狗爪似的东西,莫非是熊掌?犀角没有看见,狗宝,牛黄也不知是什么样子,设若牛黄应像老倭瓜,我确是看见了好几个貌似干倭瓜的东西。最失望的是没有看见人中黄,莫非药铺的人自己能供给,所以集上无须发售吧?也许是用锦匣装着,没能看到?

矿物不多,石膏,大白,是我认识的;有些大块的红石头便不晓得是什么了。

草药在地上放着,熟药多在桌上摆着。万应锭,狗皮膏之类,看看倒还漂亮。

此外还有非药性的东西,如草纸与东昌纸等;还有可作药用也可作食品的东西,如山楂片,核桃,酸枣,莲子,薏仁米等。大概那些不识药性的游人,都是为买这些东西来的。价钱确是便宜。

我很爱这个集:第一,我觉得这里全是国货;只有人参使我怀疑有洋参的可能,那些种柴胡和那些马蜂窝看着十二分道地,决不会是舶来品。第二,卖药的人们非常安静,一点不吵不闹;也非常的和蔼,虽然要价有点虚谎,可是还价多少总不出恶声。第三,我觉得到底中国药(应简称为"国药")比西洋药好,因为"国药"吃下去不管治病与否,至少能帮助人们增长抵抗力。这怎么讲呢?看,桔皮上有多么厚的黑泥,柴胡们带着多少沙土与马粪;这些附带的黑泥与马粪,吃下去一定会起一种作用,使胃中多一些以毒攻毒的东西。假如桔皮没有什么力量,这附带的东西还能补充一些。西洋药没有这些附带品,自然也不会发生附带的效力。那位医生敢说对下药有十二分的把握么?假如药不对症,而药品又没有附带物,岂不是大大的危险!"国药"全有附带物,谁敢说大多数的病不是被附带物治好的呢?第四,到底是中国,处处事事带着古风:咱们的祖先遍尝百草,到如今咱们依旧是这样,大概再过一万八千年咱们还是这样。我虽然不主张复古,可是热烈的想保存古风的自大有人在,我不能不替他们欣喜。第五,从今年夏天起,我一定见着马蜂窝,大蝎子,烂树叶,就收藏起来;人有旦夕祸福,谁知道什么时候生病呢!万一真病了,有的是现成的马蜂窝……

逛完了集,出了巷口,看见一大车牛马皮,带着毛还没制成革,不知是否也是药材。

载1932年6月11日《华年》第1卷第9期

落 花 生

我是个谦卑的人。但是,口袋里装上四个铜板的落花生,一边走一边吃,我开始觉得比秦始皇还骄傲。假若有人问我:"你要是作了皇上,你怎么享受呢?"简直的不必思索,我就答得出:"派四个大臣拿着两块钱的铜子,爱买多少花生吃就买多少!"

什么东西都有个幸与不幸。不知道为什么瓜子比花生的名气大。你说,凭良心说,瓜子有什么吃头?它夹你的舌头,塞你的牙,激起你的怒气——因为一咬就碎;就是幸而没碎,也不过是那么小小的一片,不解饿,没味道,劳民伤财,布尔乔亚!你看落花生:大大方方的,浅白麻子,细腰,曲线美。这还只是看外貌。弄开看:一胎儿两个或者三个粉红的胖小子。脱去粉红的衫儿,象牙色的豆瓣一对对的抱着,上边儿还结着吻。那个光滑,那个水灵,那个香喷喷的,碰到牙上那个干松酥软!白嘴吃也好,就酒喝也好,放在舌上当槟榔含着也好。写文章的时候,三四个花生可以代替一支香烟,而且有益无损。

种类还多呢:大花生,小花生,大花生米,小花生米,糖饯的,炒的,煮的,炸的,各有各的风味,而都好吃。下雨阴天,煮上些小花生,放点盐;来四两玫瑰露;够作好几首诗的。瓜子可给诗的灵感?冬夜,早早的躺在被窝里,看着《水浒》,枕旁放着些花生米;花生米的香味,在舌上,在鼻尖;被窝里的暖气,武松打虎……这便是天国!冬天在路上,刮着冷风,或下着雪,袋里有些花生使你心中有了主儿；掏出一个来，剥了，慌忙往口中送，闭着嘴嚼，风或雪立刻不那么厉害了。况且，一个二十岁以上的人肯神仙似的，无忧无虑的，随随便便的，在街上一边走一边吃花生，这个人将来要是作了宰相或度支部尚书，他是不会有官僚气与贪财的。他若是作了皇上，必是朴俭温和直爽天真的一位皇上，没错。吃瓜子的照例不在街上走着吃，所以我不给他保这个险。

至于家中要是有小孩儿，花生简直比什么也重要。不但可以吃，而且能拿它们玩。夹在耳唇上当环子，几个小姑娘就能办很大的一回喜事。小男孩若找不着玻璃球儿，花生也可以当弹儿。玩法还多着呢。玩了之后，剥开再吃，也还不脏。两个大子儿的花生可以玩半天；给他们些瓜子试试。

论样子，论味道，栗子其实满有势派儿。可是它没有落花生那点家常的"自己"劲儿。栗子跟人没有交情，仿佛是。核桃也不行，榛子就更显着疏远。落花生在哪里都有人缘，自天子以至庶人都跟它是朋友；这不容易。

在英国，花生叫作"猴豆"——Monkey nuts。人们到动物园去才带上一包，去喂猴子。花生在这个国里真不算很光荣，可是我亲眼看见去喂猴子的人——小孩就更不用提了——偷偷的也往自己口中送这猴豆。花生和苹果好像一样的有点魔力，假如你知道苹果的典故；我这儿确是用着典故。

美国吃花生的不限于猴子。我记得有位美国姑娘，在到中国来的时候，把几只皮箱的空处都填满了花生，大概凑起来总够十来斤吧，怕是到中国吃不着这种宝物。美国姑娘都这样重看花生，可见它确是有价值；按照哥伦比亚的哲学博士的辩证法看，这当然没有误儿。

花生大概还跟婚礼有点关系，一时我可想不起来是怎么个办法了；不是新娘子在轿里吃花生，不是；反正是什么什么春吧

——你可晓得这个典故？其实花轿里真放上一包花生米，新娘子未必不一边落泪一边嚼着。

载 1935 年 1 月 20 日《漫画生活》第 5 期

小 动 物 们

　　鸟兽们自由的生活着,未必比被人豢养着更快乐。据调查鸟类生活的专门家说,鸟啼绝不是为使人爱听,更不是以歌唱自娱,而是占据猎取食物的地盘的示威;鸟类的生活是非常的艰苦。兽类的互相残食是更显然的。这样,看见笼中的鸟,或柙中的虎,而替它们伤心,实在可以不必。可是,也似乎不必替它们高兴;被人养着,也未尽舒服。生命仿佛是老在魔鬼与荒海的夹缝儿,怎样也不好。

　　我很爱小动物们。我的"爱"只是我自己觉得如此;到底对被爱的有什么好处,不敢说。它们是这样受我的恩养好呢,还是自由的活着好呢?也不敢说。把养小动物们看成一种事实,我才敢说些关于它们的话。下面的述说,那么,只是为述说而述说。

　　先说鸽子。我的幼时,家中很贫。说出"贫"来,为是声明我并养不起鸽子;鸽子是种费钱的活玩艺儿。可是,我的两位姐丈都喜欢玩鸽子,所以我知道其中的一点儿故典。我没事儿就到两家去看鸽,也不短随着姐丈们到鸽市去玩;他们都比我大着二十多岁。我的经验既是这样来的,而且是幼时的事,恐怕说得不能很完全了;有好多鸽子名已想不起来了。

　　鸽的名样很多。以颜色说,大概应以灰、白、黑、紫为基本色儿。可是全灰全白全黑全紫的并不值钱。全灰的是楼鸽,院中撒些米就会来一群;物是以缺者为贵,楼鸽太普罗。有一种比楼鸽小，灰色也浅一些的，才是真正的"灰"；但也并不很贵重。全白的，大概就叫"白"吧，我记不清了。全黑的叫黑儿，全紫的叫紫箭，也叫猪血。

　　猪血们因为羽色单调，所以不值钱，这就容易想到值钱的必是杂色的。杂色的种类多极了，就我所知道的——并且为清楚起见——可以分作下列的四大类：点子、乌、环、玉翅。点子是白身腔，只在头上有手指肚大的一块黑，或紫；尾是随着头上那个点儿，黑或紫。这叫作黑点子和紫点子。乌与点子相近，不过是头上的黑或紫延长到肩与胸部。这叫黑乌或紫乌。这种又有黑翅的或紫翅的，名铁翅乌或铜翅乌——这比单是乌又贵重一些。还有一种，只有黑头或紫头，而尾是白的，叫作黑乌头或紫乌头；比乌的价钱要贱一些。刚才说过了，乌的头部的黑或紫毛是后齐肩，前及胸的。假若黑或紫毛只是由头顶到肩部，而前面仍是白的，这便叫作老虎帽，因为很像廿年前通行的风帽；这种确是非常的好看，因而价值也就很高。在民国初年，兴了一阵子蓝乌和蓝乌头，头尾如乌，而是灰蓝色儿的。这种并不好看，出了一阵子锋头也就拉倒了。

　　环，简单的很：全白而项上有一黑圈者叫墨环；反之，全黑而项上有白圈者是玉环。此外有紫环，全白而项上有一紫环。"环"这种鸽似乎永远不大高贵。大概可以这么说，白尾的鸽是不易与黑尾或紫尾的相抗，因为白尾的飞起来不大美。

　　玉翅是白翅边的。全灰而有两白翅是灰玉翅；还有黑玉翅、紫玉翅。所谓白翅，有个讲究：翅上的白翎是左七右八。能够这样，飞起来才正好，白边儿不过宽，也不过窄。能生成就这样的，自然很少，所以鸽贩常常作假，硬插上一两根，或拔去些，是常有的事。这类中又有变种：玉翅而有白尾的，比如一只黑鸽而有左七右八的白翅翎，同时又是白尾，便叫作三块玉。灰的、紫的，也能这样。要是连头也是白的呢便叫作四块玉了。四块玉是较比有些价值的。

在这四大类之外，还有许多杂色的鸽。如鹤袖，如麻背，都有些价值，可不怎么十分名贵。在北平，差不多是以上述的四大类为主。新种随时有，也能时兴一阵，可都不如这四类重要与长远。

就这四大类说，紫的老比别的颜色高贵。紫色儿不容易长到好处，太深了就遭猪血之诮，太浅了又黄不唧的寒酸。况且还容易长"花了"呢，特别是在尾巴上，翎的末端往往露出白来，像一块癣似的，把个尾巴就毁了。

紫以下便是黑，其次为灰。可是灰色如只是一点，如灰头、灰环，便又可贵了。

这些鸽中，以点子和乌为"古典的"。它们的价值似乎永远不变，虽然普通，可是老是鸽群之主。这么说吧，飞起四十只鸽，其中有过半的点子和乌，而杂以别种，便好看。反之，则不好看。要是这四十只都是点子，或都是乌，或点子与乌，便能有顶好的阵容。你几乎不能飞四十只环或玉翅。想想看吧：点子是全身雪白，而有个黑或紫的尾，飞起来像一群玲珑的白鸥；及至一翻身呢，那黑或紫的尾给这轻洁的白衣一个色彩深厚的裙儿，既轻妙而又厚重。假若是太阳在西边，而东方有些黑云，那就太美了：白翅在黑云下自然分外的白了；一斜身儿呢，黑尾或紫尾——最好是紫尾——迎着阳光闪起一些金光来！点子如是，乌也如是。白尾巴的，无论长得多么体面，飞起来没这种美妙，要不怎么不大值钱呢。铁翅乌或铜翅乌飞起来特别的好看，像一朵花，当中一块白，前后左右都镶着黑或紫，他使人觉得安闲舒适。可是铜翅乌几乎永远不飞，飞不起，贱的也得几十块钱一对儿吧。玩鸽子是满天飞洋钱的事儿，洋钱飞起却是不如在手里牢靠的。

可是，鸽子的讲究儿不专在飞，正如女子出头露脸不专仗着能跑五十米。它得长得俊。先说头吧，平头或峰头(峰读如凤；也许就是凤，而不是峰，)便决定了身价的高低。所谓峰头或凤头的，是在头上有一撮立着的毛；平头是光葫芦。自然凤头的是更美，也更贵。峰——或凤——不许有杂毛，黑便全黑，紫便全紫，搀着白的便不够派儿。它得大，而且要像个荷包似的向里包包着。鸽贩常把峰的杂毛剔去，而且把不像荷包的收拾得像荷包。这样收拾好的峰，就怕鸽子洗澡，因为那好看的头饰是用胶粘的。

头最怕鸡头，没有脑杓儿，楞头磕脑的不好看。头须像算盘子儿，圆忽忽的，丰满。这样的头，再加上个好峰，便是标准美了。

眼，得先说眼皮。红眼皮的如害着眼病，当然不美。所以要强的鸽子得长白眼皮。宽宽的白眼皮，使眼睛显着大而有神。眼珠也有讲究，豆眼、隔棱眼，都是要不得的。可惜我离开鸽子们已念多年，形容不上来豆眼等是什么样子了；有机会到北平去住几天，我还能把它们想起来，到鸽市去两趟就行了。

嘴也很要紧。无论长得多么体面的鸽，来个长嘴，就算完了事。要不怎么，有的鸽虽然很缺少，而总不能名贵呢；因为这种根本没有短嘴的。鸽得有短嘴！厚厚实实的，小墩子嘴，才好看。

头部以外，就得论羽毛如何了。羽毛的深浅，色的支配，都有一定的。老虎帽的帽长到何处，虎头的黑或紫毛应到胸部的何处，都不能随便。出一个好鸽与出一个美人都是历史的光荣。

身的大小，随鸽而异。羽色单调一些的，像紫箭等，自然是越大越蠢，所以以短小玲珑为贵。像点子与乌什么的，个子大一点也不碍事。不过，嘴儿短，长得娇秀，自然不会发展得很粗大了，所以美丽的鸽往往是小个儿。

大个子的，长嘴儿的，可也有用处。大个子的身强力壮翅子硬,能飞,能尾上戴鸽铃,所以它们是空中的主力军。别的鸽子好看,可供地上玩赏;这些老粗儿们是飞起来才见本事,故尔也还被人爱。长嘴儿也有用,孵小鸽子是它们的事:它们的嘴长,"喷"得好——小鸽不会自己吃东西,得由老鸽嘴对嘴的"喷"。再说呢,喷的时候,老的胸部羽毛便糙了;谁也不肯这么牺牲好鸽。好鸽下的蛋,总被人拿来交与丑鸽去孵,丑鸽本来不值钱,身上糙旧一点也没关系。要作鸽就得美呀,不然便很苦了。

有的丑鸽,仿佛知道自己的相貌不扬,便长点特别的本事以与美鸽竞争。有力气戴大鸽铃便是一例。可是有力气还不怎样新奇,所以有的能在空中翻跟头。会翻跟头的鸽在与朋友们一块飞起的时候,能飞着飞着便离群而翻几个跟头,然后再飞上去加入鸽群,然后又独自翻下来。这很好看,假若他是白色的,就好像由蓝空中落下一团雪来似的。这种鸽的身体很小,面貌可不见得美。他有个标帜,即在项上有一小撮毛儿,倒长着。这一撮倒毛儿好像老在那儿说:"你瞧,我会翻跟头!"这种鸽还有个特点,脚上有毛儿,像诸葛亮的羽扇似的。一走,便扑喳扑喳的,很有神气。不会翻跟头的可也有时候长着毛脚。这类鸽多半是全灰全白或全黑的。羽毛不佳,可是有本事呢。

为养毛脚鸽,须盖灰顶的房,不要瓦。因为瓦的棱儿往往伤了毛脚而流出血来。

哎呀!我说"先说鸽子",已经三千多字了,还没说完!好吧,下回接着说鸽子吧,假若有人爱听。我的题目《小动物们》,似乎也有加上个"鸽"的必要了。

载 1935 年 3 月《人间世》第 24 期

小动物们(鸽)续

养鸽正如养鱼养鸟,要受许多的辛苦。"不苦不乐",算是说对了。不过,养鱼养鸟较比养鸽还和平一些;养鸽是斗气的事儿。是,养鸟也有时候怄气,可鸟儿究竟是在笼子里,跟别的鸟没有直接的接触。鸽子是满天飞的。张家的也飞,李家的也飞,飞到一处而裹乱了是必不可免的。这就得打架。因此,玩别的小玩艺用不着法律,养鸽便得有。这些法律虽不是国家颁布的,可是在玩鸽的人们中间得遵守着。比如说吧,我开始养鸽子,我就得和四邻的"鸽家"们开谈判。交情好的呢,可以规定:彼此谁也不要谁的鸽;假若我的鸽被友家裹了去,他还给我送回来;我对他也这样。这就免去许多战争。假若两家说不来呢,那就对不起了,谁得着是谁的,战争可就无可避免了。有这样的敌人,养鸽等于斗气。你不飞,我也不飞;你的飞起来,我的也马上飞起去,跟你"撞"!"撞"很过瘾,两个鸽阵混成一团,合而复分,分而复合;一会儿我"拉过"你的来,一会儿你又"拉过"我的去,如看拔河一样起劲。谁要是能"得过"一只来,落在自己的房上,便设法用粮食引诱下来,算作自己的战胜品。可是,俘虏是在房上,时时可以飞去;我可就下了毒手,用弩打下来,假若俘虏不受引诱而要逃走。打可得有个分寸,手法要好,讲究恰好打在——用泥弹——鸽的肩头上。肩头受伤,没有性命的危险,可是失了飞翔的能力。于是滚下房来,我用网接住;将养几天,便能好过来。手法笨的,弹中胸部,便一命呜呼;或是弹子虚发,把鸽惊走,是谓泄气。

"撞"实过瘾,可也别扭,我没法训练新鸽与小鸽了。新鸽与小鸽必须有相当的训练才认识自己的家,与见阵不迷头。那么,我每放起鸽去,敌人也必调动人马,那我简直没有训练新军的机会;大胆放出生手,准保叫人家给拉了去。于是,我得早早的起,敛旗息鼓的,一声不出的,去操练新军。敌人也会早起呀,这才真叫怄气!得设法说和了,要不然简直得出人命了。

哼,说和却不容易。比如我只有三十只能征惯战的鸽,而敌人有八十只,他才不和我开和平会议呢。没办法,干脆搬家吧。对这样的敌人,万幸我得过他一只来,我必定拿到鸽市去卖;不为钱,为是羞辱他。他也准知道我必到鸽市去,而托鸽贩或旁人把那只买回去,他自己没脸来和我过话。

即使没这种战争,养鸽也非养气之道;鸽时时使你心跳。这么说吧,我有点事要出门,刚走到巷口,见天上有只鸽,飞得两翅已疲,或是惊惶不定,显系飞迷了头;我不能漏这个空,马上飞跑回家,放起我的鸽来裹住这只宝贝。有天大的事也得放下。其实得到手中,也许是只最老丑的糟货,可是多少是个幸头,不能轻易放过。养鸽的人是"满天飞洋钱,两脚踩狗屎",因为老仰首走路也。

训练幼鸽也是很难放心的事,特别是经自己的手孵出来的。头几次飞,简直没把握,有时候眼看着你自己家中孵出的幼鸽,飞到别家去,其伤心不亚于丢失了儿女。

最难堪的是闹"鸦虎子"。"鸦虎子"是一种小鹰,秋冬之际来驻北平,专欺侮鸽子。在这个时节,养鸽的把鸽铃都撤下来,以免鸦虎闻声而来,在放鸽以前,要登高一望,看空中有无此物。及至鸽已飞起,而神气不对,忽高忽低,不正经着飞,便应马上"垫"起一只,使大家落下,以免危险;大概远处有了那个东西。不幸而鸦虎已到,那只有跺脚,而无办法。鸦虎子捉鸽的方法是把鸽群"托"到顶高，高得几乎像燕子那么小了，它才绕上去，单捉一只。它不忙，在鸽群下打旋，鸽们只好往高处飞了。越飞越高，越飞越乏；然后鸦虎猛的往高处一钻，鸽已失魂，紧跟着它往下一"砸"，群鸽屁滚尿流，一直的往下掉。可是鸦虎比它们快。于是空中落下一些羽毛，它捉住一只，找清静地方去享受。其余的幸得逃命，不择地而落，不定都落到哪里去呢！幸而有几只碰运气落在家中的房上，亦只顾喘息，如呆如痴，非常的可怜。这个，从始至终，养鸽的是目不敢瞬的看着；只是看着，一点办法没有！鸦虎已走，养鸽的还得等着，等着失落的鸽们回来。一会儿飞回来一只，又待一会儿又回来一只。可是等来等去，未必都能回来，因惊破了胆的鸽是很容易被别家得去的。检点残军，自叹晦气，堂堂七尺之躯会干不过个小小的鸦虎子！

普通的飞法是每天飞三次，每飞一次叫作"一翅儿"。三次的支配大概是每日的早晚中三时，这随天气的冷暖而变动。夏日太热，早晚为宜，午间即不放鸽；冬日自然以午间为宜，因为暖和些。夏天的鸽阵最好看，高处较凉一些，鸽喜高飞；而且没有鸦虎什么的，鸽飞得也稳；鸦虎是到别处去避暑了。每要飞一翅儿，是以长竿——竿头拴些碎布或鸡毛——一挥，鸽即飞起。飞起的都是熟鸽，不怕与别家的"撞"。其中最强者，尾系鸽铃，为全军奏乐。飞起来，先擦着房，而后渐次高升，以家中为中心来回的旋转。鸽不在多少，飞起来讲究尾彩配合的好，"盘儿"——即鸽阵——要密，彼此的距离短而旋转得一致。这样有盘儿有精神，悦目。盘儿大而松懈，东一个西一个的乱飞，则招人讥诮。当盘儿飞到相当的时间，则当把生鸽或幼鸽掷于房上，盘儿见此，则往下飞。如欲训练生鸽或幼鸽，即当盘儿下落之际续入，随盘儿飞转几圈，就一齐落于房上，以免丢失。以一鸽或二鸽掷于房上，招盘儿下来，叫做"垫"。

老鸽不限于随盘儿飞，有时被主人携到十数里之外去放，仍能飞回来。有时候卖出去,过一两月还能找到了老家。

养鸽的人家,房脊上摆琉璃瓦两三块,一黄二绿,或二绿一黄,以作标帜。鸽们记得这个颜色与摆法,即不往生地方落。

新鸽买来,用线拢住翅儿,以防飞走。过几天,把翅儿松开些,使能打扑噜而不能高飞,掷之房上,使它认识环境。再过几天,看鸽性是强烈还是温柔而决定松绑的早晚。老鸽绑的日久,幼鸽绑的期短。松绑以后,就可以试着训练了。

鸽食很简单,通常都用高粱。到换毛的时候或极冷的时候才加些料豆儿。每天喂鸽最好有一定的次数。

住处也不须怎么讲究,普通的是用苇扎成个栅子,栅里再砌起窝来,每一窝放一草筐,够一对鸽住的。最要紧的是要干燥和安全。窝门不结实,或砌的不好,黄鼠狼就会半夜来偷鸽吃。窝干燥清洁,鸽不易得病;如得起病来,传染的很快,那可了不得。

该说鸽市。

对于鸽的食水,我没详说,因为在重要的点上大家虽差不多,可是每人都有自己的手法,不能完全相同;既是玩吗,个人总设法证明自己的方法最好。谈到鸽市,规矩可就是普通的了,示奇立异是行不通的。

在我幼时,天天有鸽市。我记得好像是这样:逢一五是在护国寺的后身,二六是在北新桥,三是土地庙,四是花市,七八是西城车儿胡同,九十是隆福寺外。每逢一五,是否在护国寺后身,我不敢说准了;想了半天,也想不起来。

鸽贩是每天必上市的。他们大约可分三种:第一种是阔手,只简单的拿着一个鸽笼,专买卖中上等的鸽子。第二种,挑着好几个笼,好歹不论,有利就买就卖。第三种是专买破鸽雏鸽与鸽蛋——送到饭庄当菜用,我最不喜欢这第三种,鸽子一到他们手里就算无望了。顶可怜是雏鸽,羽毛还没长全,可是已能叫人看出是不成材料的货,便入了死笼。雏鸽哆嗦着,被别的鸽压在笼底上,极细弱的叫着!再过几点钟便成了盘中的菜了。

此外,还有一种暗中作买卖而不叫别人知道的,这好像是票友使黑杵,虽已拿钱而不明言。这种人可不甚多。

养鸽的人到市上去,若是卖鸽,便也是提笼。若是去买鸽,既不知准能买到与否,自然不必拿着笼去。只去卖一二只鸽,或是买到一二只,既未提笼,就用手绢捆着鸽。

买鸽的时候,不见得准买一对。家中有只雄的,没有伴儿,便去买只雌的;或者相反。因此,卖鸽的总说"公儿欢,母儿消"。所谓"欢"者,就是公鸽正想择配,见着雌的便咕咕的叫着追求。所谓"消"者,是雌鸽正想出嫁,有公鸽向她求爱,她就点头接受。买到欢公或消母,拿到家中即能马上结婚,不必费事。欢与消可以——若是有笼——当面试验。可是市上的鸽未必雄的都欢,雌的都消。况且有时两雄或两雌放在一处而充作一对儿卖。这可就得看买主的眼睛了。你本想去买一只欢公,而市上没有;可是有一只,虽不欢,但是合你的意。那么,也就得买这一只;现在不欢,过几天也许就欢起来。你怎么知道那是个公的呢?为买公鸽而去,却买了只母的回来,岂不窝囊得慌!市上是不甚讲道德的,没眼睛的就要受骗。

看鸽是这样的:把鸽拿在左手中,拢着鸽的翅与腿,用右手去托一托鸽的胸。鸽在此时,如瞪眼,即是公;眨眼的,即是母。头大的是公,头小的是母。除辨别公母,鸽在手中也能觉出挺拔与否。真正的行家,拿起鸽来,还能看出鸽的血统正不正来,有的鸽,外表很好,而来路不正,将来下蛋孵窝,未必还能出好鸽。这个,我可不大深知;我没有多少经验。

看完了头部,要用手捋一捋鸽翅,看翅活动与否,有力没有,与是否有伤——有的鸽是被弩弹打过而翅子僵硬不灵的。对于峰、尾,都要吹一吹,细看看;恐怕是假作的。都看好了,才讲价钱。半日之中,鸽受罪不少。所以真正好鸽,如鸽市上去卖,便放在笼内,只准看,不准动手。这显着硬气,可是鸽子的身分得真高;假如弄只破鸽而这么办,必会被人当笑话说。还有呢,好鸽保养的好,身上有一层白霜,像葡萄霜儿那样好看,经手一摸,便把霜儿蹭了去;所以不许动手。可是好鸽上市,即使不许人动,在笼中究竟要受损失,尾巴是最易磨坏的。所以要出手好鸽往往把买主请到家中来看,根本不到市上去。因此,市上实在见不着什么值钱的鸽子。

  关于鸽,我想起这么些儿来,离详尽还远得很呢。就是这一点,恐怕还有说错了的地方;二十多年前的事是不易老记得很清楚的。

  现在,粮食贵,有闲的人也少了,恐怕就还有养鸽的也不似先前那样讲究了。可是这也没什么可惜。我只是为述说而述说,倒不提倡什么国鸟国鸽的。

载 1935 年 4 月《人间世》第 26 期

鬼 与 狐

我所见过的鬼都是鼻眼俱全,带着腿儿,白天在街上蹓跶的。夜里出来活动的鬼,还未曾遇到过;不是他们的过错,而是因为我不敢走黑道儿。平均的说,我总是晚上九点后十点前睡觉,鬼们还未曾出来;一睁眼就又天亮了,据说鬼们是在鸡鸣以前回家休息的。所以我老与鬼们两不照面,向无交往。即使有时候鬼在半夜扒着窗户看看我,我向来是睡得如死狗一般,大概他们也不大好意思惊动我。据我推测,鬼的拿手戏是在吓唬人;那么,我夜间不醒,他也就没办法。就是他想一口冷气把我吹死,到底未能先使我的头发立起如刺猬的样子,他大概是不会过瘾的。

假若黑夜的鬼可以躲避,白天的鬼倒真没法儿防备。我不能白天也老睡觉。只要我一上街,总得遇上他。有时候在家中静坐,他会找上门来。夜里的鬼并不这样讨人嫌。还有呢,夜间的鬼有种种奇装异服与怪脸面,使人一见就知道鬼来了,如披散着头发,吐着舌头,走道儿没声音,和驾着阴风等等。这些特异的标帜使人先有个准备,能打呢就和他开仗,如若个子太高或样子太可怕呢,咱就给他表演个二百米或一英里竞走,虽然他也许打破我的纪录,而跑到前面去,可是到底我有个希望。白天的鬼,哼,比夜间的要厉害着多少倍,简直不知多少倍。第一,他不吐舌头,也不打旋风;他只在你不留神的时候,脚底下一绊,你准得躺下。他的样子一点也不见得比我难看,十之八九是胖胖的,一肚子鬼胎。他要能吓唬你，自然是见面就"虎"一气了；可是一般的说，他不"虎"，而是嬉皮笑脸的讨人喜欢，等你中了他的计策之后，你才觉出他比棺材板还硬还凉。他与夜鬼的分别是这样：夜鬼拿人当人待，他至多不过希望拉个替身；白日鬼根本不拿人当人，你只是他的诡计中的一个环节，你永远逃不出他的圈儿。夜鬼大概多少有点委屈，所以白脸红舌头的出出恶气，这情有可原。白日鬼什么委屈也没有，他干脆要占别人的便宜。夜鬼不讲什么道德，因为他晓得自己是鬼；白日鬼很讲道德，嘴里讲，心里是男盗女娼一应俱全。更厉害的是他比夜鬼的心眼多，他知道怎样有组织，用大家的势力摆下迷魂大阵，把他所要收拾的一一的捉进阵去。在夜鬼的历史里，很少有大头鬼、吊死鬼等等联合起来作大规模运动的。白日鬼可就两样了，他们永远有团体，有计划，使你躲开这个，躲不开那个，早晚得落在他们的手中。夜鬼因为势力孤单，他知道怎样不专凭势力，而有时也去找个清官，如包老爷之流，诉诉委屈，而从法律上雪冤报仇。白日鬼不讲这一套，世上的包老爷多数死在他们的手里，更不用说别人了。这种鬼的存在似乎专为害人，就是害不死人，也把人气死。他们什么也晓得，只是不晓得怎样不讨厌。他们的心眼很复杂，很快，很柔软——像块皮糖似的怎揉怎合适，怎方便怎去。他们没有半点火气，地道的纯阴，心凉得像块冰似的，口中叼着大吕宋烟。

这种无处无时不讨厌的鬼似乎该有个名称，我想"不知死的鬼"就很恰当。这种鬼虽具有人形，而心肺则似乎不与人心人肺的标本一样。他在顶小的利益上看出天大的甜头，在极黑暗的地方看出美，找到享乐。他吃，他唱，他交媾，他不知道死。这种玩艺儿把世界弄成了鬼的世界，有地狱的黑暗，而无其严肃。

鬼之外，应当说到狐。在狐的历史里，似乎女权很高，千年白狐总是变成妖艳的小娘子——可惜就是有时候露出点小尾巴。虽然有时候狐也变成白发老翁,可是究竟是老翁,少壮的男狐精就不大听说。因此,鬼若是可怕,狐便可怕而又可喜,往往使人舍不得她。她浪漫。

因为浪漫,狐似乎有点傻气,至少比"不知死的鬼"傻多了。修炼了千年或更长的时间才能化为人形,不刻苦的继续下工夫,却偏偏为爱情而牺牲,以至被张天师的张手雷打个粉碎,其愚不可及也。况且所爱的往往不是有汽车高楼的痴胖子,而是风流年少的穷书生;这太不上算了,要按着世上女鬼的逻辑说。

狐的手段也不高明。对于得恶他们的人,只会给饭锅里扔把沙子,或把茶壶茶碗放在厕所里去。这种办法太幼稚,只能恼人而不叫人真怕他们。于是人们请来高僧或捉妖的老道,门前挂上符咒,老少狐仙便即刻搬家。在这一点上,狐远不及鬼,更不及白日的鬼。鬼会在半夜三更叫唤几声,就把人吓得藏在被窝里出白毛汗,至少得烧点纸钱安慰安慰冤魂。至于那白日鬼就更厉害了,他会不动声色的,跟你一块吃喝的功夫,把你送到阴间去,到了阴间你还不知道是怎回事呢。

我以为说鬼与狐的故事与文艺大概多数的是为造成一种恐怖,故意的供给一种人为的哆嗦,好使心中空洞的人有些一想就颤抖的东西——神经的冷水浴。在这个目的以外,也许还有时候含着点教训,如鬼狐的报恩等等。不论是怎样吧,写这样故事的人大概都是为避免着人事,因为人事中的阴险诡诈远非鬼所能及;鬼的能力与心计太有限了,所以鬼事倒比较的容易写一些。至于鬼狐报恩一类的事,也许是求之人世而不可得,乃转而求诸鬼狐吧。

载 1936 年 7 月 1 日《论语》第 91 期

闲　话

妇女有妇女的聪明与本事，用不着我来操心替她们计划什么。再说呢，我这人刚直有余，聪明可差点，给男友作参谋，已往往往欠妥；自己根本不是女子，给她们出主意，更非失败不可。所以我一向不谈什么妇女问题；反之，有了难事，便常开个家庭会议，问策于母亲、姐姐，和太太。每开一次家庭会议，我就觉出男女的观点是怎样的不同，而想到凡事都须征求男女的意见，才能有妥善的办法。这倒不是谁比谁高明的问题，而是男女各有各的看法，明白了这种看法的不同，才能互相了解，于事有益。往小里说，一家中能各抒所见，管保少吵几次嘴；往大里说，一国中男女公民都有机会开口，政治一定良好，至少是不偏不倚，乾坤定矣。

所以今天我要对妇女讲几句话，并不强迫那位女士一定相信我这一套，而是愿意说出我的看法，也许可以作个参考。

我所要说的不是恋爱问题，因为我看恋爱问题是个最普遍而花哨的问题，写几本书也说不完，不说一声也可以。我要说点更实际的切近的，不是什么主义，而是一点老实话。

恋爱是梦，最好的希望都在这个梦中。结婚以后，最好的希望像雪似的逐渐消积，梦也就醒过来，原来男女并不是一对天使，而是睁开眼得先顾油盐酱醋——两夫妇早晨煮鸡子吃，因为没有盐，很可以就此开打，而且可以打得很热闹。

谁能想到，当初一天发三封情书，到而今会为这么点小事而唱起武戏来呢?! 可是人生原来如此,理想老和实际相距很远;事实的惊人常使一个理想者瞪眼茫然。婚前婚后是两个世界,隔着千山万水。男女在婚前都答应下彼此须能谅解,可是一到婚后非但不能谅解,而且越来越隔膜,甚至于吵闹打架。原因是在一个是男,一个是女,一切都不相同,怎能处处融洽。据我看,最大的毛病双方都是以我为中心,而另创起一个世界来;这个世界只有这对男女,与一些可喜的花鸟山水。事实上呢,这个世界也许在蜜月里存在数日,绝不能成本大套的往下延续。过了蜜月,我们还得回到这个老世界来。老世界里,男的有男的一段历史,女的有女的一段历史,并不能因为一结婚而把这段历史一刀两断,与以前的一切不相往来。打算彼此了解,就得在此留神:男女必须承认家庭而外,彼此还都有个社会。

  在几十年前,男的打外,女的打内,女的几乎一点管不着男的,除非是特别有本事,说翻了便能和丈夫打一气的。近来,情形可就不同了:男的已知道必尊重女的,女子呢,也明白怎样依靠着男的。这本来是个好现象。可是家庭间的争吵与不安往往也就因为这个。我看见不止一次了,太太想尽力去争女权,把丈夫管得笔管一般直顺。哪知道这笔管一旦弯起来,才弯得奇怪!

  现在的社会显然是个畸形的,虽然都吵嚷女权,可是女子实在没有得到什么。将来的社会,无疑的,是要平均的发展;一个人就是一个人,不管是男是女。不过,就是到了这个地步,我想男女恐怕是不能完全相同;性的变迁也许比别的都慢一些。用机器孵人已有人想到,倒还没人想使女子长胡子,男人生小孩;方法也许有,可是未免有点多此一举。那么,男女性既不易变,男的多少要比女的野一些,现在如是,将来也如是。真要是给男的都裹上小脚,老老实实的在家里看娃子,何不爽性变成女儿国,而必使男扮女装,抱着小脚哭一场?

  所以,妇女们,你们必须知道男子不是个"家畜",必须给他一些自由。自然,男子也不应当把女子看成家畜,是的;不过现在我们只说女子对男子所应有的了解,就不多说反面了。

我看见许多自居摩登的女子,以为非把男子用绳拴起像哈吧狗似的不足以表现自己的爱与摩登。他的朋友来了,桌上有果子他不敢随便让大家吃,唯恐太太不愿意。到了吃饭的时候,他得看太太的眼神才敢留友人吃饭,或是得到她的允许才能和大家出去吃小馆。朋友既不是瞎子,一回拘束,下次就不敢再来领教。这个,最教男子伤心。男子不能孤家寡人,他必须交友。对朋友,他喜欢大家不客气,桌上有果子拿起就吃,说吃饭大家站起就走。男子的粗野正是他的爽直。他不肯因陪太太而把朋友都冷淡了。家中虽有澡盆,及至朋友约去洗澡堂,他不肯拒绝。其余的事也是如此。就是不为个舒服,他也喜欢和男人们去洗澡看戏吃饭,因为男人在一处可以随便的说笑;有女子参加,他们都感到拘束。这自然一半是因为以前男女没有交际,可以彼此大大方方的在一块儿无拘无束的作事或娱乐;可是一半也因为男女的天性不同。在小时候,男孩或女孩占多数的时候,不就可以听到:"没有小子玩"或"不跟姑娘们玩"么?男子在婚前就有他的社会;婚后,这个社会还存在。一个朋友也许很不顺眼,可是他是男子的好友,你就不该慢待他。一个结了婚的男子总盼望好友太太敬重。这样,他才觉得好友与太太都能了解他,他便真能快乐。

我的一个好友住在天津,总是推门就进去;即使他没在家,他的太太也会给我予备好饭食与住处。后来,他的太太死去,他续了弦。我又因事到了天津,照旧推门进去。他在家呢。我约他去吃小馆,他看了看新太太——一位拿男人当家畜的女子。我告辞,他又看了看她,没留我。送我到门口,我看他眼中含着泪。第二天,他找到了我,拉着我的手,他说:"你必能原谅我,我知道我不愿意和她翻脸!可是,这样,我也活不下去!什么事没有她,她立刻说我不爱她,变了心。我不愿吵架,我只好作个有妻子而没有朋友的人!"

据我的观察,这位太太实在不错。她的毛病是中了电影毒——爱的升华,绝岛艳迹,一口水要吞了他,两撮泥捏成一个……她相信这些,也实行这些,她自以为非常的高明,十二分的摩登。我的朋友出门去,她只给他一块钱带着,为是教他手中无钱,早早回家。不久,我的朋友就死了。

我一点没有意思说她应当完全负杀死他的责任,不过在他临危的时候,他总是说想他的头一位太太。我也一点没有意思说,结过婚的男子应当野调无腔的,把太太放在家里不管,而自己任意的在外瞎胡闹。不是,我所要说的,是男女必须互相信任,互相承认在家庭之外,彼此还都有个社会;谁也不应当把谁作家畜。妇女是奴隶的时代已经过去了;电影片上,小说中,所形容的男哈吧狗,也过去了。即使以能当作哈吧狗为荣,为摩登的女子真能成功,充其极也不过有个哈吧狗男人而已。

载 1936 年 9 月 6 日天津《益世报》

英 国 人

据我看，一个人即使承认英国人民有许多好处，大概也不会因为这个而乐意和他们交朋友。自然，一个有金钱与地位的人，走到哪里也会受欢迎；不过，在英国也比在别国多些限制。比如以地位说吧，假如一个作讲师或助教的，要是到了德国或法国，一定会有些人称呼他"教授"。不管是出于诚心吧，还是捧场；反正这是承认教师有相当的地位，是很显然的，在英国，除非他真正是位教授，绝不会有人来招呼他。而且，这位教授假若不是牛津或剑桥的，也就还差点劲儿。贵族也是如此，似乎只有英国国产贵族才能算数儿。

至于一个平常人，尽管在伦敦或其他的地方住上十年八载，也未必能交上一个朋友。是的，我们必须先交代明白，在资本主义的社会里，大家一天到晚为生活而奔忙，实在找不出闲工夫去交朋友；欧西各国都是如此，英国并非例外。不过，即使我们承认这个，可是英国人还有些特别的地方，使他们更难接近。一个法国人见着个生人，能够非常的亲热，越是因为这个生人的法国话讲得不好，他才越愿指导他。英国人呢，他以为天下没有会讲英语的，除了他们自己，他干脆不愿答理一个生人。一个英国人想不到一个生人可以不明白英国的规矩，而是一见到生人说话行动有不对的地方，马上认为这个人是野蛮，不屑于再招呼他。英国的规矩又偏偏是那么多！他不能想象到别人可以没有这些规矩，而另有一套；不，英国的是一切；设若别处没有那么多的雾，那根本不能算作真正的天气！

除了规矩而外，英国人还有好多不许说的事：家中的事，个人的职业与收入，通通不许说，除非彼此是极亲近的人。一个住在英国的客人，第一要学会那套规矩，第二要别乱打听事儿，第三别谈政治，那么，大家只好谈天气了，而天气又是那么不得人心。自然，英国人很有的说，假若他愿意：他可以讲论赛马、足球、养狗、高尔夫球等等；可是咱又许不大晓得这些事儿。结果呢，只好对楞着。对了，还有宗教呢，这也最好不谈。每个英国人有他自己开阔的到天堂之路，乘早儿不用惹麻烦。连书籍最好也不谈，一般的说，英国人的读书能力与兴趣远不及法国人。能念几本书的差不多就得属于中等阶级，自然我们所愿与谈论书籍的至少是这路人。这路人比谁的成见都大，那么与他们闲话书籍也是自找无趣的事。多数的中等人拿读书——自然是指小说了——当作一种自己生活理想的佐证。一个普通的少女，长得有个模样，嫁了个驶汽车的；在结婚之夕才证实了，他原来是个贵族，而且承袭了楼上有鬼的旧宫，专是壁上的挂图就值多少百万！读惯这种书的，当然很难想到别的事儿，与他们谈论书籍和捣乱大概没有什么分别。中上的人自然有些识见了，可是很难遇到啊。况且有些识见的英国人，根本在英国就不大被人看得起；他们连拜伦，雪莱，和王尔德还都逐出国外去，我们想跟这样人交朋友——即使有机会——无疑的也会被看作成怪物的。

我真想不出，彼此不能交谈，怎能成为朋友。自然，也许有人说：不常交谈，那么遇到有事需要彼此的帮忙，便丁对丁，卯对卯的去办好了；彼此有了这样干脆了当的交涉与接触，也能成为朋友，不是吗？是的，求人帮助是必不可免的事，就是在英国也是如是；不过英国人的脾气还是以能不求人为最好。他们的脾气即是这样，他们不求你，你也就不好意思求他了。多数的英国人愿当鲁滨孙，万事不求人。于是他们对别人也就不愿多伸手管事。况且，他们即使愿意帮忙你，他们是那样的沉默简单，事情是给你办了，可是交情仍然谈不到。当一个英国人答应了你办一件事，他必定给你办到。可是，跟他上火车一样，非到车已要开了，他不露面。你别去催他，他有他的稳当劲儿。等办完了事，他还是不理你，直等到你去谢谢他，他才微笑一笑。到底还是交不上朋友，无论你怎样上前巴结。假若你一个劲儿奉承他或讨他的好，他也许告诉你："请少来吧，我忙！"这自然不是说，英国就没有一个和气的人。不，绝不是。一个和气的英国人可以说是最有礼貌，最有心路，最体面的人。不过，他的好处只能使你钦佩他，他有好些地方使人不便和他套交情。他的礼貌与体面是一种武器，使人不敢离他太近了。就是顶和气的英国人，也比别人端庄的多；他不喜欢法国式的亲热——你可以看见两个法国男人互吻，可是很少见一个英国人把手放在另一个英国人的肩上，或搂着脖儿。两个很要好的女友在一块儿吃饭，设若有一个因为点儿原故而想把自己的菜让给友人一点，你必会听到那个女友说："这不是羞辱我吗？"男人就根本不办这样的傻事。是呀，男人对于让酒让烟是极普遍的事，可是只限于烟酒，他们不会肥马轻裘与友共之。

  这样讲，好像英国人太别扭了。别扭，不错；可是他们也有好处。你可以永远不与他们交朋友，但你不能不佩服他们。事情都是两面的。英国人不愿轻易替别人出力，他可也不来讨厌你呀。他的确非常高傲，可是你要是也沉住了气，他便要佩服你。一般的说，英国人很正直。他们并不因为自傲而蛮不讲理。对于一个英国人，你要先估量估量他的身分，再看看你自己的价值，他要是像块石头，你顶好像块大理石；硬碰硬，而你比他更硬。他会承认他的弱点。他能够很体谅人，很大方，但是他不愿露出来；你对他也顶好这样。设若你准知道他要向灯，你就顶好也先向灯,他自然会向火;他喜欢表示自己有独立的意见。他的意见可老是意见,假若你说得有理,到办事的时候他会牺牲自己的意见,而应怎么办就怎么办。你必须知道,他的态度虽是那么沉默孤高,像有心事的老驴似的,可是他心中很能幽默一气。他不轻易向人表示亲热,可也不轻易生气,到他说不过你的时候,他会以一笑了之。这点幽默劲儿使英国人几乎成为可爱的了。他没火气,他不吹牛,虽然他很自傲自尊。

所以,假若英国人成不了你的朋友,他们可是很好相处。他们该办什么就办什么,不必你去套交情;他们不因私交而改变作事该有的态度。他们的自傲使他们对人冷淡,可是也使他们自重。他们的正直使他们对人不客气,可也使他们对事认真。你不能拿他当作吃喝不分的朋友,可是一定能拿他当个很好的公民或办事人。就是他的幽默也不低级讨厌,幽默助成他作个贞脱儿曼,不是弄鬼脸逗笑。他并不老实,可是他大方。

他们不爱着急,所以也不好讲理想。胖子不是一口吃起来的,乌托邦也不是一步就走到的。往坏了说,他们只顾眼前;往好里说,他们不乌烟瘴气。他们不爱听世界大同,四海兄弟,或那顶大顶大的计划。他们愿一步一步慢慢的走,走到哪里算哪里。成功呢,好;失败呢,再干。英国兵不怕打败仗。英国的一切都好像是在那儿敷衍呢,可是他们在各种事业上并不是不求进步。这种骑马找马的办法常常使人以为他们是狡猾,或守旧;狡猾容或有之,守旧也是真的,可是英国人不在乎,他有他的主意。他深信常识是最可宝贵的,慢慢走着瞧吧。萧伯纳可以把他们骂得狗血喷头,可是他们会说:"他是爱尔兰的呀!"他们会随着萧伯纳笑他们自己,但他们到底是他们——萧伯纳连一点办法也没有!

这些,可只是个简单的,大概的,一点由观察得来的印象。一般的说,也许大致不错;应用到某一种或某一个英国人身上,必定有许多欠妥当的地方。概括的论断总是免不了危险的。

载 1936 年 9 月《西风》第 1 期

东方学院

从一九二四的秋天,到一九二九的夏天,我一直的在伦敦住了五年。除了暑假寒假和春假中,我有时候离开伦敦几天,到乡间或别的城市去游玩,其余的时间就都销磨在这个大城里。我的工作不许我到别处去,就是在假期里,我还有时候得到学校去。我的钱也不许我随意的去到各处跑,英国的旅馆与火车票价都不很便宜。

我工作的地方是东方学院,伦敦大学的各学院之一。这里,教授远东近东和非洲的一切语言文字。重要的语言都成为独立的学系,如中国语,阿拉伯语等;在语言之外还讲授文学哲学什么的。次要的语言,就只设一个固定的讲师,不成学系,如日本语;假如有人要特意的请求讲授日本的文学或哲学等,也就由这个讲师包办。不甚重要的语言,便连固定的讲师也不设,而是有了学生再临时去请教员,按钟点计算报酬。譬如有人要学蒙古语文或非洲的非英属的某地语文,便是这么办。自然,这里所谓的重要与不重要,是多少与英国的政治,军事,商业等相关联的。

在学系里,大概的都是有一位教授,和两位讲师。教授差不多全是英国人;两位讲师总是一个英国人,和一个外国人——这就是说,中国语文系有一位中国讲师,阿拉伯语文系有一位阿拉伯人作讲师。这是三位固定的教员,其余的多是临时请来的,比如中国语文系里,有时候于固定的讲师外,还有好几位临时的教员,假若赶到有学生要学中国某一种方言的话;这系里的教授与固定讲师都是说官话的,那么要是有人想学厦门话或绍兴话,就非去临时请人来教不可。

这里的教授也就是伦敦大学的教授。这里的讲师可不都是伦敦大学的讲师。以我自己说,我的聘书是东方学院发的,所以我只算学院里的讲师,和大学不发生关系。那些英国讲师多数的是大学的讲师,这倒不一定是因为英国讲师的学问怎样的好,而是一种资格问题:有了大学讲师的资格,他们好有升格的希望,由讲师而副教授而教授。教授既全是英国人,如前面所说过的,那么外国人得到了大学的讲师资格也没有多大用处。况且有许多部分,根本不成为学系,没有教授,自然得到大学讲师的资格也不会有什么发展。在这里,看出英国人的偏见来。以梵文,古希伯来文,阿拉伯文等说,英国的人才并不弱于大陆上的各国;至于远东语文与学术的研究,英国显然的追不上德国或法国。设若英国人愿意,他们很可以用较低的薪水去到德法等国聘请较好的教授。可是他们不肯。他们的教授必须是英国人,不管学问怎样。就我所知道的,这个学院里的中国语文学系的教授,还没有一位真正有点学问的。这在学术上是吃了亏,可是英国人自有英国人的办法,决不会听别人的。幸而呢,别的学系真有几位好的教授与讲师,好歹一背拉,这个学院的教员大致的还算说得过去。况且,于各系的主任教授而外,还有几位学者来讲专门的学问,像印度的古代律法,巴比仑的古代美术等等,把这学院的声价也提高了不少。在这些教员之外,另有位音韵学专家,教给一切学生以发音与辨音的训练与技巧,以增加学习语言的效率。这倒是个很好的办法。

大概的说,此处的教授们并不像牛津或剑桥的教授们那样只每年给学生们一个有系统的讲演,而是每天与讲师们一样的教功课。这就必须说一说此处的学生了。到这里来的学生,几乎没有任何的限制。以年龄说,有的是七十岁的老夫或老太婆,有的是十几岁的小男孩或女孩。只要交上学费,便能入学。于是,一人学一样,很少有两个学生恰巧学一样东西的。拿中国语文系说吧,当我在那儿的时候,学生中就有两位七十多岁的老人:一位老人是专学中国字,不大管它们都念作什么,所以他指定要英国的讲师教他。另一位老人指定要跟我学,因为他非常注重发音;他对语言很有研究,古希腊,拉丁,希伯来,他都会,到七十多岁了,他要听听华语是什么味儿;学了些日子华语,他又选上了日语。这两个老人都很用功,头发虽白,心却不笨。这一对老人而外,还有许多学生:有的学言语,有的念书,有的要在伦敦大学得学位而来预备论文,有的念元曲,有的念《汉书》,有的是要往中国去,所以先来学几句话,有的是已在中国住过十年八年而想深造……总而言之,他们学的功课不同,程度不同,上课的时间不同,所要的教师也不同。这样,一个人一班,教授与两个讲师便一天忙到晚了。这些学生中最小的一个才十二岁。

因此,教授与讲师都没法开一定的课程,而是兵来将挡,学生要学什么,他们就得教什么;学院当局最怕教师们说:"这我可教不了。"于是,教授与讲师就很不易当。还拿中国语文系说吧,有一回,一个英国医生要求教他点中国医学。我不肯教,教授也瞪了眼。结果呢,还是由教授和他对付了一个学期。我很佩服教授这点对付劲儿;我也准知道,假若他不肯敷衍这个医生,大概院长那儿就更难对付。由这一点来说,我很喜欢这个学院的办法,来者不拒,一人一班,完全听学生的。不过,要这样办,教员可得真多,一系里只有两三个人,而想使个个学生满意,是作不到的。

成班上课的也有:军人与银行里的练习生。军人有时候一来就是一拨儿,这一拨儿分成几组,三个学中文,两个学日文,四个学土耳其文……既是同时来的,所以可以成班。这是最好的学生。他们都是小军官,又差不多都是世家出身,所以很有规

1936年老舍创作《骆驼祥子》时摄于青岛。

老舍摄于1938年。

矩,而且很用功。他们学会了一种语言,不管用得着与否,只要考试及格,在饷银上就有好处。据说会一种语言的,可以每年多关一百镑钱。他们在英国学一年中文,然后就可以派到中国来。到了中国,他们继续用功,而后回到英国受试验。试验及格便加薪俸了。我帮助考过他们,考题很不容易,言语,要能和中国人说话;文字,要能读大报纸上的社论与新闻,和能将中国的操典与公文译成英文。学中文的如是,学别种语文的也如是。厉害!英国的秘密侦探是著名的,军队中就有这么多,这么好的人才呀:和哪一国交战,他们就有会哪一国言语文字的军官。我认得一个年轻的军官,他已考及格过四种言语的初级试验,才二十三岁!想打倒帝国主义么,啊,得先充实自己的学问与知识,否则喊哑了嗓子只有自己难受而已。

最坏的学生是银行的练习生们。这些都是中等人家的子弟——不然也进不到银行去——可是没有军人那样的规矩与纪律,他们来学语言,只为马马虎虎混个资格,考试一过,马上就把"你有钱,我吃饭"忘掉。考试及格,他们就有被调用到东方来的希望,只是希望,并不保准。即使真被派遣到东方来,如新加坡,香港,上海,等处,他们早知道满可以不说一句东方语言而把事全办了。他们是来到这个学院预备资格,不是预备言语,所以不好好的学习。教员们都不喜欢教他们,他们也看不起教员,特别是外国教员。没有比英国中等人家的二十上下岁的少年再讨厌的了,他们有英国人一切的讨厌,而英国人所有的好处他们还没有学到,因为他们是正在刚要由孩子变成大人的时候,所以比大人更讨厌。

班次这么多,功课这么复杂,不能不算是累活了。可是有一样好处:他们排功课表总设法使每个教员空闲半天。星期六下午照例没有课,再加上每周当中休息半天,合起来每一星期就有两天的休息。再说呢,一年分为三学期,每学期只上十个星期的课,一年倒可以有五个月的假日,还算不坏。不过,假期中可还有学生愿意上课;学生愿意,先生自然也得愿意,所以我不能在假期中一气离开伦敦许多天。这可也有好处,假期中上课,学费便归先生要。

学院里有个很不错的图书馆,专藏关于东方学术的书籍,楼上还有些中国书。学生在上课前,下课后,不是在休息室里,便是到图书馆去,因为此外别无去处。这里没有运动场等等的设备,学生们只好到图书馆去看书,或在休息室里吸烟,没别的事可作。学生既多数的是一人一班,而且上课的时间不同,所以不会有什么团体与运动。每一学期至多也不过有一次茶话会而已。这个会总是在图书馆里开,全校的人都被约请。没有演说,没有任何仪式,只有茶点,随意的吃。在开这个会的时候,学生才有彼此接谈的机会,老幼男女聚在一处,一边吃茶一边谈话。这才看出来,学生并不少;平日一个人一班,此刻才看到成群的学生。

假期内,学院里清静极了,只有图书馆还开着,读书的人可也并不甚多。我的《老张的哲学》,《赵子曰》,与《二马》,大部分是在这里写的,因为这里清静啊。那时候,学院是在伦敦城里。四外有好几个火车站,按说必定很乱,可是在学院里并听不到什么声音。图书馆靠街,可是正对着一块空地,有些花木,像个小公园。读完了书,到这个小公园去坐一下,倒也方便。现在,据说这个学院已搬到大学里去,图书馆与课室——一个友人来信这么说——相距很远,所以馆里更清静了。哼,希望多咱有机会再到伦敦去,再在这图书馆里写上两本小说!

载 1937 年 3 月《西风》第 7 期

英国人与猫狗

英国人爱花草,爱猫狗。由一个中国人看呢,爱花草是理之当然,自要有钱有闲,种些花草几乎可与藏些图书相提并论,都是可以用"雅"字去形容的事。就是无钱无闲的,到了春天也免不花掉几个铜板买上一两小盆蝴蝶花什么的,或者把白菜脑袋塞在土中,到时候也会开上几朵小十字花儿。在诗里,赞美花草的地方要比诹颂美人的地方多得多,而梅兰竹菊等等都有一定的品格,仿佛比人还高洁可爱可敬,有点近乎一种什么神明似的。在通俗的文艺里,讲到花神的地方也很不少,爱花的人每每在死后就被花仙迎到天上的植物园去。这点荒唐,荒唐得很可爱。虽然里边还是含着与敬财神就得元宝一样的实利念头,可到底显着另有股子劲儿,和财迷大有不同;我自己就不反对被花娘娘们接到天上去玩玩。

所以,看见英国人的爱花草,我们并不觉得奇怪,反倒是觉得有点惭愧,他们的花是那么多呀!在热闹的买卖街上,自然没有种花草的地方了,可是还能看到卖"花插"的女人,和许多鲜花铺。稍讲究一些的饭铺酒馆自然要摆鲜花了。其他的铺户中也往往摆着一两瓶花,四五十岁的掌柜们在肩下插着一朵玫瑰或虞美人也是常有的事。赶到一走到住宅区,看吧,差不多家家有些花,园地不大,可收拾得怪好,这儿一片郁金香,那儿一片玫瑰,门道上还往往搭着木架,爬着那单片的蔷薇,开满了花,就和图画里似的。越到乡下越好看,草是那么绿,花是那么鲜,空气是那么香,一个中国人也有点惭愧了。五六月间,赶上晴暖的天,到乡下去走走,真是件有造化的事,处处都像公园。

一提到猫狗和其他的牲口,我们便不这么起劲了。中国学生往往给英国朋友送去一束鲜花,惹得他们非常的欢喜。可是,也往往因为讨厌他们的猫狗而招得他们撅了嘴。中国人对于猫狗牛马,一般的说,是以"人为万物灵"为基础而直呼它们作畜类的。正人君子呢,看见有人爱动物,总不免说声"声色狗马,玩物丧志"。一般的中等人呢,养猫养狗原为捉老鼠与看家,并不须赏它们个好脸儿。那使着牲口的苦人呢,鞭子在手,急了就发威,又因为经济,它们的食水待遇活该得按着哑吧畜生办理。于是大概的说,中国的牲口实在有点倒霉;太监怀中的小吧狗,与阔寡妇椅子上的小白猫,自然是碰巧了的例外。畜类倒霉,已经看惯,所以法律上也没有什么规定;虐待丫头与媳妇本还正大光明,哑吧畜生更无处诉委屈去;黑驴告状也并没陈告它自己的事。再说,秦桧与曹操这辈子为人作歹,下辈便投胎猪狗,吃点哑吧亏才正合适。这样,就难怪我们觉得英国人对猫狗爱得有些过火了。说真的,他们确是有点过火;不过,要从猫狗自己看呢;也许就不这么说了吧?狗彘食人食,而有些人却没饭吃,自然也不能算是公平,但是普遍的有一种爱物的仁慈,也或者无碍于礼教吧!

英国人的爱动物,真可以说是普遍的。有人说,这是英国人的海贼本性还没有蜕净,所以总拿狗马当作朋友似的对待。据我看,这点贼性倒怪可爱;至少狗马是可以同情这句话的。无事可作的小姐与老太婆自然要弄条小狗玩玩了——对于这种小狗,无论它长得多么不顺眼,你可就是别说不可爱呀!——就是卖煤的煤黑子,与送牛奶的人,也都非常爱惜他们的马。你想不到拉煤车的马会那么驯顺、体面、干净。煤黑子本人远不如他的马漂亮,他好像是以他的马当作他的光荣。煤车被叫住了,无论是老幼男女,跟煤黑子要过几句话,差不多总是以这匹马作中心。有的过去拍拍马脖子,有的过去吻一下,有的给拿出根胡萝卜来给它吃。他们看见一匹马就仿佛外婆看见外孙子似的,眼中能笑出一朵花儿来。英国人平常总是拉着长脸,像顶着一脑门子官司,假若你打算看看他们也有个善心,也和蔼可爱,请你注意当他们立在一匹马或拉着条狗的时候。每到春天,这些拉车的马也有比赛的机会。看吧,煤黑子弄了瓶擦铜油,一边走一边擦马身上的铜活呀。马鬃上也挂上彩子或用各色的绳儿梳上辫子,真是体面!这么看重他们的马,当然的在平日是不会给气受的,而且载重也有一定的限度,即使有狠心的人,法律也不许他任意欺侮牲口。想起北平的煤车,当雨天陷在泥中,煤黑子用支车棍往马身上抡,真要令人喊"生在礼教之邦的马哟!"

　　猫在动物里算是最富独立性的了,它高兴呢就来爬在你怀中,罗哩罗嗦的不知道念着什么。它要是不高兴,任凭你说什么,它也不答理。可是,英国人家里的猫并不因此而少受一些优待。早晚他们还是给它鱼吃,牛奶喝,到家主旅行去的时候,还要把它寄放到"托猫所"去,花不少的钱去喂养着;赶到旅行回来,便急忙把猫接回来,乖乖宝贝的叫着。及至老猫不吃饭,或小猫摔了腿,便找医生去拔牙、接腿,一家子都忙乱着,仿佛有了什么了不得的事。

　　狗呢,就更不用说,天生来的会讨人喜欢,作走狗,自然会吃好的喝好的。小哈吧狗们,在冬天,得穿上背心;出门时,得抱着;临睡的时候,还得吃块糖。电影院、戏馆,禁止狗们出入,可是这种小狗会"走私",爬在老太婆的袖里或衣中,便也去看电影听戏,有时候一高兴便叫几声,招得老太婆头上冒汗。大狗虽不这么娇,可也很过得去。脚上偶一不慎黏上一点路上的柏油,便立刻到狗医院去给套上一只小靴子,伤风咳嗽也须吃药,事儿多了去啦。可是,它们也真是可爱,有的会送小儿去上学,有的会给主人叼着东西,有的会耍几套玩艺;白天不咬人,晚上可挺厉害。你得听英国人们去说狗的故事,那比人类的历史还热闹有趣。人家、猎户、军队、警察所、牧羊人,都养狗,都爱狗。狗种也真多,大的、小的、宽的、细的、长毛的、短毛的,每种都有一定的尺寸,一定的长度,买来的时候还带着家谱,理直气壮,一点不含糊!那真正入谱的,身价往往值一千镑钱!

年年各处都有赛猫会、赛狗会。参与比赛的猫狗自然必定都有些来历,就是那没资格入会的也都肥胖精神。这就不能不想起中国的狗了,在北平,在天津,在许多大城市里,去看看那些狗,天下最丑的东西!骨瘦如柴,一天到晚连尾巴也不敢撅起来一回,太可怜了,人还没有饭吃,似乎不必先为狗发愁吧,那么,我只好替它们祷告,下辈子不要再投胎到这儿来了!

简直没有一个英国人不爱马。那些专作赛马用的,不用说了,自然是老有许多人伺候着;就是那平常的马,无论是拉车的,还是耕地的,也都很体面。有一张卡通,记得,画的是"马之将来",将来的军队有飞机坦克车去冲杀陷阵,马队自然要消灭了;将来的运输与车辆也用不着骡马们去拖拉,于是马怎么办呢?这张卡通——英国人画的——上说,它们就要成了猫狗:客厅里该趴着猫,将来是趴着匹马;老太婆上街该拉着狗,将来便牵着匹骡子。这未必成为事实,可是足见他们是怎样的舍不得骡马了。

除了猫狗骡马,他们对于牛羊鸡猪也都很爱惜,这是要到乡间才可以看见的。有一回到乡间去看了朋友,他的祖父是个农夫,养着许多猪与鸡。老人的鸡都有名字,叫哪个,哪个就跑来。老人最得意的是他的那些肥猪,真是干净可爱。可是,有一天下了雨,肥猪们都下了泥塘,弄得满身是稀泥;把老人差点气坏了。总而言之,他们对牲口们是尽到力量去爱护,即使是为杀了吃肉的,反正在它们活着的时候总不受委屈。中国有许多人提倡吃素禁屠,可是往往寺院里放生的牲口皮包不住骨,别处的畜类就更不必说了。好死不如癞活着,是我们特有的哲学,可也真够残忍的。

对于鱼鸟鸽虫,英国人不如我们会养会玩,养这些玩艺的也就很少。卖猫狗的铺子里不错也卖鹦鹉,小兔,小龟,和碧玉鸟什么的,可是养鸟的并不懂教给它们怎样的叫成套数。据说,他们在老年间也斗鸡斗鹌鹑,现在已被禁止,因为太残忍。我们似乎也该把斗蟋蟀什么的禁止了吧?也不是怎么的,我总以为小时候爱斗蟋蟀,长大了也必爱去看枪毙人;没有实地的测验过,此说容或不能成立;再说,还许是一点妇人之仁,根本要不得呢。

载 1937 年 6 月 1 日《西风》第 10 期

兔 儿 爷

我好静,故怕旅行。自然,到过的地方就不多了。到的地方少,看的东西自然也就少。就是对于兔儿爷这玩艺也没有看过多少种。

稍为熟习的只有北方几座城:北平,天津,济南,和青岛。在这四个名城里,一到中秋,街上便摆出兔儿爷来——就是山东人称为兔子王的泥人。兔儿爷或兔子王都是泥作的。兔脸人身,有的背后还插上纸旗,头上罩着纸伞。种类多,作工细,要算北平。山东的兔子王样式既少,手工也很糙。

泥人本有多种,可是因为不结实,所以作得都不太精细;给小儿女买玩艺儿,谁也不愿多花钱买一碰即碎的呀。兔儿爷虽也系泥人,但售出的时间只在八月节前的半个月左右,与月饼同为迎时当令的东西,故不妨作得精细一些。况且小儿女们每愿给兔儿爷上供,置之桌上,不像对待别种泥娃娃那么随便,于是也就略为减少碰碎的危险。这样,兔儿爷便获得较优越的地位,而能每年一度很漂亮的出现于街头。

中秋又到了,北平等处的兔儿爷怎样呢?

我可以想象到:那些粉脸彩衣,插旗打伞的泥人们一定还是一行行的摆在街头,为暴敌粉饰升平啊!

听说敌人这些日子,正在北平大量的焚书,几乎凡不是木板的图书都可以遭到被投入火里的厄运。学校里,人家里,都没有了书,而街头上到处摆出兔儿爷,多么好的一种布置呢!暴敌要的是傀儡呀！

　　友人来信,说平津大雨,连韭菜都卖到三吊钱(与重庆的"吊"同值)一束,粗粮也卖到一毛多一斤。谁还买得起兔儿爷呢？大概也就是在市上摆几天,给大家热闹热闹眼睛吧？

　　因而就想到那些高等汉奸,到时候,他们就必出来。正如桂花一开,兔子王便上市。他们的脸很体面,油光水滑的,只可惜鼻下有个三瓣子嘴,而头上有一对长耳朵。他们的身上也花花绿绿,足下登起粉底高靴。身腔里可是空空的,脊背有个泥团儿,为插旗伞之用;旗伞都是纸作的。他们多体面,多空虚,多没有心肝呢！他们唯一的好处似乎只在有两个泥膝,跪下很方便。

　　兔儿爷怕遇上淘气的孩子,左搬右弄,它脸上的粉,身上的彩,便被弄污;不幸而孩子一失手,全身便变成若干小片片了。孩子并不十分伤心,有钱便能再买一个呀。幸而支持过了中秋,并未粉碎;可又时节已过,谁还有心玩兔子王呢？最聪明的傀儡也不过是些小土片呀！那些带活气的兔子王,越漂亮,我就越替他们担心;小日本鬼子不但淘气,而且是世上最凶狠的孩子啊。兔子王的寿命无论如何过不去中秋,我真想为那些粉墨登场的傀儡们落泪了。

　　抗战建国须凭真实本领与浩然正气,只能迎时当令充兔子王的,不作汉奸,也是废物。那么,我们不仅当北望平津,似乎也当自省一下吧？

　　　　　　　　载 1938 年 10 月 30 日《弹花》第 2 卷第 1 期

多鼠斋杂谈

一 戒 酒

并没有好大的量,我可是喜欢喝两杯儿。因吃酒,我交下许多朋友——这是酒的最可爱处。大概在有些酒意之际,说话作事都要比平时豪爽真诚一些,于是就容易心心相印,成为莫逆。人或者只在"喝了"之后,才会把专为敷衍人用的一套生活八股抛开,而敢露一点锋芒或"谬论"——这就减少了我脸上的俗气,看着红扑扑的,人有点样子!

自从在社会上作事至今的廿五六年中,虽不记得一共醉过多少次,不过,随便的一想,便颇可想起"不少"次丢脸的事来。所谓丢脸者,或者正是给脸上增光的事,所以我并不后悔。酒的坏处并不在撒酒疯,得罪了正人君子——在酒后还无此胆量,未免就太可怜了!酒的真正的坏处是它伤害脑子。

"李白斗酒诗百篇"是一位诗人赠另一位诗人的夸大的谀赞。据我的经验,酒使脑子麻木,迟钝,并不能增加思想产物的产量。即使有人非喝醉不能作诗,那也是例外,而非正常。在我患贫血病的时候,每喝一次酒,病便加重一些;未喝的时候若患头"昏",喝过之后便改为"晕"了,那妨碍我写作!

对肠胃病更是死敌。去年,因医治肠胃病,医生严嘱我戒酒。从去岁十月到如今,我滴酒未入口。

不喝酒,我觉得自己像哑巴了:不会嚷叫,不会狂笑,不会说话!啊,甚至于不会活着了!可是,不喝也有好处,肠胃舒服,脑袋昏而不晕,我便能天天写一二千字!虽然不能一口气吐出百篇诗来,可是细水长流的写小说倒也保险;还是暂且不破戒吧!

二　戒　烟

戒酒是奉了医生之命,戒烟是奉了法弊的命令。什么?劣如"长刀"也卖百元一包?老子只好咬咬牙,不吸了!

从廿二岁起吸烟,至今已有一世纪的四分之一。这廿五年养成的习惯,一旦戒除可真不容易。

吸烟有害并不是戒烟的理由。而且,有一切理由,不戒烟是不成。戒烟凭一点"火儿"。那天,我只剩了一支"华丽"。一打听,它又长了十块!三天了,它每天长十块!我把这一支吸完,把烟灰碟擦干净,把洋火放在抽屉里。我"火儿"啦,戒烟!

没有烟,我写不出文章来。廿多年的习惯如此。这几天,我硬撑!我的舌头是木的,嘴里冒着各种滋味的水,嗓门子发痒,太阳穴微微的抽着疼!——顶要命的是脑子里空了一块!不过,我比烟要更厉害些:尽管你小子给我以各样的毒刑,老子要挺一挺给你看看!

毒刑夹攻之后,它派来会花言巧语的小鬼来劝导:"算了吧,也总算是个老作家了,何必自苦太甚!况且天气是这么热;要戒,等到秋凉,总比较的要好受一点呀!"

"去吧!魔鬼!咱老子的一百元就是不再买又霉、又臭、又硬、又伤天害理的纸烟!"

今天已是第六天了,我还撑着呢!长篇小说没法子继续写下去;谁管它!除非有人来说:"我每天送你一包'骆驼',或廿支'华福',一直到抗战胜利为止!"我想我大概不会向"人头狗"和

"长刀"什么的投降的!

三 戒 茶

我既已戒了烟酒而半死不活,因思莫若多加几种,爽性快快的死了倒也干脆。

谈再戒什么呢?

戒荤吗?根本用不着戒,与鱼不见面者已整整二年,而猪羊肉近来也颇疏远。还敢说戒?平价之米,偶而有点油肉相佐,使我绝对相信肉食者"不鄙"!若只此而戒除之,则腹中全是平价米,而人也决变为平价人,可谓"鄙"矣!不能戒荤!

必不得已,只好戒茶。

我是地道中国人,咖啡、蔻蔻、汽水、啤酒,皆非所喜,而独喜茶。有一杯好茶,我便能万物静观皆自得。烟酒虽然也是我的好友,但它们都是男性的——粗莽,热烈,有思想,可也有火气——未若茶之温柔,雅洁,轻轻的刺戟,淡淡的相依;茶是女性的。

我不知道戒了茶还怎样活着,和干吗活着。但是,不管我愿意不愿意,近来茶价的增高已教我常常起一身小鸡皮疙瘩!

茶本来应该是香的,可是现在卅元一两的香片不但不香,而且有一股子咸味!为什么不把咸蛋的皮泡泡来喝,而单去买咸茶呢?六十元一两的可以不出咸味,可也不怎么出香味,六十元一两啊!谁知道明天不就又长一倍呢!

恐怕呀,茶也得戒!我想,在戒了茶以后,我大概就有资格到西方极乐世界去了——要去就抓早儿,别把罪受够了再去!想想看,茶也须戒!

四　猫的早餐

多鼠斋的老鼠并不见得比别家的更多,不过也不比别处的少就是了。前些天,柳条包内,棉袍之上,毛衣之下,又生了一窝。

没法不养只猫子了,虽然明知道一买又要一笔钱,"养"也至少须费些平价米。

花了二百六十元买了只很小很丑的小猫来。我很不放心。单从身长与体重说,厨房中的老一辈的老鼠会一日咬两只这样的小猫的。我们用麻绳把咪咪拴好,不光是怕它跑了,而是怕它不留神碰上老鼠。

我们很怕咪咪会活不成的,它是那么瘦小,而且终日那么团着身哆哩哆嗦的。

人是最没办法的动物,而他偏偏爱看不起别的动物,替它们担忧。

吃了几天平价米和煮包谷,咪咪不但没有死,而且欢蹦乱跳的了。它是个乡下猫,在来到我们这里以前,它连米粒与包谷粒大概也没吃过。

我们总觉得有点对不起咪咪——没有鱼或肉给它吃,没有牛奶给它喝。猫是食肉动物,不应当吃素!

可是,这两天,咪咪比我们都要阔绰了;人才真是可怜虫呢!昨天,我起来相当的早,一开门咪咪骄傲的向我叫了一声,右爪按着个已半死的小老鼠。咪咪的旁边,还放着一大一小的两个死蛙——也是咪咪咬死的,而不屑于去吃,大概死蛙的味道不如老鼠的那么香美。

我怔住了,我须戒酒,戒烟,戒茶,甚至要戒荤,而咪咪——会有两只蛙,一只老鼠作早餐!说不定,它还许已先吃过两三个蚱蜢了呢!

五 最难写的文章

或问:什么文章最难写?

答:自己不愿意写的文章最难写。比如说:邻居二大爷年七十,无疾而终。二大爷一辈子吃饭穿衣,喝两杯酒,与常人无异。他没立过功,没立过言。他少年时是个连模样也并不惊人的少年,到老年也还是个平平常常的老人,至多,我只能说他是个安分守己的好公民。可是,文人的灾难来了!二大爷的儿子——大学毕业,现在官居某机关科员——送过来讣文,并且诚恳的请赐挽词。我本来有两句可以赠给一切二大爷的挽词:"你死了不能再见,想起来好不伤心!"可是我不敢用它来搪塞二大爷的科员少爷,怕他说我有意侮辱他的老人。我必须另想几句——近邻,天天要见面,假若我决定不写,科员少爷会恼我一辈子的。可是,老天爷,我写什么呢?

在这很为难之际,我真佩服了从前那些专凭作挽诗寿序挣吃饭的老文人了!你看,还以二大爷这件事为例吧,差不多除了扯谎,我简直没法写出一个字。我得说二大爷天生的聪明绝顶,可是还"别"说他虽聪明绝顶,而并没著过书,没发明过什么东西,和他在算钱的时候总是脱了袜子的。是的,我得把别人的长处硬派给二大爷,而把二大爷的短处一字不题。这不是作诗或写散文,而是替死人来骗活人!我写不好这种文章,因为我不喜欢扯谎。

在挽诗与寿序等而外,就得算"九一八"、"双十"与"元旦"什么的最难写了。年年有个元旦,年年要写元旦,有什么好写呢?每逢接到报馆为元旦增刊征文的通知,我就想这样回复:"死去吧!省得年年教我吃苦!"可是又一想,它死了岂不又须作挽联啊？于是只好按住心头之火,给它拼凑几句——这不是我作文章,而是文章作我!说到这里,相应提出:"救救文人!"的口号,并且希望科员少爷与报馆编辑先生网开一面,叫小子多活两天!

六　最可怕的人

我最怕两种人:第一种是这样的——凡是他所不会的,别人若会,便是罪过。比如说:他自己写不出幽默的文字来,所以他把幽默文学叫作文艺的脓汁,而一切有幽默感的文人都该加以破坏抗战的罪过。他不下一番工夫去考查考查他所攻击的东西到底是什么,而只因为他自己不会,便以为那东西该死。这是最要不得的态度,我怕有这种态度的人,因为他只会破坏,对人对己都全无好处。假若他作公务员,他便只有忌妒,甚至因忌妒别人而自己去作汉奸;假若他是文人,他便也只会忌妒,而一天到晚浪费笔墨,攻击别人,且自鸣得意,说自己颇会批评——其实是扯淡!这种人乱骂别人,而自己永不求进步;他污秽了批评,且使自己的心里堆满了尘垢。

第二种是无聊的人。他的心比一个小酒盅还浅,而面皮比墙还厚。他无所知,而自信无所不知。他没有不会干的事,而一切都莫名其妙。他的谈话只是运动运动唇齿舌喉,说不说与听不听都没有多大关系。他还在你正在工作的时候来"拜访"。看你正忙着,他赶快就说,不耽误你的工夫。可是,说罢便安然坐下了——两个钟头以后,他还在那儿坐着呢!他必须谈天气,谈空袭,谈物价,而且随时给你教训:"有警报还是躲一躲好!"或是"到八月节物价还要涨!"他的这些话无可反驳,所以他会百说不厌,视为真理。我真怕这种人,他耽误了我的时间,而自杀了他的生命!

七 衣

对于英国人,我真佩服他们的穿衣服的本领。一个有钱的或善交际的英国人,每天也许要换三四次衣服。开会,看赛马,打球,跳舞……都须换衣服。据说:有人曾因穿衣脱衣的麻烦而自杀。我想这个自杀者并不是英国人。英国人的忍耐性使他们不会厌烦"穿"和"脱",更不会使他们因此而自杀。

我并不反对穿衣要整洁,甚至不反对衣服要漂亮美观。可是,假若教我一天换几次衣服,我是也会自杀的。想想看,系钮扣解钮扣,是多么无聊的事!而钮扣又是那么多,那么不灵敏,那么不起好感,假若一天之中解了又系,系了再解,至数次之多,谁能不感到厌世呢!

在抗战数年中,生活是越来越苦了。既要抗战,就必须受苦,我决不怨天尤人。再进一步,若能从苦中求乐,则不但可以不出怨言,而且可以得到一些兴趣,岂不更好呢!在衣食住行人生四大麻烦中,食最不易由苦中求乐,菜根香一定香不过红烧蹄膀!菜根使我贫血;"狮子头"却使我壮如雄狮!

住和行虽然不像食那样一点不能将就,可是也不会怎样苦中生乐。三伏天住在火炉子似的屋内,或金鸡独立的在汽车里挤着,我都想掉泪,一点也找不出乐趣。

只有穿的方面,一个人确乎能由苦中找到快活。七七抗战后,由家中逃出,我只带着一件旧夹袍和一件破皮袍,身上穿着一件旧棉袍。这三袍不够四季用的,也不够几年用的。所以,到了重庆,我就添置衣裳。主要的是灰布制服。这是一种"自来旧"的布作成的,一下水就一蹶不振,永远难看。吴组缃先生名之为斯文扫地的衣服。可是,这种衣服给我许多方便——简直可以称之为享受!我可以穿着裤子睡觉,而不必担心裤缝直与不直;它反正永远不会直立。我可以不必先看看座位,再去坐下;我的宝裤不怕泥土污秽,它原是自来旧。雨天走路;我不怕汽车。晴天有空袭,我的衣服的老鼠皮色便是伪装。这种衣服给我舒适,因而有亲切之感。它和我好像多年的老夫妻,彼此有完全的了解,没有一点隔膜。

我希望抗战胜利之后,还老穿着这种困难衣,倒不是为省钱,而是为舒服。

八　行

朋友们屡屡函约进城,始终不敢动。"行"在今日,不是什么好玩的事。看吧,从北碚到重庆第一就得出"挨挤费"一千四百四十元。所谓挨挤费者就是你须到车站去"等",等多少时间?没人能告诉你。幸而把车等来,你还得去挤着买票,假若你挤不上去,那是你自己的无能,只好再等。幸而票也挤到手,你就该到车上去挨挤。这一挤可厉害!你第一要证明了你的确是脊椎动物,无论如何你都能直挺挺的立着。第二,你须证明在进化论中,你确是猴子变的,所以现在你才嘴手脚并用,全身紧张而灵活,以免被挤成像四喜丸子似的一堆肉。第三,你须有"保护皮",足以使你全身不怕伞柄,胳臂肘,脚尖,车窗,等等的戳、碰、刺、钩;否则你会遍体鳞伤。第四,你须有不中暑发痧的把握,要有不怕把鼻子伸在有狐臭的腋下而不能动的本事……你须备有的条件太多了,都是因为你喜欢交那一千四百多元的挨挤费!

我头昏,一挤就有变成爬虫的可能,所以,我不敢动。

再说,在重庆住一星期,至少花五六千元;同时,还得耽误一星期的写作;两面一算,使我胆寒!

以前,我一个人在流亡,一人吃饱便天下太平,所以东跑西跑,一点也不怕赔钱。现在,家小在身边,一张嘴便是五六个嘴一齐来,于是嘴与胆子乃适成反比,嘴越多,胆子越小!

重庆的人们哪,设法派小汽车来接呀,否则我是不会去看你们的。你们还得每天给我们一千元零花。烟、酒都无须供给,我已戒了。啊,笑话是笑话,说真的,我是多么想念你们,多么渴望见面畅谈呀!

九　狗

中国狗恐怕是世界上最可怜最难看的狗。此处之"难看"并不指狗种而言,而是与"可怜"密切相关。无论狗的模样身材如何,只要喂养得好,它便会长得肥肥胖胖的,看着顺眼。中国人穷。人且吃不饱,狗就更提不到了。因此,中国狗最难看;不是因为它长得不体面,而是因为它骨瘦如柴,终年夹着尾巴。

每逢我看见被遗弃的小野狗在街上寻找粪吃,我便要落泪。我并非是爱作伤感的人,动不动就要哭一鼻子。我看见小狗的可怜,也就是感到人民的贫穷。民富而后猫狗肥。

中国人动不动就说:我们地大物博。那也就是说,我们不用着急呀,我们有的是东西,永远吃不完喝不尽哪!哼,请看看你们的狗吧!

还有:狗虽那么摸不着吃,(外国狗吃肉,中国狗吃粪;在动物学上,据说狗本是食肉兽。)那么随便就被人踢两脚,打两棍,可是它们还照旧的替人们服务。尽管它们饿成皮包着骨,尽管它们刚被主人踹了两脚,它们还是极忠诚的去尽看门守夜的责任。狗永远不嫌主人穷。这样的动物理应得到人们的赞美,而忠诚,义气,安贫,勇敢,等等好字眼都该归之于狗。可是,我不晓得为什么中国人不分黑白的把汉奸与小人叫作走狗,倒仿佛狗是不忠诚不义气的动物。我为狗喊冤叫屈!

猫才是好吃懒作,有肉即来,无食即去的东西。洋奴与小人理应被叫作"走猫"。

或者是因为狗的脾气好,不像猫那样傲慢,所以中国人不说"走猫"而说"走狗"?假若真是那样,我就又觉得人们未免有点"软的欺,硬的怕"了!

不过,也许有一种狗,学名叫作"走狗";那我还不大清楚。

十　帽

在七七抗战后,从家中跑出来的时候,我的衣服虽都是旧的,而一顶呢帽却是新的。那是秋天在济南花了四元钱买的。

廿八年随慰劳团到华北去,在沙漠中,一阵狂风把那顶呢帽刮去,我变成了无帽之人。假若我是在四川,我便不忙于去再买一顶——那时候物价已开始要张开翅膀。可是,我是在北方,天已常常下雪,我不可一日无帽。于是,在宁夏,我花了六元钱买了一顶呢帽。在战前它公公道道的值六角钱。这是一顶很顽皮的帽子。它没有一定的颜色,似灰非灰,似紫非紫,似赭非赭,在阳光下,它仿佛有点发红,在暗处又好似有点绿意。我只能用"五光十色"去形容它,才略为近似。它是呢帽,可是全无呢意。我记得呢子是柔软的,这顶帽可是非常的坚硬,用指一弹,它啃啃的响。这种不知何处制造的硬呢会把我的脑门儿勒出一道小沟,使我很不舒服;我须时时摘下帽来,教脑袋休息一下!赶到淋了雨的时候,它就完全失去呢性,而变成铁筋洋灰的了。因此,回到重庆以后,我总是能不戴它就不戴;一看见它我就有点害怕。

因为怕它,所以我在白象街茶馆与友摆龙门阵之际,我又买了一顶毛织的帽子。这一顶的确是软的,软得可以折起来,我很高兴。

不幸,这高兴又是短命的。只戴了半个钟头,我的头就好像发了火,痒得很。原来它是用野牛毛织成的。它使脑门热得出汗,而后用那很硬的毛儿刺那张开的毛孔!这不是戴帽,而是上刑!

把这顶野牛毛帽放下,我还是得戴那顶铁筋洋灰的呢帽。经雨淋、汗沤、风吹、日晒,到了今年,这顶硬呢帽不但没有一定的颜色,也没有一定的样子了——可是永远不美观。每逢戴上它,我就躲着镜子;我知道我一看见它就必有斯文扫地之感!

前几天,花了一百五十元把呢帽翻了一下。它的颜色竟自有了固定的倾向,全体都发了红。它的式样也因更硬了一些而暂时有了归宿,它的确有点帽子样儿了!它可是更硬了,不留神,帽沿碰在门上或硬东西上,硬碰硬,我的眼中就冒了火花!等着吧,等到抗战胜利的那天,我首先把它用剪子铰碎,看它还硬不硬!

十一 昨 天

昨天一整天不快活。老下雨,老下雨,把人心都好像要下湿了!

有人来问往哪儿跑?答以:嘉陵江没有盖儿。邻家聘女。姑娘有二十二三岁,不难看。来了一顶轿子,她被人从屋中掏出来,放进轿中;轿夫抬起就走。她大声的哭。没有锣鼓。轿子就那么哭着走了。看罢,我想起幼时在鸟市上买鸟。贩子从大笼中抓出鸟来,放在我的小笼中,鸟尖锐的叫。

黄狼夜间将花母鸡叼去。今午,孩子们在山坡后把母鸡找到。脖子上咬烂,别处都还好。他们主张还炖一炖吃了。我没拦阻他们。乱世,鸡也该死两道的!

头总是昏。一友来,又问:"何以不去打补针?"我笑而不答,心中很生气。

正写稿子,友来。我不好让他坐。他不好意思坐下,又不好意思马上就走。中国人总是过度的客气。

友人函告某人如何,某事如何,即答以:"大家肯把心眼放大一些,不因事情不尽合己意而即指为恶事,则人世纠纷可减半矣!"发信后,心中仍在不快。

长篇小说越写越不像话,而索短稿者且多,颇郁郁!

晚间屋冷话少,又戒了烟,呆坐无聊,八时即睡。这是值得记下来的一天——没有一件痛快事!在这样的日子,连一句漂亮的话也写不出!为什么我们没有伟大的作品哪?哼,谁知道!

十二 傻　　子

在民间的故事与笑话里,有许多许多是讲兄弟三个,或姐妹三个,或盟兄弟三个,或女婿三个;第三个必定是傻子,而傻子得到最后的胜利。据说这种结构的公式是世界性的,世界各处都有这样的故事与笑话。为什么呢?因为人们是同情于弱者的。三弟三妹三女婿既最幼,又最傻,所以必须胜利。

和许多别种民间故事与笑话的含义一样,这种同情弱者的表示可也许是"夫子自道也",这就是说:人民有一肚子委屈而无处去诉,就只好想象出一位"臣包文正",或北侠欧阳春来,给他们撑一撑腰,吐一口气。同样的,他们制造出弱者胜利的故事与笑话,也是为了自慰;故事与笑话中的傻子就是他们自己。他们自己既弱且愚,可是他们讽刺了那有势力,有钱财,与有学问的人,他们感到胜利。

可是,这种讽刺的胜利到底是否真正的胜利,就不大好说。假若胜利必须是精神上的呢,他们大概可以算得了胜。反之,精神胜利若因无补于实际而算不得胜利,那就不大好办了。

在我们的民间,这种傻子胜利的故事与笑话似乎比哪一国都多。我不知道,我应当庆祝他们已经得到胜利,还是应当把我的"怪难过的"之感告诉给他们。

载 1944 年 9 月 1、9、15、23 日,11 月 5、11、15、20 日,12 月 10、15、19、24 日《新民报晚刊》

北京的春节

按照北京的老规矩,过农历的新年(春节),差不多在腊月的初旬就开头了。"腊七腊八,冻死寒鸦",这是一年里最冷的时候。可是,到了严冬,不久便是春天,所以人们并不因为寒冷而减少过年与迎春的热情。在腊八那天,人家里,寺观里,都熬腊八粥。这种特制的粥是祭祖祭神的,可是细一想,它倒是农业社会的一种自傲的表现——这种粥是用所有的各种的米,各种的豆,与各种的干果(杏仁、核桃仁、瓜子、荔枝肉、莲子、花生米、葡萄干、菱角米……)熬成的。这不是粥,而是小型的农业展览会。

腊八这天还要泡腊八蒜。把蒜瓣在这天放到高醋里,封起来,为过年吃饺子用的。到年底,蒜泡得色如翡翠,而醋也有了些辣味,色味双美,使人要多吃几个饺子。在北京,过年时,家家吃饺子。

从腊八起,铺户中就加紧的上年货,街上加多了货摊子——卖春联的、卖年画的、卖蜜供的、卖水仙花的等等都是只在这一季节才会出现的。这些赶年的摊子都教儿童们的心跳得特别快一些。在胡同里,吆喝的声音也比平时更多更复杂起来,其中也有仅在腊月才出现的,像卖宪书的、松枝的、薏仁米的、年糕的等等。

在有皇帝的时候,学童们到腊月十九日就不上学了,放年假一月。儿童们准备过年,差不多第一件事是买杂拌儿。这是用各种干果(花生、胶枣、榛子、栗子等)与蜜饯搀合成的,普通的带皮,高级的没有皮——例如:普通的用带皮的榛子,高级的用榛瓤儿。儿童们喜吃这些零七八碎儿,即使没有饺子吃,也必须买杂拌儿。他们的第二件大事是买爆竹,特别是男孩子们。恐怕第三件事才是买玩艺儿——风筝、空竹、口琴等——和年画儿。

儿童们忙乱,大人们也紧张。他们须预备过年吃的使的喝的一切。他们也必须给儿童赶快做新鞋新衣,好在新年时显出万象更新的气象。

二十三日过小年,差不多就是过新年的"彩排"。在旧社会里,这天晚上家家祭灶王,从一擦黑儿鞭炮就响起来,随着炮声把灶王的纸像焚化,美其名叫送灶王上天。在前几天,街上就有多少多少卖麦芽糖与江米糖的,糖形或为长方块或为大小瓜形。按旧日的说法:用糖粘住灶王的嘴,他到了天上就不会向玉皇报告家庭中的坏事了。现在,还有卖糖的,但是只由大家享用,并不再粘灶王的嘴了。

过了二十三,大家就更忙起来,新年眨眼就到了啊。在除夕以前,家家必须把春联贴好,必须大扫除一次,名曰扫房。必须把肉、鸡、鱼、青菜、年糕什么的都预备充足,至少足够吃用一个星期的——按老习惯,铺户多数关五天门,到正月初六才开张。假若不预备下几天的吃食,临时不容易补充。还有,旧社会里的老妈妈论,讲究在除夕把一切该切出来的东西都切出来,省得在正月初一到初五再动刀,动刀剪是不吉利的。这含有迷信的意思,不过它也表现了我们确是爱和平的人,在一岁之首连切菜刀都不愿动一动。

除夕真热闹。家家赶作年菜,到处是酒肉的香味。老少男女都穿起新衣,门外贴好红红的对联,屋里贴好各色的年画,哪一家都灯火通宵,不许间断,炮声日夜不绝。在外边作事的人,除非万不得已,必定赶回家来,吃团圆饭,祭祖。这一夜,除了很小的孩子,没有什么人睡觉,而都要守岁。

元旦的光景与除夕截然不同：除夕，街上挤满了人；元旦，铺户都上着板子，门前堆着昨夜燃放的爆竹纸皮，全城都在休息。

男人们在午前就出动，到亲戚家，朋友家去拜年。女人们在家中接待客人。同时，城内城外有许多寺院开放，任人游览，小贩们在庙外摆摊，卖茶，食品，和各种玩具。北城外的大钟寺、西城外的白云观、南城的火神庙（厂甸）是最有名的。可是，开庙最初的两三天，并不十分热闹，因为人们还正忙着彼此贺年，无暇及此。到了初五六，庙会开始风光起来，小孩们特别热心去逛，为的是到城外看看野景，可以骑毛驴，还能买到那些新年特有的玩具。白云观外的广场上有赛轿车赛马的；在老年间，据说还有赛骆驼的。这些比赛并不争取谁第一谁第二，而是在观众面前表演骡马与骑者的美好姿态与技能。

多数的铺户在初六开张，又放鞭炮，从天亮到清早，全城的炮声不绝。虽然开了张，可是除了卖吃食与其他重要日用品的铺子，大家并不很忙，铺中的伙计们还可以轮流着去逛庙，逛天桥，和听戏。

元宵（汤圆）上市，新年的高潮到了——元宵节（从正月十三到十七）。除夕是热闹的，可是没有月光；元宵节呢，恰好是明月当空。元旦是体面的，家家门前贴着鲜红的春联，人们穿着新衣裳，可是它还不够美。元宵节，处处悬灯结彩，整条的大街像是办喜事，火炽而美丽。有名的老铺都要挂出几百盏灯来，有的一律是玻璃的，有的清一色是牛角的，有的都是纱灯；有的各形各色，有的通通彩绘全部《红楼梦》或《水浒传》故事。这，在当年，也就是一种广告；灯一悬起，任何人都可以进到铺中参观；晚间灯中都点上烛，观者就更多。这广告可不庸俗。干果店在灯节还要作一批杂拌儿生意，所以每每独出心裁的，制成各样的冰灯，或用麦苗作成一两条碧绿的长龙，把顾客招来。

除了悬灯，广场上还放花合。在城隍庙里并且燃起火判，火舌由判官的泥像的口、耳、鼻、眼中伸吐出来。公园里放起天灯，像巨星似的飞到天空。

男男女女都出来踏月、看灯、看焰火；街上的人拥挤不动。在旧社会里，女人们轻易不出门，她们可以在灯节里得到些自由。

小孩子们买各种花炮燃放，即使不跑到街上去淘气，在家中照样能有声有光的玩耍。家中也有灯：走马灯——原始的电影——宫灯、各形各色的纸灯，还有纱灯，里面有小铃，到时候就叮叮的响。大家还必须吃汤圆呀。这的确是美好快乐的日子。

一眨眼，到了残灯末庙，学生该去上学，大人又去照常作事，新年在正月十九结束了。腊月和正月，在农村社会里正是大家最闲在的时候，而猪牛羊等也正长成，所以大家要杀猪宰羊，酬劳一年的辛苦。过了灯节，天气转暖，大家就又去忙着干活了。北京虽是城市，可是它也跟着农村社会一齐过年，而且过得分外热闹。

在旧社会里，过年是与迷信分不开的。腊八粥，关东糖，除夕的饺子，都须先去供佛，而后人们再享用。除夕要接神；大年初二要祭财神，吃元宝汤（馄饨），而且有的人要到财神庙去借纸元宝，抢烧头股香。正月初八要给老人们顺星、祈寿。因此那时候最大的一笔浪费是买香蜡纸马的钱。现在，大家都不迷信了，也就省下这笔开销，用到有用的地方去。特别值得提到的是现在的儿童只快活的过年，而不受那迷信的熏染，他们只有快乐，而没有恐惧——怕神怕鬼。也许，现在过年没有以前那么热闹了，可是多么清醒健康呢。以前，人们过年是托神鬼的庇佑，现在是大家劳动终岁，大家也应当快乐的过年。

载 1951 年 1 月《新观察》第 2 卷第 2 期

猫

猫的性格实在有些古怪。说它老实吧,它的确有时候很乖。它会找个暖和地方,成天睡大觉,无忧无虑,什么事也不过问。可是,赶到它决定要出去玩玩,就会走出一天一夜,任凭谁怎么呼唤,它也不肯回来。说它贪玩吧,的确是呀,要不怎么会一天一夜不回家呢?可是,及至它听到点老鼠的响动啊,它又多么尽职,闭息凝视,一连就是几个钟头,非把老鼠等出来不拉倒!

它要是高兴,能比谁都温柔可亲:用身子蹭你的腿,把脖儿伸出来要求给抓痒,或是在你写稿子的时候,跳上桌来,在纸上踩印几朵小梅花。它还会丰富多腔地叫唤,长短不同,粗细各异,变化多端,力避单调。在不叫的时候,它还会咕噜咕噜地给自己解闷。这可都凭它的高兴。它若是不高兴啊,无论谁说多少好话,它一声也不出,连半个小梅花也不肯印在稿纸上!它倔强得很!

是,猫的确是倔强。看吧,大马戏团里什么狮子,老虎,大象,狗熊,甚至于笨驴,都能表演一些玩艺儿,可是谁见过耍猫呢?(昨天才听说:苏联的某马戏团里确有耍猫的,我当然还没亲眼见过。)

这种小动物确是古怪。不管你多么善待它,它也不肯跟着你上街去逛逛。它什么都怕,总想藏起来。可是它又那么勇猛,不要说见着小虫和老鼠,就是遇上蛇也敢斗一斗。它的嘴往往被蜂儿或蝎子螯的肿起来。

赶到猫儿们一讲起恋爱来,那就闹得一条街的人们都不能安睡。它们的叫声是那么尖锐刺耳,使人觉得世界上若是没有猫啊,一定会更平静一些。

可是,及至女猫生下两三个棉花团似的小猫啊,你又不恨它了。它是那么尽责地看护儿女,连上房兜兜风也不肯去了。

郎猫可不那么负责,它丝毫不关心儿女。它或睡大觉,或上屋去乱叫,有机会就和邻居们打一架,身上的毛儿滚成了毡,满脸横七竖八都是伤痕,看起来实在不大体面。好在它没有照镜子的习惯,依然昂首阔步,大喊大叫,它匆忙地吃两口东西,就又去挑战开打。有时候,它两天两夜不回家,可是当你以为它可能已经远走高飞了,它却瘸着腿大败而归,直入厨房要东西吃。

过了满月的小猫们真是可爱,腿脚还不甚稳,可是已经学会淘气。妈妈的尾巴,一根鸡毛,都是它们的好玩具,耍上没结没完。一玩起来,它们不知要摔多少跟头,但是跌倒即马上起来,再跑再跌。它们的头撞在门上,桌腿上,和彼此的头上。撞疼了也不哭。

它们的胆子越来越大,逐渐开辟新的游戏场所。它们到院子里来了。院中的花草可遭了殃。它们在花盆里摔跤,抱着花枝打秋千,所过之处,枝折花落。你不肯责打它们,它们是那么生气勃勃,天真可爱呀。可是,你也爱花。这个矛盾就不易处理。

现在,还有新的问题呢:老鼠已差不多都被消灭了,猫还有什么用处呢?而且,猫既吃不着老鼠,就会想办法去偷捉鸡雏或小鸭什么的开开斋。这难道不是问题么?

在我的朋友里颇有些位爱猫的。不知他们注意到这些问题没有?记得二十年前在重庆住着的时候,那里的猫很珍贵,须花钱去买。在当时,那里的老鼠是那么猖狂,小猫反倒须放在笼子里养着,以免被老鼠吃掉。据说,目前在重庆已很不容易见到老鼠。那么,那里的猫呢?是不是已经不放在笼子里,还是根本不养猫了呢?这须打听一下,以备参考。

也记得三十年前,在一艘法国轮船上,我吃过一次猫肉。事前,我并不知道那是什么肉,因为不识法文,看不懂菜单。猫肉并不难吃,虽不甚香美,可也没什么怪味道。是不是该把猫都送往法国轮船上去呢?我很难作出决定。

猫的地位的确降低了,而且发生了些小问题。可是,我并不为猫的命运多耽什么心思。想想看吧,要不是灭鼠运动得到了很大的成功,消除了巨害,猫的威风怎会减少了呢?两相比较,灭鼠比爱猫更重要的多,不是吗?我想,世界上总会有那么一天,一切都机械化了,不是连驴马也会有点问题吗?可是,谁能因耽忧驴马没有事作而放弃了机械化呢?

载1959年8月《新观察》第16期

到了济南

（一）

到济南来，这是头一遭。挤出车站，汗流如浆，把一点小伤风也治好了，或者说挤跑了；没秩序的社会能治伤风，可见事儿没绝对的好坏；那么，"相对论"大概就是这么琢磨出来的吧？

挑选一辆马车。"挑选"在这儿是必要的。马车确是不少辆，可是稍有聪明的人便会由观察而疑惑，到底那里有多少匹马是应当雇八个脚夫抬回家去？有多少匹可以勉强负拉人的责任？自然，刚下火车，决无意去替人家抬马，虽然这是善举之一；那么，找能拉车与人的马自是急需。然而这绝对不是容易的事儿，因为：第一，那仅有的几匹颇带"马"的精神的马，已早被手急眼快的主顾雇了去。第二，那些"略"带"马气"的马，本来可以将就，那怕是只请他拉着行李——天下还有比"行李"这个字再不顺耳，不得人心，惹人头皮疼的？而我和赶车的在辕子两边担任扶持，指导，劝告，鼓励，（如还不走）拳打脚踢之责呢。这凭良心说，大概不能不算善于应付环境，具有东方文化的妙处吧？可是，"马"的问题刚要解决，"车"的问题早又来到：即使马能走三里五里，坚持到底不摔跟头；或者不幸跌了一交，而能爬起来再接再励；那车，那车，那车，是否能装着行李而车底儿不哗啦啦掉下去呢？又一个问题，确乎成问题！假使走到中途，车底哗啦啦,还是我扛着行李(赶车的当然不负这个责任),在马旁同行呢?还是叫马背着行李,我再背着马呢?自然是,三人行必有我师,陪着御者与马走上一程,也是有趣的事;可是,花了钱雇车,而自扛行李,单为证明"三人行必有我师",是否有点发疯?至于马背行李,我再负马,事属非常,颇有古代故事中巨人的风度,是!可有一层,我要是被压而死,那马是否能把行李送到学校去?我不算什么,行李是不能随便掉失的!不为行李,起初又何必雇车呢?小资产阶级的逻辑,不错;但到底是逻辑呀!第三,别看马与车各有问题,马与车合起来而成的"马车"是整个的问题,敢情还有惊人的问题呢——车价。一开首我便得罪了一位赶车的,我正在向那些马国之鬼,和那堆车之骨骼发呆之际,我的行李突然被一位御者抢去了。我并没生气,反倒感谢他的热心张罗。当他把行李往车上一放的时候,一点不冤人,我确乎听见哗啦一声响,确乎看见连车带马向左右摇动者三次,向前后进退者三次。"行啊?"我低声的问御者。"行?"他十足的瞪了我一眼。"行?从济南走到德国去都行!"我不好意思再怀疑他,只好以他的话作我的信仰;心里想:"有信仰便什么也不怕!"为平他的气,赶快问:"到——大学,多少钱?"他说了一个数儿。我心平气和的说:"我并不是要买贵马与尊车。"心里还想:"假如弄这么一份财产,将来不幸死了,遗嘱上给谁承受呢?"正在这么想,也不知怎的,我的行李好像被魔鬼附体,全由车中飞出来了。再一看,那怒气冲天的御者一扬鞭,那瘦病之马一掀后蹄,便轧着我的皮箱跑过去。皮箱一点也没坏,只是上边落着一小块车轮上的胶皮;为避免麻烦,我也没敢叫回御者告诉他,万一他叫"我"赔偿呢!同时,心中颇不自在,怨自己"以貌取马",那知人家居然能掀起后蹄而跑数步之遥呢。

幸而××来了,带来一辆马车。这辆车和车站上的那些差不多。马是白色的,虽然事实上并不见得真白,可是用"白马之白"的抽象观念想起来,到底不是黑的,黄的,更不能说一定准是灰色的。马的身上不见得肥,因此也很老实。缰,鞍,肚带,处处有麻绳帮忙维系,更显出马之稳练驯良。车是黑色的,配起白马,本应黑白分明,相得益彰;可是不知济南的太阳光为何这等特别,叫黑白的相配,更显得暗淡灰丧。

行李,××和我,全上了车。赶车的把鞭儿一扬,吆喝了一声,车没有动。我心里说:"马大概是睡着了。马是人们最好的朋友,多少带点哲学性,睡一会儿是常有的事。"赶车的又喊了一声,车微动。只动了一动,就又停住;而那匹马确是走出好几步远。赶车的不喊了,反把马拉回来。他好像老太婆缝补袜子似的,在马的周身上下细腻而安稳的找那些麻绳的接头,慢慢的一个一个的接好,大概有三十多分钟吧,马与车又发生关系。又是一声喊,这回马是毫无可疑的拉着车走了。倒叫我怀疑:马能拉着车走,是否一个奇迹呢?

一路之上,总算顺当。左轮的皮带掉了两次,随掉随安上,少费些时间,无关重要。马打了三个前失,把我的鼻子碰在车窗上一次,好在没受伤。跟××顶了两回牛儿,因为我们俩是对面坐着的,可是顶牛儿更显着亲热;设若没有这个机会,两个三四十的老小伙子,又焉肯脑门顶脑门的玩耍呢。因此,到了大学的时候,我摹仿着西洋少女,在瘦马脸上吻了一下,表示感谢他叫我们得以顶牛的善意。

(二)

上次谈到济南的马车,现在该谈洋车。

济南的洋车并没有什么特异的地方。坐在洋车上的味道可确是与众不同。要领略这个味道,顶好先检看济南的道路一番;不然,屈骂了车夫,或诬蔑济南洋车构造不良,都不足使人心服。

老舍1945年摄于北碚寓所院内。

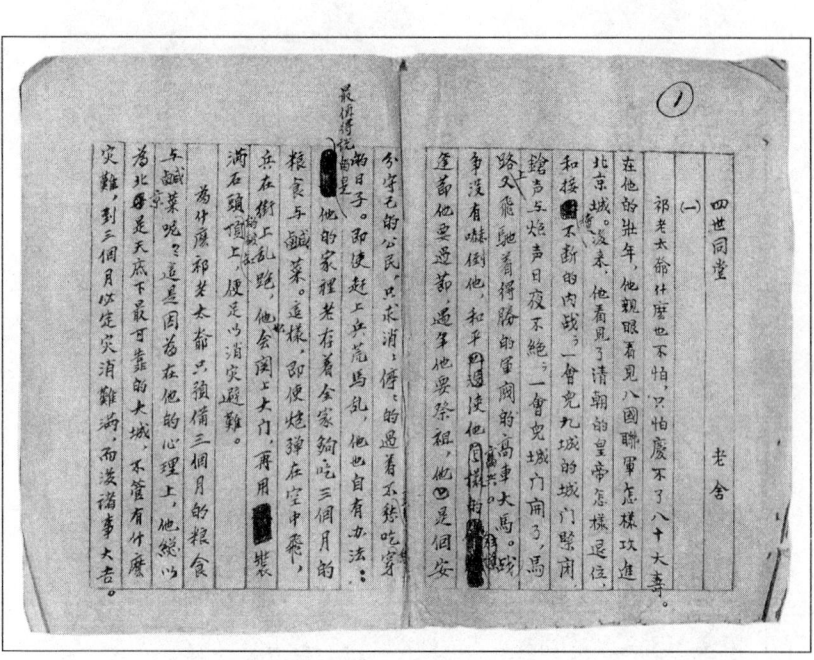

《四世同堂》手稿。

检看道路的时候，请注意，要先看胡同里的；西门外确有宽而平的马路一条，但不能算作国粹。假如这检查的工作是在夜里，请别忘了拿个灯笼，踏一脚黑泥事小，把脚腕拐折至少也不甚舒服。

胡同中的路，差不多是中间垫石，两旁铺土的。土，在一个中国城市里，自然是黑而细腻，晴日飞扬，阴雨和泥的，没什么奇怪。提起那些石块，只好说一言难尽吧。假如你是个地质学家，你不难想到：这些石是否古代地层变动之时，整批的由地下翻上来，直至今日，始终原封没动；不然，怎能那样不平呢？但是，你若是个考古家，当然张开大嘴哈哈笑，济南真会保存古物哇！看，看哪一块石头没有多少年的历史！社会上一切都变了，只有你们这群老石还在这儿镇压着济南的风水！

浪漫派的文人也一定喜爱这些石路，因为块块石头带着慷慨不平的气味，且满有幽默。假如第一块屈了你的脚尖，哼，刚一迈步，第二块便会咬住你的脚后跟。左脚不幸被石洼囚住，留神吧，右脚会紧跟着滑溜出多远，早有一块中间隆起，棱而腻滑的等着你呢。这样，左右前后，处处是埋伏，有变化；假如那位浪漫派写家走过一程，要是幸而不晕过去，一定会得到不少写传奇的启示。

无论是谁，请不要穿新鞋。鞋坚固呢，脚必磨破。脚结实呢，鞋上必来个窟窿。二者必居其一。那些小脚姑娘太太们，怎能不一步一跌，真使人糊涂而惊异！

在这种路上坐汽车，咱没这经验，不能说是舒服与否。只看见过汽车中的人们，接二连三的往前蹿，颇似练习三级跳远。推小车子也没有经验，只能理想到：设若我去推一回，我敢保险，不是我——多半是我——就是小车子，一定有一个碎了的。

洋车，咱坐过。从一上车说吧。车夫拿起"把"来，也许是往前走，也许是往后退，那全凭石头叫他怎样他便得怎样。济南的车夫是没有自由意志的。石头有时一高兴,也许叫左轮活动,而把右轮抓住不放;这样,满有把坐车的翻到下面去,而叫车坐一会儿人的希望。

坐车的姿式也请留心研究一番。你要是充正气君子,挺着脖子正着身,好啦:为维持脖子的挺立,下车以后,你不变成歪脖儿柳就算万幸。你越往直里挺,它们越左右的筛摇;济南的石路专爱打倒挺脖子,显正气的人们!反之,你要是缩着脖子,懈松着劲儿,请要留神,车子忽高忽低之际,你也许有鬼神暗佑还在车上,也许完全摇出车外,脸与道旁黑土相吻。从经验中看,最好的办法是不挺不缩,带着弹性。像百码决赛预备好,专候枪声时的态度,最为相宜。一点不松懈,一点不忽略,随高就高,随低就低,车左亦左,车右亦右,车起须如据鞍而立,车落应如鲤鱼入水。这样,虽然麻烦一些,可是实在安全,而且练习惯了。以后可以不晕船。

坐车的时间也大有研究的必要,最适宜坐车的时候是犯肠胃闭塞病之际。不用吃泄药,只须在饭前,喝点开水,去坐半小时上下的洋车,其效如神。饭后坐车是最冒险的事,接连坐过三天,设若不生胃病,也得长盲肠炎。要是胃口像林黛玉那么弱的人,以完全不坐车为是,因没有一个时间是相宜的。

末了,人们都说济南洋车的价钱太贵,动不动就是两三毛钱。但是,假如你自己去在这种石路上拉车,给你五块大洋,你干得了干不了?

(三)

由前两段看来,好像我不大喜欢济南似的。不,不,有大不然者!有幽默的人爱"看",看了,能不发笑吗?天下可有几件事,几件东西,叫你看完而不发笑的?不信,闭上一只眼,看你自己的鼻子，你不笑才怪；先不用说别的。有的人看什么也不笑，也对呀，喜悲剧的人不替古人落泪不痛快，因为他好"觉"；设身处地的那么一"觉"，世界上的事儿便少有不叫泪腺要动作动作的。噢，原来如此！

济南有许多好的事儿，随便说几种吧：葱好，这是公认的吧，不是我造谣生事。听说，犹太人少有得肺病的，因为吃鱼吃的；山东人是不是因为多嚼大葱而不患肺病呢？这倒值得调查一下，好叫吃完葱的士女不必说话怪含羞的用手掩着嘴：假如调查结果真是山西河南广东因肺病而死的比山东多着七八十来个（一年多七八十，一万年要多若干？），而其主因确是因为口中的葱味使肺病菌倒退四十里。

在小曲儿里，时常用葱尖比美妇人的手指，这自然是春葱，决不会是山东的老葱，设若美妇人的十指都和老葱一般儿粗（您晓得山东老葱的直径是多少寸），一旦妇女革命，打倒男人，一个嘴巴子还不把男人的半个脸打飞！这决不是济南的老葱不美，不是。葱花自然没有什么美丽，葱叶也比不上蒲叶那样挺秀，竹叶那样清劲，连蒜叶也比不上，因为蒜叶至少可以假充水仙。不要花，不看叶，单看葱白儿，你便觉得葱的伟丽了。看运动家，别看他或她的脸，要先看那两条完美的腿，看葱亦然。（运动家注意。这里一点污辱的意思没有；我自己的腿比蒜苗还细，焉敢攀高比诸葱哉！）济南的葱白起码有三尺来长吧；粗呢，总比我的手腕粗着一两圈儿——有愿看我的手腕者，请纳参观费大洋二角。这还不算什么，最美是那个晶亮，含着水，细润，纯洁的白颜色。这个纯洁的白色好像只有看见过古代希腊女神的乳房者才能明白其中的奥妙，鲜，白，带着滋养生命的乳浆！这个白色叫你舍不得吃它，而拿在手中颠着，赞叹着，好像对于宇宙的伟大有所领悟。由不得把它一层层的剥开，每一层落下来，都好似油酥饼的折叠；这个油酥饼可不是"人"手烙成的。一层层上的长直纹儿,一丝不乱的,比画图用的白绢还美丽。看见这些纹儿,再看看馍馍,你非多吃半斤馍馍不可。人们常说——带着讽刺的意味——山东人吃的多,是不知葱之美者也!

反对吃葱的人们总是说:葱虽好,可是味道有不得人心之处。其实这是一面之词,假若大家都吃葱,而且时常开个"吃葱竞赛会",第一名赠以重二十斤金杯一个,你看还敢有人反对否!

记得,在新加坡的时候,街上有卖柘莲者,味臭无比,可是土人和华人久住南洋者都嗜之若命。并且听说,英国维克陶利亚女皇吃过一切果品,只是没有尝过柘莲,引为憾事。济南的葱,老实的讲,实在没有奇怪味道,而且确是甜津津的。假如你不信呢,吃一棵尝尝。

载 1930 年 10 月—1931 年 2 月《齐大月刊》第 1 卷第 1、2、4 期

自传难写

自古道:今儿个晚上脱了鞋,不知明日穿不穿;天有不测的风云啊!为留名千古,似应早早写下自传;自己不传,而等别人偏劳,谈何容易!以我自己说吧,眼看就快四十了,万一在最近的将来有个山高水远,还没写下自传,岂不是大大的一个缺憾?!

可是,说起来就有点难受。自传不难哪,自要有好材料。材料好办;"好材料",哼,难!自传的头一章是不是应当叙说家庭族系等等?自然是。人由何处生,水从哪儿来,总得说个分明。依写传的惯例说,得略述五千年前的祖宗是纯粹"国种",然后详道上三辈的官衔,功德,与著作。至少也得来个"清封大夫"的父亲,与"出自名门"的母亲。没有这么适合体裁的双亲,写出去岂不叫人笑掉门牙!您看,这一招儿就把咱撅个对头弯;咱没有这种父母,而且准知道五千年前的祖宗不见得比我高明。好意思大书特书"清封普罗大夫",与"出自不名之门"么?就是有这个勇气,也危险呀:普罗大夫之子共党耳,推出斩首,岂不糟了?!英雄不怕出身低,可也得先变成英雄啊。汉刘邦是小小的亭长,淮阴侯也讨过饭吃,可是人家都成了英雄,自然有人捧场喝彩。咱是不是英雄?对镜审查,不大像!

自传的头一章根本没着落。

再说第二章吧。这儿应说怎么降生:怎么在胎中多住了三个多月,怎么产房闹妖精,怎么天上落星星,怎么生下来啼声如豹,怎么左手拿着块现洋……我细问过母亲,这些事一概没有。

母亲只说：生下来奶不足，常贴吃糕干——所以到如今还有时候一阵阵的发糊涂。

第二章又可以休矣。

第三章得说幼年入学的光景喽。"幼怀大志，寡言笑，囊萤刺股……"这多么好听！可是咱呢，不记得有过大志，而是见别人吃糖馅烧饼就馋得慌——到如今也没完全改掉。逃学的事倒不常干。而挨手板与罚跪说起来似乎并不光荣。第三章，即使勉强写出，也不体面。

没有前三章，只好由第四章写了，先不管有这样的书没有。这一章应写青春时期。更难下笔。假如专为泄气，又何必自传；当然得吹腾着点儿。事情就奇怪，想吹都吹不起来。人家牛顿先生看苹果落地就想起那么多典故来，我看见苹果落地——不，不等它落地就摘下来往嘴里送。青春时期如此，现在也没长进多少，不但没作过惊天动地的事，而且没有存过惊天动地的心。偶尔大喊一声，天并不惊；跺地两脚，地也不动。第四章又是糖心的炸弹，没响儿！

以下就不用说了，伤心！

自传呢，下世再说。好在马上为善，或者还不太晚，多积点阴功，下辈子咱也生在贵族之家，专是自传的第一章就能写八万字。气死无数小布尔乔亚。等着吧，这个事是急不得的。

载 1934 年 1 月《大众画报》第 3 期

新 年 醉 话

大新年的,要不喝醉一回,还算得了英雄好汉么?喝醉而去闷睡半日,简直是白糟蹋了那点酒。喝醉必须说醉话,其重要至少等于新年必须喝醉。

醉话比诗话词话官话的价值都大,特别是在新年。比如你恨某人,久想骂他猴崽子一顿。可是平日的生活,以清醒温和为贵,怎好大睁白眼的骂阵一番?到了新年,有必须喝醉的机会,不乘此时节把一年的"储蓄骂"都倾泻净尽,等待何时?于是乎骂矣。一骂,心中自然痛快,且觉得颇有英雄气概。因此,来年的事业也许更顺当,更风光;在元旦或大年初二已自许为英雄,一岁之计在于春也。反之,酒只两盅,菜过五味,欲哭无泪,欲笑无由。只好哼哼唧唧噜哩噜苏,如老母鸡然,则癞狗见了也多咬你两声,岂能成为民族的英雄?

再说,处此文明世界,女扮男装。许多许多男子大汉在家中乾纲不振。欲恢复男权,以求平等,此其时矣。你得喝醉哟,不然哪里敢!既醉,则挑鼻子弄眼,不必提名道姓,而以散文诗冷嘲,继以热骂:头发烫得像鸡窝,能孵小鸡么?曲线美,直线美又几个钱一斤?老子的钱是容易挣得?哼!诸如此类,无须管层次清楚与否,但求气势畅利。每当少为停顿,则加一哼,哼出两道白气,这一来,家中女性,必都惶恐。如不惶恐,则拉过一个——以老婆为最合适——打上几拳。即使因此而罚跪床前,但床前终少见证,而醉骂则广播四邻,其声势极不相同,威风到底是男子汉的。闹过之后,如有必要,得请她看电影;虽发是鸡窝如故,且未孵出小鸡,究竟得显出不平凡的亲密。即使完全失败,跪在床前也不见原谅,到底酒力热及四肢,不至着凉害病,多跪一会儿正自无损。这自然是附带的利益,不在话下。无论怎说,你总得给女性们一手儿瞧瞧,纵不能一战成功,也给了她们个有力的暗示——你并不是泥人哟。久而久之,只要你努力,至少也使她们明白过来:你有时候也曾闹脾气,而跪在床前殊非完全投降的意思。

至若年底搪债,醉话尤为必需。讨债的来了,见面你先喷他一口酒气,他的威风马上得低降好多,然后,他说东,你说西,他说欠债还钱,你唱《四郎探母》。虽曰无赖,但过了酒劲,日后见面,大有话说。此"尖头曼"之所以为"尖头曼"也。

醉话之功,不止于此,要在善于运用。秘诀在这里:酒喝到八成,心中还记得"莫谈国事",把不该说的留下;可以说的,如骂友人与恫吓女性,则以酒力充分活动想象力,务使自己成为浪漫的英雄。骂到伤心之处,宜紧紧摇头,使眼泪横流,自增杀气。

当是时也,切莫题词寄信,以免留叛逆的痕迹。必欲艺术的发泄酒性,可以在窗纸上或院壁上作画。画完题"醉墨"二字,豪放之情乃万古不朽。

载 1934 年 1 月《矛盾》第 2 卷第 5 期

《矛盾月刊》新年特大号向我要文章。写小说吧,没工夫;作诗,又不大会。就寄了这么几句,虽然没有半点艺术价值,可是在实际上不无用处。如有仁人君子照方儿吃一剂,而且有效,那我要变成多么有光荣的我哟!

一九三四年节——作者。

观　画　记

　　看我们看不懂的事物,是很有趣的;看完而大发议论,更有趣。幽默就在这里。怎么说呢？去看我们不懂得的东西,心里自知是外行,可偏要装出很懂行的样子。譬如文盲看街上的告示,也歪头,也动嘴唇,也背着手;及至有人问他,告示上说的什么,他答以正在数字数。这足以使他自己和别人都感到笑的神秘,而皆大开心。看完再对人讲论一番便更有意思了。譬如文盲看罢告示,回家对老婆大谈政治,甚至因意见不同,而与老婆干起架来,则更热闹而紧张。

　　新年前,我去看王绍洛先生个人展览的西画。济南这个地方,艺术的空气不像北平那么浓厚。可是近来实在有起色,书画展览会一个接着一个的开起来。王先生这次个展是在十二月二十三日到二十五日。只要有图画看,我总得去看看。因为我对于图画是半点不懂,所以我必须去看,表示我的腿并不外行,能走到会场里去。一到会场,我很会表演。先在签到簿上写上姓名,写得个儿不小,以便引起注意而或者能骗碗茶喝。要作品目录,先数作品的号码,再看标价若干,而且算清价格的总积:假如作品都售出去,能发多大的财。我管这个叫作"艺术的经济"。然后我去看画。设若是中国画,我便靠近些看,细看笔道如何,题款如何,图章如何,裱的绫子厚薄如何。每看一项,或点点头,或摇摇首,好像要给画儿催眠似的。设若是西洋画,我便站得远些看,头部的运动很灵活,有时为看一处的光线,能把耳朵放在肩膀上，如小鸡蹭痒痒然。这看了一遍，已觉有点累得慌，就找个椅子坐下，眼睛还盯着一张画死看，不管画的好坏，而是因为它恰巧对着那把椅子。这样死盯，不久就招来许多人，都要看出这张图中的一点奥秘。如看不出，便转回头来看我，似欲领教者。我微笑不语，暂且不便泄露天机。如遇上熟人过来问，我才低声的说："印象派，可还不到后期，至多也不过中期。"或是："仿宋，还好；就是笔道笨些！"我低声的说，因为怕叫画家自己听见；他听不见呢，我得虎就虎，心中怪舒服的。

其实，什么叫印象派，我和印度的大象一样不懂。我自己的绘画本事限于画"你是王八"的王八，与平面的小人。说什么我也画不上来个偏脸的人，或有四条腿的椅子。可是我不因此而小看自己；鉴别图画的好坏，不能专靠"像不像"；图画是艺术的一支，不是照相。呼之为牛则牛，呼之为马则马；不管画的是什么，你总得"呼"它一下。这恐怕不单是我这样，有许多画家也是如此。我曾看见一位画家在纸上涂了几个黑蛋，而标题曰"群雏"。他大概是我的同路人。他既然能这么干，怎么我就不可以自视为天才呢？那么，去看图画；看完还要说说，是当然的。说得对与不对，我既不负责任，你干吗多管闲事？这不是很逻辑的说法吗？

我不认识王绍洛先生。可是很希望认识他。他画得真好。我说好，就是好，不管别人怎么说。我爱什么，什么就好，没有客观的标准。"客观"，顶不通。你不自己去看，而派一位代表去，叫作客观；你不自己去上电影院，而托你哥哥去看贾波林，叫作客观；都是傻事，我不这么干。我自己去看，而后说自己的话；等打架的时候，才找我哥哥来揍你。

王先生展览的作品：油画七十，素描二十四，木刻七。在量上说，真算不少。对于木刻，我不说什么。不管它们怎样好，反正我不喜爱它们。大概我是有点野蛮劲，爱花红柳绿，不爱黑地白空的东西。我爱西洋中古书籍上那种绘图,因为颜色鲜艳。一看黑漆的一片,我就觉得不好受。木刻,对于我,好像黑煤球上放着几个白元宵,不爱!有人给我讲过相对论,我没好意思不听,可是始终不往心里去;不论它怎样相对,反正我觉得它不对。对木刻也是如此,你就是说得天花乱坠,还是黑煤球上放白元宵。对于素描,也不爱看,不过瘾;七道子八道子的!

我爱那些画。特别是那些风景画。对于风景画,我爱水彩的和油的,不爱中国的山水。中国的山水,一看便看出是画家在那儿作八股,弄了些个起承转合,结果还是那一套。水彩与油画的风景真使我接近了自然,不但是景在那里,光也在那里,色也在那里,它们使我永远喜悦,不像中国山水画那样使我离开自然,而细看笔道与图章。这回对了我的劲,王先生的是油画。他的颜色用得真漂亮,最使我快活的是绿瓦上的那一层嫩绿——有光的那一块儿。他有不少张风景画,我因为看出了神,不大记得哪张是哪张了。我也不记得哪张太刺眼,这就是说都不坏,除了那张《汇泉浴场》似乎有点俗气。那张《断墙残壁》很好,不过着色太火气了些;我提出这个,为是证明他喜欢用鲜明的色彩。他是宜于画春夏景物的,据我看。他能画得干净而活泼;我就怕看抹布颜色的画儿。

关于人物,《难民》与《忏悔》是最惹人注意的。我不大爱那三口儿难民,觉得还少点憔悴的样子。我倒爱难民背后的设景:树,远远的是城,城上有云;城和难民是安定与漂流的对照,云树引起渺茫与穷无所归之感。《官邸与民房》也是用这个结构——至少是在立意上。最爱《忏悔》。裸体的男人,用手捧着头,头低着。全身没有一点用力的地方,而又没一点不在紧缩着,是忏悔。此外还有好几幅裸体人形,都不如这张可喜。永不喜看光身的大胖女人,不管在技术上有什么讲究,我是不爱看"河漂子"的。

花了两点钟的工夫,还能不说几句么?于是大发议论,大概是很臭。不管臭不臭吧,的确是很佩服王先生。这决不是捧场;他并没见着我,也没送给我一张画。我说他好歹,与他无关,或只足以露出我的臭味。说我臭,我也不怕,议论总是要发的。伟人们不是都喜欢大发议论么?

载 1934 年 2 月《青年界》第 5 卷第 2 期

大 发 议 论

过年是一种艺术。咱们的先人就懂得贴春联,点红灯,换灶王像,馒头上印红梅花点,都是为使一切艺术化。爆竹虽然是噪音,但"灯儿带炮"便给声音加上彩色,有如感觉派诗人所用的字眼儿。盖自有史以来,中国人本是最艺术的,其过年比任何民族都更复杂,热闹,美好,自是民族之光,亦理所当然。

以烹调而言,上自龙肝凤肺,下至姜蒜大葱,无所不吃,且都有奇妙的味道。拿板凳腿作冰激凌,只要是中国人做的,给欧西的化学家吃,他也得莫名其妙,而连声夸好;即使稍有缺点,亦不过使肚子微痛一阵而已。吃了老鼠而再吃猫,既不辨其为鼠为猫,且不在肚中表演猫捕鼠的游戏,是之谓巧夺天工。烹调的方法既巧夺天工。新年便没法儿不火炽,没法儿不是艺术的。一碗清汤,两片牛肉,而后来个硬凉苹果,如西洋红毛鬼子的办法,只足引起伤心,哪里还有心肠去快活。反之,酒有茵陈玫瑰和佛手露,佐以蜜饯果儿——红的是山楂糕,绿的是青梅,黄的是桔饼,紫的是金丝蜜枣,有如长虹吹落,碎在桌上,斑斑块块如灿艳群星,而到了口中都甜津津的,不亦乐乎!加以八碟八碗,或更倍之,各发异香,连冒出的气儿都婉转缓腻,不像馒头揭锅,热气立散;于是吃一看二,咽一块不能不点点头,喝一口不能不咂咂嘴;或汤与块齐尝,则顺流而下,不知所之,岂不快哉!脑与口与肚一体舒畅,宜乎行令猜拳,吃个七八小时也。这是艺术。做得艺术,吃得艺术,于是一肚子艺术,而后题诗壁上,剪烛梅前,入了象牙之塔,出了象牙之狗,美哉新年也!

这不过略提了提"吃",已足使弱小民族垂涎三尺,而万国来朝。至若吃饱喝足,面色微紫,或看牌,或掷骰,或顶牛,勾心斗角,各运心思,赢了微笑,输急才骂"妈的";至若穿新衣,逛花灯,看亲戚,接姑奶奶与小外甥……只好从略,只好从略,以免六国联军又打天津。因羡生妒,至蛮不讲理,往往有之。

到了现在,过年的艺术不但在质上,就是在量上,也正在迈进。以次数说,新年起码有两个,增多了一倍。活个七老八十,而能过一百好几十次新年,正是:

　　五风十雨皆为瑞,
　　一岁双年总是春。

人生七十古来稀,到而今,活五十岁而过一百次年,活不到七十也没多大关系了。这顺手儿就解决了人口过剩问题,因为活到四五十岁,已经过了一百来回年,在价值上总算过得去了;那么,五十多而仍不死,就满可以立下遗嘱,而后把自己活埋了。不过,这是附带的话;如不愿活埋呢,也无须一定这么办,活着也好。书归正传:

两个新年,先过国历新年,然后再过"家历"新年。二者之间隔着那么几十天,恰好藕断丝连,顾此而不失彼,是诗意的跌宕,是艺术的沉醉,是电影的广告!前前后后三个来月,甚至于可以把冬至的馄饨接上端阳的粽子,而后紧跟着去到青岛避暑。天哪,感谢你使我们生活在中国!

可是,人心不同,也有不这样看的。记得去年在我们镇上,铺户都在"家历"新年关上了门。小徒弟们在铺内敲锣打鼓,掌柜们把脸喝得怪红。邻家二大妈一向失于修饰,也戴上了朵小红绢石榴花。私塾中的学童们把《三字经》等放在神龛后面,暂由财神奶奶妥为照管。洋学堂的秀才们也回来凑热闹,过了灯节还舍不得走。这本是为艺术而艺术,并没有什么说不过去的地方。哪知道,镇上有位爱国志士发了议论:爱国的人应当遵守国历;再说,国历是最科学的。

我也说了话。我既也是镇上的圣人之一,自然不能增他人的锐气而减自己的威风。你看,大家听了志士的议论,虽然过年如故,可是心中有点不自在。我们镇上的人向来不提倡仇货;也不赞成妇女放脚,因为缠脚是更含有国货的意味。他们不甘于作不爱国的人,但是,他们没话反攻,而爱国志士就鼻孔朝天的得意起来。我不能不开口了!我说:过年是种艺术,谈不到科学;谁能在除夕吃地质学,喝王水,外加安米尼亚?再说,国历是科学的,连洋鬼子都知道,难道堂堂的天朝选民就不晓得?二月是二十八天,正合二十八宿,中西正是一理,不过,科学是日新月异的,将来一高兴,也许二月剩八天,巧合八卦图,而十二月来上五六十来天!再说,家历月月十五有圆月,而国历月月十五有圆太阳,阳胜于阴,理当乾纲大振,大家不怕老婆。可惜,圆月之外还有新月半月等等,而太阳没有出过太阳牙。

连邻家二大妈也听出我这一套是暗含讥讽,马上给我送过来一大盘年糕;虽然我看出糕的一角似被老鼠啃去,也还很感激她。她的话比年糕的价值还大。她说:八月十五云遮月,正月十五雪打灯。假如十五没月亮,这两句古语从何应验?还有,腊月三十要是出了圆月,咱们是过年好呢,还是拜月好呢?二大妈的话实在有理。于是设法传到爱国志士耳中,省得叫他目空一切。二大妈至少比他多吃过二三十年的年糕,这不是瞎说的。

他似乎也看出八月十五云遮月的重要,可是仍然不服气。他带着讽刺的味儿说:为什么不可以把吃喝玩乐都放在国历新年;莫非是天气不够冷的?

我先回答了他这末一句。对于此点我更有话说。过去的经验不定在什么时候就会大有用处;你看,我恰巧在南洋过过一次年。在那里,元旦依然是风扇与冰激凌的天气。大家赤着脚,穿着单衫,可是拼命的放爆竹,吃年糕,贴对子,买牡丹,祭财神。天气和六月里一样,而过年还是过年。这不是冷不冷的问题。冷也得过年,热也得过年,过年是种艺术,与寒暑表的升降无关。

至于为什么不把吃喝玩乐都放在国历新年,他是只知其一,不知其二。为表示爱国,为表示科学化,我们都应当遵守国历;国历国科国学国民等等本来自成一系统。严格的说,一个国民而不欢欢喜喜的过下儿国历新年,理当斩首,号令国门。可是有一层,人当爱国,也当爱家。齐家而后能治国;试看古今多少英雄豪杰,哪个不是先把钱搂到家中,使家族风光起来,而后再谈国事?因此,国历与家历应当两存;到爱国的时候就爱国,到爱家的时候便爱家,这才称得起是圣之时者。你真要在家历新年之际,三过其门而不入,留神尊夫人罚你跪下顶灯三小时;大冷的天,不是玩的!这不是要哪个与不要哪个的问题,也不是哪个好与哪个坏的问题,而是应当下一番工夫去研究怎样过新新年,与怎样过旧新年。二者的历史不同,性质不同,时间不同,种类不同,所以过法也得不同。把旧艺术都搬到新节令上来,不但是显着驴唇不对马嘴,而且是自己剥夺了生命的享受。反之,顺着天时地利与人和,各有各的办法,各有各的味道,才能算作生活的艺术。

以国历新年说吧。过这个年得带洋味,因为它是洋钦天监给规定的。在这个新年,见面不应说"多多发财",而须说"害怕扭一耳"。非这么办不可,你必须带出洋味,以便别于家历新年。该新则新,该旧则旧,这一向是我们的长处。你自己穿洋服去跳舞,而叫小脚夫人在家中啃窝窝头,理当如此。过年也是这样。那么,过国历新年,应在大街上高搭彩牌,以示普天同庆。大家到大饭店去喝香槟。然后,去跳舞一番,或凑几个同志打打微高尔夫。约女朋友看看电影,或去听听西洋音乐,吃些块奶油巧古力,也不失体统。若能凑几个人演一出三幕戏,偏请女客为自己来鼓掌,那更有意思。不必去给父亲拜年,你父亲自然会看到你在报纸上登的贺年小广告。可是见着父亲的时候别忘了说"害怕扭一耳"。你应当作一身新洋服。总之,你要在这个时节充分的表现出来,你是爱国,你懂得新事,你会跳舞,你会溜冰。这个年要过得似乎是洋鬼子,又不十分像;不像吧,又像。这也是一种艺术。若以酒类作喻,这是啤酒。虽然是酒,可又像汽水。拿准这个尺寸,这个新年正大有滋味,你要是不过它一下,你便永远摸不清个人与世界的关系。说到这儿,你顶好给美国总统写个贺年片,贴足邮票寄去。他要是不回拜的话,那是他的错儿,你居心无愧。

这么过了一个年,然后再等过那一个,艺术上的对照法。一个是浪漫的,摩登的,香槟与裸体美人的;一个是写实的,遗传的,家长里短的。你身过二年,胃收百味,是沟通东西文化的活水,是香槟与陈绍的产儿,是一切的一切!

应当再说怎过旧新年。不过,你早就知道。只须告诉你一句:无论是在哪个新年,总不应该还债。还有一句——只是一句了——在旧新年元旦出门,必先看好喜神是在哪一方;国历新年则不受此限制,你拿着顶出来也好。

爱国志士听了这一番高论,茅塞一顿一顿的都开了,托二大妈来约我去打几圈小麻雀,遂单刀赴会焉。

载 1934 年 2 月 16 日《论语》第 35 期

考而不死是为神

老舍散文

考试制度是一切制度里最好的,它能把人支使得不像人了,而把脑子严格的分成若干小块块。一块装历史,一块装化学,一块……

比如早半天考代数,下午考历史,在午饭的前后你得把脑子放在两个抽屉里,中间连一点缝子也没有才行。设若你把 X + Y 和一八二八弄到一处,或者找唐朝的指数,你的分数恐怕是要在二十上下。你要晓得,状元得来个一百分呀。得这么着:上午,你的一切得是代数,仿佛连你是黄帝的子孙,和姓字名谁,全根本不晓得。你就像刚由方程式里钻出来,全身的血脉都是 X 和 Y。赶到刚一交卷,你立刻成了历史,向来没听说过代数是什么。亚力山大,秦始皇等就是你的爱人,连他们的生日是某年某月某时都知道。代数与历史千万别联宗,也别默想二者的有无关系,你是赴考呀,赴考的期间你别自居为人,你是个会吐代数,吐历史的机器。

这样考下去,你把各样功课都吐个不大离,好了,你可以现原形了;睡上一天一夜,醒来一切茫然,代数历史化学诸般武艺通通忘掉,你这才想起"妹妹我爱你"。这是种蛇脱皮的工作,旧皮脱尽才能自由;不然,你这条蛇不曾得到文凭,就是你爱妹妹,妹妹也不爱你,准的。

最难的是考作文。在化学与物理中间,忽然叫你"人生于世"。你的脑子本来已分成若干小块,分得四四方方,清清楚楚,忽然来了个没有准地方的东西,东扑扑个空,西扑扑个空,除了出汗没有合适的办法。你的心已冷两三天,忽然叫你拿出情绪作用,要痛快淋漓,慷慨激昂,假如题目是"爱国论",或"天下兴亡匹夫有责";你的心要是不跳吧,笔下便无血无泪;跳吧,下午还考物理呢。把定律们都跳出去,或是跳个乱七八糟,爱国是爱了,而定律一乱则没有人替你整理,怎办？幸而不是爱国论,是山中消夏记,心无须跳了。可是,得有诗意呀。仿佛考完代数你更文雅了似的！假如你能逃出这一关去,你便大有希望了,够分不够的,反正你死不了了。被"人生于世"憋死,不是什么稀罕的事。

说回来,考试制度还是最好的制度。被考死的自然无须用提。假若考而不死,你放胆活下去吧,这已明明告诉你,你是十世童男转身。

载 1934 年 7 月 1 日《论语》第 44 期

小　病

大病往往离死太近，一想便寒心，总以不患为是。即使承认病死比杀头活埋剥皮等死法光荣些，到底好死不如歹活着。半死不活的味道使盖世的英雄泪下如涌呀。拿死吓唬任何生物是不人道的。大病专会这么吓唬人，理当回避，假若不能扫除净尽。

可是小病便当另作一说了。山上的和尚思凡，比城里的学生要厉害许多。同样，楚霸王不害病则没得可说，一病便了不得。生活是种律动，须有光有影，有左有右，有晴有雨；滋味就含在这变而不猛的曲折里。微微暗些，然后再明起来，则暗得有趣，而明乃更明；且至明过了度，忽然烧断，如百烛电灯泡然。这个，照直了说，便是小病的作用。常患些小病是必要的。

所谓小病，是在两种小药的能力圈内，阿司匹灵与清瘟解毒丸是也。这两种药所不治的病，顶好快去请大夫，或者立下遗嘱，备下棺材，也无所不可，咱们现在讲的是自己能当大夫的"小"病。这种小病，平均每个半月犯一次就挺合适。一年四季，平均犯八次小病，大概不会再患什么重病了。自然也有爱患完小病再患大病的人，那是个人的自由，不在话下。

咱们说的这类小病很有趣。健康是幸福；生活要趣味。所以应当讲说一番：

小病可以增高个人的身分。不管一家大小是靠你吃饭，还是你白吃他们，日久天长，大家总对你冷淡。假若你是挣钱的，你越尽责，人们越挑眼，好像你是条黄狗，见谁都得连忙摆尾；一尾没摆到，即使不便明言，也暗中唾你几口。不大离的你必得病一回，必得！早晨起来，哎呀，头疼！买清瘟解毒丸去，还有阿司匹灵吗？不在乎要什么，要的是这个声势，狗的地位提高了不知多少。连懂点事的孩子也要闭眼想想了——这棵树可是倒不得呀！你在这时节可以发散发散狗的苦闷了，卫生的要术。你若是个白吃饭的，这个方法也一样灵验。特别是妈妈与老嫂子，一见你真需要阿司匹灵，她们会知道你没得到你所应得的尊敬，必能设法安慰你：去听听戏，或带着孩子们看电影去吧？她们诚意的向你商量，本来你的病是吃小药饼或看电影都可以治好的，可是你的身分高多了呢。在朋友中，社会中，光景也与此略同。

此外，小病两日而能自己治好，是种精神的胜利。人就是别投降给大夫。无论国医西医，一律招惹不得。头疼而去找西医，他因不能断证——你的病本来不算什么——一定嘱告你住院，而后详加检验，发现了你的小脚指头不是好东西，非割去不可。十天之后，头疼确是好了，可是足指剩了九个。国医文明一些，不提小脚指头这一层，而说你气虚，一开便是二十味药，他越摸不清你的脉，越多开药，意在把病吓跑。就是不找大夫。预防大病来临，时时以小病发散之，而小病自己会治，这就等于"吃了萝卜喝热茶，气得大夫满街爬！"

有宜注意者：不当害这种病时，别害。头疼，大则失去一个王位，小则能惹出是非。设个小比方：长官约你陪客，你说头疼不去，其结果有不易消化者。怎样利用小病，须在全部生活艺术中搜求出来。看清机会，而后一想象，乃由无病而有病，利莫大焉。

这个，从实际上看，社会上只有一部分人能享受，差不多是一种雅好的奢侈。可是，在一个理想国里，人人应该有这个自由与享受。自然，在理想国内也许有更好的办法；不过，什么办法也不及这个浪漫,这是小品病。

载 1934 年 7 月 5 日《人间世》第 7 期

神 的 游 戏

戏剧不是小说。假若我是个木匠;我一定说戏剧不是大锯。由正面说,戏剧是什么,大概我和多数的木匠都说不上来。对戏剧我是头等的外行。

可是,我作过戏剧。这只有我和字纸篓知道。看别人写戏,我也试试,正如看别人下海,我也去涮涮脚。原来戏剧和小说不是一回事。这个发现,多少是恼人的。

"小说是袖珍戏园"。不错。连卖瓜子的打手巾把的都有地位。形容那位睡着了的观客,和他的梦,都无所不可。一出戏,非把卖瓜子的逐出去不可,那位作梦的先生也该枪毙。戏剧限于台上加点玩艺,而且必定不许台下有人睡觉。一些布景,几个人,说说笑笑或哭哭啼啼,这要使人承认是艺术;天哪,难死人也,景片的绳子松了一些,椅子腿有点活动,都不在话下;她一个劲儿使人明白人生,认识生命,拿揭显代替形容,拿吵嘴当作说理,这简直不可能。可是真有会干这个的!

设若戏剧是"一个"人的发明,他必是个神。小说,二大妈也会是发明人。从头说起吧。立意有了,人物,地点,时间,也都有了,这不应很乐观么?是。于是提起笔来,终于放下,让谁先出来呢?设若是小说,我就大有办法。我能叫一混成旅一齐出来,也能叫一个人没有而大讲秋天的红叶。戏剧家必是个神,他晓得而且毫不迟疑的怎样开始。他似乎有件法宝,一祭起便成了个诛仙阵,把台下的观众灵魂全引进阵去。并且是很简单呀,没有说明书,没有开场词,没有名人的介绍;一开幕便单摆浮搁的把阵式列开,一两个回合便把人心捉住,拿活人演活人的事,而且叫台下的活人郑重其事的感到一些什么,傻子似的笑或落泪。这个本事是真本事,我只能使眼前的白纸老那么白着吧。请想,我面对面的,十二分诚恳的,给二大妈述说一件事,她还不能明白,或是不愿听;怎样将两个人放在台上交谈一阵,就使他明白而且乐意听呢?大概不是她故意与我作难,就是我该死。

勉强的打了个头儿。一开幕,一胖一瘦在书房内谈话,窗外有片雪景,不坏。胖子先说话,瘦子一边听一边看报。也好。谈了两三分钟,胖子和瘦子的话是一个味儿,话都非常的漂亮,只是显不出胖子是怎样个人,瘦子是怎么个人。把笔放下,叹气。

过了十分钟,想起来了。该上女角了。女角一露面,胖子和瘦子之间便起了冲突,一起冲突便有了人格。好极了。女角出来了。她也加入谈话,三个人说的都一个味儿,始终是白开水。她打扮得很好,长得也不坏,说话也漂亮;她是怎么个人呢?没办法。胖子不替她介绍,瘦子也不管详述家谱,她自己更不好意思自述。这位救命星原来也是木头的。字纸篓里增多了两三张纸。

天才不应当承认失败,再来。这回,先从后头写。问题的解决是更难写的;先解决了,然后再转回来补充,似乎更保险。小说不必这样,因为无结果而散也是真实的情形。戏剧必须先作茧,到末了变出蛾子来。是的,先出蛾子好了。反正事实都已预备好,只凭一写了。写吧。胖子瘦子和姑娘又都出来了。还是木头的。瘦子娶了姑娘,胖子饮鸩而死,悲剧呀。自己没悲,胖子没悲,虽然是死了!事实很有味儿,就是人始终没活着。胖子和瘦子还打了一场呢,白打,最紧张处就是这一打,我自己先笑了。

念两本前人的悲剧,找点诀窍吧。哼!事实不如我的奇,穿插不如我的巧,言语没有我的情,可是,也不是从哪找来的,前前后后,里里外外,有股悲劲萦绕回环,好似与人物事实平行着一片秋云,空气便是凉飕飕的。不是闹鬼;定是有神。这位神,把人与事放在一个悲的宇宙里。不知道是先造的人呢,还是先造的那个宇宙。一切是在悲壮的律动里,这个律动把二大妈的泪引出来,满满的哭了两三天,泪越多心里越痛快。二大妈的灵魂已到封神台下去,甘心的等着被封为——哪怕是土地奶奶呢,到底是入了神界!

　　我完了。神始终不照顾我。他不给我这点力量。我的眼总是迷糊,看不见那立体的一小块——其中有人有事有说有笑,一小块人生,一小块真理,一小块悲史,放在心里正合适,放在宇宙里便和宇宙融成一体,如气之与风。戏剧呀,神的游戏。木匠,还是用你的锯吧。

载 1934 年 7 月 14 日《大公报》

避　暑

英美的小资产阶级,到夏天若不避暑,是件很丢人的事。于是,避暑差不多成为离家几天的意思,暑避了与否倒不在话下。城里的人到海边去,乡下人上城里来;城里若是热,乡下人干吗来?若是不热,城里的人为何不老老实实的在家里歇着?这就难说了。再看海边吧,各样杂耍,似赶集开店一般,男女老幼,闹闹吵吵,比在家中还累得慌。原来暑本无须避,而面子不能不圆——;夏天总得走这么几日,要不然便受不了亲友的盘问。谁也知道,海边的小旅馆每每一间小屋睡大小五口;这只好尽在不言中。

手中更富裕的,讲究到外国来。这更少与避暑有关。巴黎夏天比伦敦热得多,而巴黎走走究竟体面不小。花几个钱,长些见识,受点热也还值得。可是咱们这儿所说的人们,在未走以前已经决定好自己的文化比别国高,而回来之后只为增高在亲友中的身份——"刚由巴黎回来;那群法国人!"

到中国做事的西人,自然更不能忘了这一套。在北戴河,有三家凑赁一所小房的,住上二天,大家的享受正如圈里的羊。自然也有很阔气的,真是去避暑;可是这样的人大概在哪里也不见得感到热,有钱呀。有钱能使鬼推磨,难道不能使鬼做冰激凌吗?这总而言之,都有点装着玩。外国人装蒜,中国人要是不学,便算不了摩登。于是自从皇上被免职以后,中国人也讲究避暑。北平的西山,青岛,和其他的地方,都和洋钱有同样的响声。

还有特意到天津或上海玩玩的,也归在避暑项下;谁受罪谁知道。

暑,从哲学上讲,是不应当避的。人要把暑都避了,老天爷还要暑干吗?农人要都去避暑,粮食可还有的吃?再退一步讲,手里有钱,暑不可不避,因为它暑。这自然可以讲得通,不过为避暑而急得四脖子汗流,便大可以不必。到避暑期间而闹得人仰马翻,便根本不如在家里和谁打上一架。

所以我的避暑法便很简单——家里蹲。第一不去坐火车;为避暑而先坐二十四小时的特别热车,以便到目的地去治上吐下泻,我就不那么傻。第二不扶老携幼去玩玄:比如上山,带着四个小孩,说不定会有三个半滚了坡的。山上的空气确是清新,可是下得山来,孩子都成了瘸子,也与教育宗旨不甚相合。即使没有摔坏,反正还不吓一身汗?这身汗哪里出不了,单上山去出?第三不用搬家。你说,一家大小都去避暑,得带多少东西?即使出发的时候力求简单,到了地方可就明白过来,啊,没有给小二带乳瓶来!买去吧,哼,该买的东西多了!三叔的固元膏忘下了,此处没有卖的,而不贴则三叔就泻肚;得发快信托朋友给寄!及至东西都慢慢买全,也该回家了,往回运吧,有什么可说的!

一个人去自然简单些,可是你留神吧,你的暑气还没落下去,家里的电报到了——急速回家!赶回来吧,原来没事,只是尊夫人不放心你!本来吗,一个人在海岸上溜,尊夫人能放心吗?她又不是没看过美人鱼的照片。

大家去,独自去,都不好;最好是不去。一动不如一静,心静自然凉。况且一切应用的东西都在手底下:凉席,竹枕,蒲扇,烟卷,万应锭,小二的乳瓶……要什么伸手即得,这就是个乐子。渴了有绿豆汤,饿了有烧饼,闷了念书或作两句诗。早早的起来,晚晚的睡,到了晌午再补上一大觉;光脚没人管,赤背也不违警章,喝几口随便,喝两盅也行。有风便荫凉下坐着,没风则勤扇着,暑也可以避了。

这种避暑有两点不舒服:(一)没把钱花了;(二)怕人问你。都有办法:买点暑药送苦人,或是赈灾,即使不是有心积德,到底钱是不必非花在青岛不可的。至于怕有人问,你可以不见客,等秋来的时候,他们问你,很可以这样说:"老没见,上莫干山住了三个多月。"如能把孩子们嘱咐好了,或者不至漏了底。

载 1934 年 8 月 1 日《论语》第 46 期

写　字

假若我是个洋鬼子，我一定也得以为中国字有趣。换个样儿说，一个中国人而不会写笔好字，必定觉得不是味儿；所以我常不得劲儿。

写字算不算一种艺术，和作官算不算革命，我都弄不清楚。我只知道好字看着顺眼。顺眼当然不一定就是美，正如我老看自己的鼻子顺眼而不能自居姓艺名术字子美。可是顺眼也不算坏事，还没有人因为鼻子长得顺眼而去投河。再说，顺眼也颇不容易；无论你怎样自居为宝玉，你的鼻子没有我的这么顺眼，就干脆没办法；我的鼻子是天生带来的，不是在医院安上的。说到写字，写一笔漂亮字儿，不容易。工夫，天才，都得有点。这两样，我都有，可就是没人求我写字，真叫人起急！

看着别人写，个儿是个儿，笔力是笔力，真馋得慌。尤其堵得慌的是看着人家往张先生或李先生那里送纸，还得作揖，说好话，甚至于请吃饭。没人理我。我给人家作揖，人家还把纸藏起去。写好了扇子，白送给人家，人家道完谢，去另换扇面。气死人不偿命，简直的是！

只有一个办法：遇上丧事必送挽联，遇上喜事必送红对，自己写。敢不挂，玩命！人家也知道这个，哪敢不挂？可是挂在什么地方就大有分寸了。我老得到不见阳光，或厕所附近，找我写的东西去。行一回人情总得头疼两天。

顶伤心的是我并不是不用心写呀。哼，越使劲越糟！纸是好纸,墨是好墨,笔是好笔,工具满对得起人。写的时候,焚上香,开开窗户,还先读读碑帖。一笔不苟,横平竖直;挂起来看吧,一串倭瓜,没劲!不是这个大那个小,就是歪着一个。行列有时像歪脖树,有时像曲线美。整齐自然不是美的要素;要命是个个字像傻蛋,怎么耍俏怎么不行。纸算糟蹋远了去啦。要讲成绩的话,我就有一样好处,比别人糟蹋的纸多。

可是,"东风常向北,北风也有转南时",我也出过两回锋头。一回是在英国一个乡村里。有位英国朋友死了,因为在中国住过几年,所以留下遗言。墓碣上要几个中国字。我去吊丧,死鬼的太太就这么跟我一提。我晓得运气来了,登时包办下来;马上回伦敦取笔墨砚,紧跟着跑回去,当众开彩。全村子的人横是差不多都来了吧,只有我会写;我还告诉他们:我不仅是会写,而且写得好。写完了,我就给他们掰开揉碎的一讲,这笔有什么讲究,哪笔有什么讲究。他们的眼睛都睁得圆圆的,眼珠里满是惊叹号。我一直痛快了半个多月。后来,我那几个字真刻在石头上了,一点也不瞎吹。"光荣是中国的,艺术之神多着一位。天上落下白米饭,小鬼儿啊啊的哭;因为仓颉泄露了天机!"我还记得作了这样高伟的诗。

第二回是在中国,这就更不容易了。前年我到远处去讲演。那里没有一个我的熟人。讲演完了,大家以为我很有学问,我就棍打腿的声明自己的学问很大,他们提什么我总知道,不知道的假装一笑,作为不便于说,他们简直不晓得我吃几碗干饭了,我更不便于告诉他们。提到写字,我又那么一笑。喝,不大会儿,玉版宣来了一堆。我差点乐疯了。平常老是自己买纸,这回我可捞着了!我也相信这次必能写得好:平常总是拿着劲,放不开胆,所以写得不自然;这次我给他个信马由缰,随笔写来,必有佳作。中堂,屏条,对联,写多了,直写了半天。写得确是不坏,大家也都说好。就是在我辞别的时候,我看出点毛病来:好些人跟招待我的人嘀咕,我很听见了几句:"别叫这小子走!""那怎好意思?""叫他赔纸!""算了吧,他从老远来的。"……招待员总算懂眼,知道我确是卖了力气写的,所以大家没一定叫我赔纸;到如今我还以为这一次我的成绩顶好,从量上质上说都下得去。无论怎么说,总算我过了瘾。

我知道自己的字不行,可有一层,谁的孩子谁不爱呢!是不是,二哥?

载 1934 年 12 月 16 日《论语》第 55 期

读　　书

若是学者才准念书,我就什么也不要说了。大概书不是专为学者预备的;那么,我可要多嘴了。

从我一生下来直到如今,没人盼望我成个学者;我永远喜欢服从多数人的意见。可是我爱念书。

书的种类很多,能和我有交情的可很少。我有决定念什么的全权;自幼儿我就会逃学,楞挨板子也不肯说我爱《三字经》和《百家姓》。对,《三字经》便可以代表一类——这类书,据我看,顶好在判了无期徒刑后去念,反正活着也没多大味儿。这类书可真不少,不知道为什么;也许是犯无期徒刑罪的太多;要不然便是太少——我自己就常想杀些写这类书的人。我可是还没杀过一个,一来是因为——我才明白过来——写这样书的人敢情有好些已经死了,比如写《尚书》的那位李二哥。二来是因为现在还有些人专爱念这类书,我不便得罪人太多了。顶好,我看是不管别人;我不爱念的就不动好了。好在,我爸爸没希望我成个学者。

第二类书也与咱无缘:书上满是公式,没有一个"然而"和"所以"。据说,这类书里藏着打开宇宙秘密的小金钥匙。我倒久想明白点真理,如地是圆的之类;可是这种书别扭,它老瞪着我。书不老老实实的当本书,瞪人干吗呀?我不能受这个气!有一回,一位朋友给我一本《相对论原理》,他说:明白这个就什么都明白了。我下了决心去念这本宝贝书。读了两个"配纸",

1945年冬老舍一家合影。

1945年老舍与茅盾(左一)、于立群(右一)。

我遇上了一个公式。我跟它"相对"了两点多钟！往后边一看，公式还多了去啦！我知道和它们"相对"下去，它们也许不在乎，我还活着不呢？

可是我对这类书，老有点敬意。这类书和第一类有些不同，我看得出。第一类书不是没法懂，而是懂了以后使我更糊涂。以我现在的理解力——比上我七岁的时候，我现在满可以作圣人了——我能明白"人之初，性本善"。明白完了，紧跟着就糊涂了；昨儿个晚上，我还挨了小女儿——玫瑰唇的小天使——一个嘴巴。我知道这个小天使性本不善，她才两岁。第二类书根本就看不懂，可是人家的纸上没印着一句废话；懂不懂的，人家不闹玄虚，它瞪我，或者我是该瞪。我的心这么一软，便把它好好放在书架上；好打好散，别太伤了和气。

这要说到第三类书了。其实这不该算一类；就这么算吧，顺嘴。这类书是这样的：名气挺大，念过的人总不肯说它坏，没念过的人老怪害羞的说将要念。譬如说《元曲》，太炎"先生"的文章，罗马的悲剧，辛克莱的小说，《大公报》——不知是哪儿出版的一本书——都算在这类里，这些书我也都拿起来过，随手便又放下了。这里还就属那本《大公报》有点劲。我不害羞，永远不说将要念。好些书的广告与威风是很大的，我只能承认那些广告作得不错，谁管它威风不威风呢。

"类"还多着呢，不便再说；有上面的三项也就足所证明我怎样的不高明了。该说读的方法。

怎样读书，在这里，是个自决的问题；我说我的，没勉强谁跟我学。第一，我读书没系统。借着什么，买着什么，遇着什么，就读什么。不懂的放下，使我糊涂的放下，没趣味的放下，不客气。我不能叫书管着我。

第二，读得很快，而不记住。书要都叫我记住，还要书干吗？

书应该记住自己。对我,最讨厌的发问是:"那个典故是哪儿的呢?""那句书是怎么来着?"我永不回答这样的考问,即使我记得。我又不是印刷机器养的,管你这一套!

读得快,因为我有时候跳过几页去。不合我的意,我就练习跳远。书要是不服气的话,来跳我呀!看侦探小说的时候,我先看最后的几页,省事。

第三,读完一本书,没有批评,谁也不告诉。一告诉就糟:"嘿,你读《啼笑因缘》?"要大家都不读《啼笑因缘》,人家写它干吗呢?一批评就糟:"尊家这点意见?"我不惹气。读完一本书再打通儿架,不上算。我有我的爱与不爱,存在我自己心里。我爱念什么就念,有什么心得我自己知道,这是种享受,虽然显得自私一点。

再说呢,我读书似乎只要求一点灵感。"印象甚佳"便是好书,我没工夫去细细分析它,所以根本便不能批评。"印象甚佳"有时候并不是全书的,而是书中的一段最入我的味;因为这一段使我对这全书有了好感;其实这一段的美或者正足以破坏了全体的美,但是我不去管;有一段叫我喜欢两天的,我就感谢不尽。因此,设若我真去批评,大概是高明不了。

第四,我不读自己的书,不愿谈论自己的书。"儿子是自己的好",我还不晓得,因为自己还没有过儿子。有个小女儿,女儿能不能代表儿子,就不得而知。"老婆是别人的好",我也不敢加以拥护,特别是在家里。但是我准知道,书是别人的好。别人的书自然未必都好,可是至少给我一点我不知道的东西。自己的,一提都头疼!自己的书,和自己的运气,好像永远是一对儿累赘。

第五,哼,算了吧。

载 1934 年 12 月《太白》第 1 卷第 7 期

忙

近来忙得出奇。恍忽之间,仿佛看见一狗,一马,或一驴,其身段神情颇似我自己;人兽不分,忙之罪也!

每想随遇而安,贫而无谄,忙而不怨。无谄已经作到;无论如何不能欢迎忙。

这并非想偷懒。真理是这样:凡真正工作,虽流汗如浆,亦不觉苦。反之,凡自己不喜作,而不能不作,作了又没什么好处者,都使人觉得忙,且忙得头疼。想当初,苏格拉底终日奔忙,而忙得从容,结果成了圣人;圣人为真理而忙,故不手慌脚乱。即以我自己说,前年写《离婚》的时候,本想由六月初动笔,八月十五交卷。及至拿起笔来,天气热得老在九十度以上,心中暗说不好。可是写成两段以后,虽腕下垫吃墨纸以吸汗珠,已不觉得怎样难受了。"七"月十五日居然把十二万字写完!因为我爱这种工作哟!我非圣人,也知道真忙与瞎忙之别矣。

所谓真忙,如写情书,如种自己的地,如发现九尾彗星,如在灵感下写诗作画,虽废寝忘食,亦无所苦。这是真正的工作,只有这种工作才能产生伟大的东西与文化。人在这样忙的时候,把自己已忘掉,眼看的是工作,心想的是工作,作梦梦的是工作,便无暇计及利害金钱等等了;心被工作充满,同时也被工作洗净,于是手脚越忙,心中越安怡,不久即成圣人矣。情书往往成为真正的文学,正在情理之中。

所谓瞎忙,表面上看来是热闹非常,其实呢它使人麻木,使文化退落，因为忙得没意义，大家并不愿作那些事，而不敢不作；不作就没饭吃。在这种忙乱情形中，人们像机器般的工作，作完了一饱一睡，或且未必一饱一睡，而半饱半睡。这里，只有奴隶，没有自由人；奴隶不会产生好的文化。这种忙乱把人的心杀死，而身体也不见得能健美。它使人恨工作，使人设尽方法去偷油儿。我现在就是这样，一天到晚在那儿作事，全是我不爱作的。我不能不去作，因为眼前有个饭碗；多咱我手脚不动，那个饭碗便拍的一声碎在地上！我得努力呀，原来是为那个饭碗的完整，多么高伟的目标呀！试观今日之世界，还不是个饭碗文明！

因此，我羡慕苏格拉底，而恨他的时代。苏格拉底之所以能忙成个圣人，正因为他的社会里有许多奴隶。奴隶们为苏格拉底作工，而苏格拉底们乃得忙其所乐意忙者。这不公道！在一个理想的文化中，必能人人工作，而且乐意工作，即便不能完全自由，至少他也不完全被责任压得翻不过身来，他能把眼睛从饭碗移开一会儿，而不至立刻拍的一声打个粉碎。在这样的社会里，大家才会真忙，而忙得有趣，有成绩。在这里，懒是一种惩罚；三天不作事会叫人疯了；想想看，灵感来了，诗已在肚中翻滚，而三天不准他写出来，或连哼哼都不许！懒，在现在的社会里，是必然的结果，而且不比忙坏；忙出来的是什么？那末，懒又有什么不可以呢？

世界上必有那么一天，人类把忙从工作中赶出去，大家都晓得，都觉得，工作的快乐，而越忙越高兴；懒还不仅是一种羞耻，而是根本就受不了的。自然，我是看不到那样的社会了；我只能在忙得——瞎忙——要哭的时候这么希望一下吧。

载 1935 年 6 月 30 日《益世报》

歇夏（也可以叫作"放青"）

马国亮先生在这个月里（六月）给我两封信。"文人相重"，我必须说他的信实在写的好：文好，字好，信纸也好，可是，这是附带的话；正文是这么回事：第一封信，他问我的小说写得怎样了？说起来话长，我在去年夏天就向赵家璧先生透了个口话，说我要写一部长篇小说，内中的主角儿是两位镖客，行侠作义，替天行道，十八般武艺件件精通，可是到末了都死在手枪之下。我的意思是说时代变了，单刀赴会，杀人放火，手持板斧把梁山上，都已不时兴；二大刀必须让给手枪，而飞机轰炸城池，炮舰封锁海口，才够得上摩登味儿。这篇小说，假如能够写成了的话，一方面是说武侠与大刀早该一齐埋在坟里，另一面是说代替武侠与大刀的诸般玩艺不过是加大的杀人放火，所谓鸟枪换炮者是也，只显出人类的愚蠢。

春天过去，接着就是夏天，我到上海走了一遭，见着了赵先生。他很愿意把这本东西放在《良友丛书》里。由上海回来，我就开始写，在去年寒假中，写成了五六千字。这五六千字中没有几个体面的，开学以后没工夫续着写，就把它放在一边。大概是今天春天吧，我在一本刊物上看到一个短篇小说，所写的事儿与我想到的很相近。大家往往思想到同样的事，这本不出奇，可是我不愿再写了。一来是那写成的几千字根本不好，二来是别人写过的，虽然还可以再写，可是究竟差着点劲儿，三来是我想在夏天休息休息。

马先生所问的小说，便是指此而言。我写去回信，说今夏休息，打退堂鼓。过了几天，他的第二封信来到，还是文好，字好，信纸也好；还是"文人相重"。这封信里，他允许，并且夸奖我应当休息，可是在休息之前必须给良友写一个短篇。

短篇？也不能写！说起来话就又长了。在春间我还答应下给别的朋友写些故事呢——这都得在暑假里写，因为平日找不到"整"工夫。既然决定休息，那么不写就都不写，不能有偏向。况且我不愿，也不应当，向自己失信，怎么说呢，这才到了我的正题。请往下看：

我最爱写作，一半是为了挣钱，一半因为有瘾。我乃性急之人，办事与洗澡具同一风格，西里哗拉一大回，永不慢腾腾的，对于作文，也讲快当；但作文到底不是洗澡，虽然回回满头大汗，可是不见得能回回写得痛快淋漓。只有在这种时候，就是写完一篇或一段而觉得不满意的时候，我才有耐心，修改，或甚至从头另写。此耐心是出于有瘾。

大概有八年了吧，暑假没休息过，一年之中，只有暑假是写东西的好时候，可以一气写下十几万字。暑天自然是很热了，我不怕；天热，我的心更热，老天爷也得被我战败，因为我有瘾呀。

自幼儿我的身体就很弱，这个瘾自然不会使身体强壮起来。胃病，肺病，头疼，肚疼，什么病都闹过。单就肺病来说，我曾患到第七八期。过犹不及，没吃药，没休息它自己好了。胃病也很厉害，据一位不要我的诊金的医生说，我的胃已掉下一大块去。我慌了！要是老这么往下坠，说不定有朝一日胃会由腹中掉出去，非吃药不可了。而药也真灵，喝了一瓶，胃居然又回到原来的位置，像汽球往上升似的，我觉得。

虽然闹过这些病，我可是没死过一回。这个，又不能不说是"写瘾"的好处了。写作使我胃弱，心跳，头疼；同时也使我小心。该睡就去睡，该运动就去运动；吃喝起卧差不多都有规律。于是虽病而不至于死;就是不幸而死,也是卫生的。真的,为满足这个瘾,我一点也不敢大意,决不敢去瞎胡闹,虽然不是不想去瞎胡闹。因此,身体虽弱,可是心中有个老底儿——我的八字儿好,不至于短命。我维持住了生活的平衡:弱而不至于作不了事,病而不至于出大危险,如薄云掩月,不明亦不极暗。就是在这种境界中,八年来在作事之外还写了不少的东西!好也罢,歹也罢,总算过了瘾。

近来我吃饭很香,走路很有劲,睡得也很实在;可是有一样,我写不上劲儿来。莫非八期肺病又回来了?不能吧:吃得香,睡得好,说话有力,怎能是肺病呢!?大概是疲乏了;就是头驴吧,八年不歇着,不是也得出毛病吗?好吧,今年愣歇它一回,何必一定跟自己叫劲儿呢。长篇短篇一概不写,如骆驼到口外"放青",等秋后膘肥肉满再干活儿。况且呢,今年是住在青岛,不休息一番也对不起那青山绿水。就此马上休息去者!

马先生和我要短篇,不能写,这回不能再向自己失信。说休息就去休息。

把这点经过随便的写在这里,马先生要是肯闭闭眼,把这个硬算作一篇小说,那便真感激不尽了,就手儿也对读者们说一声,假若几个月里见不到我的文字,那并非就是我已经死去,我是在养神呀。

代柬:

老舍先生:你的稿子不能当小说,虽然我闭了几次眼。可确是一篇很切题的消夏随笔,所以正好在这里发表。你说的长篇是赵先生向你要的,我要的却不是那个。那天晚上我陪你在新亚等朋友,我曾向你给"良友"定货——短篇小说。那时天气实在很热,大概你后来就把我那定单化汗飞了,所以现在忘得干干净净。现在你既然歇夏,只好暂时饶你过个舒服的夏天,好在你并非已经死去，到了秋凉，你可不能再抵赖，得把这张空头支票快快兑现。

编　者

载 1935 年 7 月 15 日《良友画报》第 107 期

代语堂先生拟赴美宣传大纲

话说林语堂先生,头戴纱帽盔,上面两个大红丝线结子;遮目的是一对崂山水晶墨镜,完全接近自然,一点不合科学的制法。身上穿着一件宝蓝团龙老纱大衫,铜钮扣,没有领子——因为反对洋服的硬领,所以更进一步的爽性光着脖子。脚上一双青大缎千层底圆口皂鞋,脚脖儿上豆青的绸带扎住裤口。右手里一把斑竹八根架纸扇,一面画的是淡墨山水,一面自己写的一小段舒白香游山日记——写得非常的好,因为每个字旁都由林先生自己画了双圈。左手提着云南制的水烟袋,托子是珐琅的,非常的古艳。

林先生的身上自然还有别的东西,一一的说来未免有点烦絮;总而言之,他身上没有一件足以惹人怀疑是否国产的物品。这倒不全为提倡国货;每一件东西都是顶古雅精美的,顺手儿也宣传着东方文化。

林先生本打算雇一条带帆的渔船,或西湖上的游艇,在太平洋里一面钓着鱼,一面缓缓前进。这个办法既足以证实他的艺术生活,又足以使两个老渔夫或一对船娘能自食其力的挣口饭吃——后者恐怕是这个计划的主要目的。不过,即使大家都不怕慢,走上三五个月满不在乎,可是小船——虽然是那么有画意——恐怕干不过海洋里的风浪。真要是把老渔夫或船娘都喂了海鱼,未免有悖于人道主义。算了吧,只好坐海船吧。

为减少轮船上的俗气与洋味,林先生带着个十岁的小书僮:

头上梳着两个抓髻,系着鲜红的头绳。林先生坐在甲板上的藤椅上,书僮捧着瑶琴一旁侍立。琴上无弦,省得去弹;只是个"意思"而已。

一"海"无话,林先生吃得胖胖的,就到了美国。船一到码头,新闻记者如蜜蜂一般拥上前来,全是找林先生的。林先生命书僮点起檀香,提着景泰蓝香炉在前引路,徐徐的前进。新闻记者围上前来,林先生深感不快,乃曼声曰:"吾乃——'吾国吾民'之著者是也!没别的可说!"众畏其威,乃退。不过,林先生的相,在他没甚留神的时候,已被他们照了去;在当日的晚报就登印出来。

歇兵三日,林先生拟出宣传大纲:

一、男人应否怕老婆——阳纲不振为西方文化之大毛病。予之来所以使懦夫立也——林先生的文字是文言与白话两掺着的,特别是在草拟大纲的时候。公鸡打鸣,母鸡生蛋,天然有别。不可强易。男女平等,本是男的种田,女的纺线,各尽其职之谓。反之,像英美各国,男儿拼命挣钱,老婆不管洗衣作饭;哪道婚姻,什么平等!妇道不修,于是在恋爱之前已打听好怎样离婚,以便争取生活费,哀哉!中国古圣先贤都说夫为妻纲,已预知此害;西方无此种圣人,故大吃其亏。宜速迎东方活圣人一位,封为国师!

二、男人怎样可以不怕老婆——在今日的中国,怕老婆者穿洋服。与夫人同行,代她拿伞,抱孩子。洋服者,西洋之服,自古已然,怕老婆非一日矣!为今之计,西洋男子应马上改穿中服,以免万劫茫茫。中服威严,虽贾波林穿上亦无局促瘦窘之相。望而生畏,女人不敢大发雌威矣。中服舒服,男人知道求舒服,女人即知责任之所在;反之,自上锁镣,硬领皮鞋,以示甘受苦刑,则女人见景生情,必使跪着顶灯;猛醒吧,西洋男子!中服使人安详自在。气度安详,则威而不猛,增高身分。譬若老婆发了命令,穿大衫之丈夫可漫应之,Yes,dear;而许久不动,直至对方把命令改成央求,乃徐徐起立。穿西服之丈夫鲜能为此:洋服表示干净利落之精神,一闻令下,必须疾驱而前,显出敏捷脆快;Yes,dear,未及说完,早已一道闪光而去,脸上笑容充满宇宙。久之,夫人并发令之劳且厌之,而眉指颐使,丈夫遂成了专看眼神的动物!这还了得,西洋男子必须革命!

三、中西文化及其苍蝇——东方人的闲适,使苍蝇也得到自由;西方人的固执,苍蝇大受压迫。世界大同,虽是个理想,但总有实现之一日。以苍蝇言,在大同主义之下,必有其东方的自由,而受过西方科学的洗礼;"明日"之苍蝇必为消毒的苍蝇,活泼泼的而不负传染恶疾的责任。此事虽小,足以喻大;明乎此,可与言东西文化之交映成辉矣。(此项下还有许多节目,如中西文化及其蜈蚣,中西文化及其青蛙等,即不备录。)

四、东西的艺术及其将来:西方的艺术大体上说来,总免不了表现肉感,裸体画与雕刻是最明显的例子。东方的艺术,反之,却表现着清涤肉感,而给现实生活一些云烟林水之气。由这一点上来看,西方的精神是斑斓猛虎,有它的猛勇,活跃,及直爽;东方的精神是淡远的秋林,有它的安闲,静恬,及含蓄。这样说来,仿佛各有所长,船多并不碍江。可是细那么一想,则东方的精神实在是西方文化的矫正,特别是在都市文化发达到出了毛病的时候——像今日。西方今日之需要静恬,就是没别的更好的办法,至少也须常常看到一种秋江夕照的图画(如林先生扇子上所画的那个),常常听到一种平沙落雁的音乐,而把客厅里悬着的大光眼儿,二光眼儿,一律暂时收起。光屁股艺术有它的直爽与健康,但乐园的亚当与夏娃并非只以一丝不挂为荣,还有林花虫蝶之乐。况且假若他俩多注意些花鸟之趣,而一心无邪,恐怕到如今还住在那里——闲着画几幅山水儿什么的,给天使们鉴赏,岂不甚好?!

五、吾国与吾民——有书为证,顶好大家手执一册,焚香静读,你们多得些知识,我多收点版税,两有益的事儿。

六、幽默的意义与技巧——专为美国大学生讲;女生暂不招待,以使听完不懂得发笑,大杀风景。

七、中国今日的文艺——专为研究比较文学的讲演,听讲时须各携烟斗或香烟与洋火。讲题:(1)《论语》的创始与发展。(2)《人间世》的生灭。(3)《宇宙风》怎样刮风。

载 1936 年 8 月《逸经》第 11 期

相　片

在今日的文化里，相片的重要几乎胜过了音乐、图画与雕刻等等。在一个摩登的家庭里，没有留声机，没有名人字画，没有石的或铜的刻像，似乎还可以下得去；设若没几张相片，或一二相片本子，简直没法活下去！不用说是一个家庭，就是铺户、旅馆、火车站、学生宿舍，没有相片就都不像一回事。电车上"谨防扒手"的下面要是没有几片四寸的半身照相，就一定显着空洞。水手们身上要是不带着几张最写实不过的妖精打架二寸艺术照相，恐怕海上的生活就要加倍难堪了。想想看，一个设备很完全的学校，而没有年刊或同学录，一个政府机关里而没有些张窄长的这个全体与那个周年的相片！至于报纸与杂志，哼，就是把高尔基的相误注为托尔斯泰的，也比空空如也强！投考、领护照、定婚、结婚、拜盟兄弟，哪一样可以没有相片？即使你天生来的反对照相，你也得去照；不然，你就连学校也不要入，连太太也不用娶，你乘早儿不用犯这个牛脖子——"请笑一点"，你笑就是了。儿童、妇女、国货、航空，都有"年"。年，究竟是年，今年甲子，明年乙丑，过去就完事；至于照相，这个世纪整个的是"照相世纪"；想想，你逃得出去吗？

还是先说家庭吧。比如你的屋中挂着名家的字画，还有些古玩，雅是雅了，可是第一你就得防贼，门上加双锁，窗上加铁栅，连这样，夜间有个风声草动，你还得咳嗽几声；设若是明火，进来十几位蒙面的好汉，大概你连咳嗽也不敢了。这何苦呢？

相片就没这种危险,谁也不会把你父亲的相偷去当他的爸爸,这不是实话么?

就满打没这个危险,艺术作品或古玩也远不及相片的亲切与雅俗共赏。一张名画,在普通的人眼中还不如理发馆壁上所悬的"五福临门",而你的朋友亲戚不见得没有普通人。你夸奖你的名画,他说看不上眼,岂不就得打吵子?相片人人能看得懂,而且就是照得不见佳也会有人夸好。比如令尊的相片加了漆金框悬在墙上,多么笨的人也不会当着你的面儿说:"令尊这个相还不如五福临门好看!"绝对不会。即使那个相真不好看,人家也得说:"老爷子福相,福相!"至不济,也会夸奖句:"框子配得真好!"

以此类推,尊家自己,尊夫人,令郎令媛,都有相片,都能得到好评,这够多么快活呢?!况且相片遮丑,尊家面上的麻子,与尊夫人脸上的小沙漠似的雀斑,都不至于照上;你自己看着起劲,朋友们也不必会问:"照片上怎么忘掉你的麻子?"站在一张图画前面,不管懂与否,谁都想批评批评,为表示自己高明,当着一个人,谁也不愿对他的面貌发表意见;看相片也是如此。

有相片就有话说,不至于宾主对愣着。

"这是大少爷吧?"

"可不是!上美国读书去了。"

"近来有信吧?"

打这儿,就由大少爷谈到美国,又由美国谈回来,碰巧了就二反投唐再谈回美国去,话是越说越多,而且可以指点着相片而谈,有诗为证:句句是真,交情乃厚。

最好是有一二相片本子。提到大少爷,马上拿出本子来:

"这是他满月时候照的,他生在福州,那时先严正在福州做官。"话又远去了,足够写三四本书的。假若没有这可宝贵的本子,你怎好意思突乎其来的说:先严在福州作过官?而使朋友吓一跳,当是你的脑子有毛病。

遇上两位话不投缘,而屡有冲突起来的危险的客人,相片本子——顶好是有两本——真是无价之宝。一看两位的眼神不对,你应当很自然的一人递给一本。他们正在,比如说,为袁世凯是否伟人而要瞪眼的时候,你把大少爷生在福州,和二小姐已经定婚的照片翻开,指示给他们。他们一个看福州生的胖小子,一个看将要成为新娘子的二小姐,自然思想换了地方,一个问你一套话,而袁世凯或者不成为问题了。要不然,这个有很大的危险。假若你没有相片本子,而二位抓住袁世凯不撒手,你要往折中里一说,说二位各有各的理,他们一定都冲着你来了;寡不敌众,你没调停好,还弄一鼻子灰。你要是向着一边说话,不用说,那就非得罪一边不可,也许因此而飞起茶碗——在你家里,茶碗自然是你的。你要是一声不出,听着他们吵,赶到彼此已说无可说而又不想打架的时候,他们就会都抱怨你不像个朋友。你若是不分青红皂白而把客人一齐逐出去,那就更糟,他们也许在你的门口吵嚷一阵,而同声的骂你不懂交情。总之,你非预备两个本子不可!

赶到朋友多的时候,你只有一张嘴,无论如何也应酬不过来,相片本子可以替你招待客人。找那不爱说话的,和那顶爱说话的,把本子送过去;那位一声不出的可以不至死板板的坐在那里,那位包办说话的也不好再转着弯儿接四面八方的话。把这两极端安置好,你便可以从容对付那些中庸的客人了。这比茶点果子都更有效。爱说话的人,宁可牺牲了点心,也不放弃说话。至于茶,就更不挡事;爱说话的人会一劲儿的说,直等茶凉了,一口灌下去,赶紧接着再说。果子也不行,有人不喜欢吃凉的,让到了他,他还许摆出些谱儿来:"一向不大动凉的,不过偶尔的吃一个半个的,假如有玫瑰香葡萄之类!"你听,他是挖苦你没预备好果子。相片本子既比茶点省钱,又不至被人拒绝,大概谁也不会说,"一向讨厌看相片!"

相片里有许多人生的姿体,打开一本照相,你可以有许多带着感情的话。假若你现在的事由不如从前了,看看相片,你可以对友人说:"这是前十年的了,那时候还不像这么狼狈!"这种牢骚是哀而不伤的,因为现在狼狈,并不能抹杀过去的光荣,回忆永是甜美的,对于兄弟儿女,都能起这种柔善的感情:"看,这是当年的老六,多么体面,谁能想到他会……"你虽然依旧恨着老六,可是看着当年的照片,你到底想要原谅他。看着相片说些富有感情的话,你自己痛快,别人听着也够味儿。设若你会作诗的话,顶好在相片边题上些小诗,就更见出人生的味道。

不过,有些相片是不好摆进本子去的,你应当留神。歪戴帽或弄鬼脸的,甚至于扮成十三妹的相片,都可以贴上,因为这足以表示你颇天真,虽然你在平日是个完全的君子人,可是心田活泼泼的,也能像孩子般的淘气,这更见英雄的本色。至于背着尊夫人所接到的女友小照,似乎就不必公开的展览。爽直是可贵的,可是也得有个分寸。这个,你自然晓得;不过,我更嘱咐你一句:这类的相片就是藏起来也得要十分的严密,太太们对这种玩艺是特别注意的。

载 1936 年 9 月《逸经》第 13 期

婆　婆　话

一位友人从远道而来看我,已七八年没见面,谈起来所以非常高兴。一来二去,我问他有了几个小孩?他连连摇头,答以尚未有妻。他已三十五六,还作光棍儿,倒也有些意思;引起我的话来,大致如下:

我结婚也不算早,作新郎时已三十四岁了。为什么不肯早些办这桩事呢?最大的原因是自己挣钱不多,而负担很大,所以不愿再套上一份麻烦,作双重的马牛。人生本来是非马即牛,不管是贵是贱,谁也逃不出衣食住行,与那油盐酱醋。不过,牛马之中也有些性子刚硬的,挨了一鞭,也敢回敬一个别扭。合则留,不合则去,我不能在以劳力换金钱之外,还赔上狗事巴结人,由马牛调作走狗。这么一来,随时有卷起铺盖滚蛋的可能,也就得有些准备:积极的是储蓄俩钱,以备长期抵抗;消极的是即使挨饿,独身一个总不致灾情扩大。所以我不肯结婚。卖国贼很可以是慈父良夫,错处是只尽了家庭中的责任,而忘了社会国家。我的不婚,越想越有理。

及至过了三十而立,虽有桌椅板凳亦不敢坐,时觉四顾茫然。第一个是老母亲的劝告,虽然不明说:"为了养活我,你牺牲了自己,我是怎样的难过!"可是再说硬话实在使老人难堪;只好告诉母亲:不久即有好消息。君子一言,驷马难追;一透口话,就满城风雨。朋友们不论老少男女,立刻都觉得有作媒的资格,而且说得也确是近情近理;平日真没想到他们能如此高明。还普遍而且最动听的——不晓得他们都是从哪儿学来的这一套?——是:老光棍儿正如老姑娘。独居惯了就慢慢养成绝户脾气——万要不得的脾气!一个人,他们说,总得活泼泼的,各尽所长,快活的忙一辈子。因不婚而弄得脾气古怪,自己苦恼,大家不痛快,这是何苦?这个,的确足以打动一个卅多岁,对世事有些经验的人!即使我不希望升官发财,我也不甘成为一个老别扭鬼。

那么经济问题呢?我问他们。我以为这必能问住他们,因为他们必不会因为怕我成了老绝户而愿每月津贴我多少钱。哼,他们的话更多了。第一,两个人的花销不必比一个人多到哪里去;第二,即使多花一些,可是苦乐相抵,也不算吃亏;第三,找位能挣些钱的女子,共同合作,也许从此就富裕起来;第四,就说她不能挣钱,而且多花一些,人生本来是经验与努力,不能永远消极的防备,而当努力前进。

说到这里,他们不管我相信这些与否,马上就给我介绍女友了。仿佛是我决不会去自己找到似的。可是,他们又有文章。恋爱本无须找人帮忙,他们晓得;不过,在恋爱期间,理智往往弱于感情;一旦造成了将错就错的局面,必会将恩作怨,糟糕到底。反之,经友人介绍,旁观者清,即使未必准是半斤八两,到底是过了磅的有个准数。多一番理智的考核,便少一些感情的瞎碰。双方既都到了男大当娶,女大当聘之年,而且都愿结婚,一经介绍,必定郑重其事的为结婚而结婚,不是过过恋爱的瘾,况且结婚就是结婚;所谓同居,所谓试婚,所谓解决性欲问题,原来都是这一套。同居而不婚,也得两人吃饭,也得生儿养女;并不因为思想高明,而可以专接吻,不用吃饭!

我没了办法。你一言,我一语,说得我心中闹得慌。似乎只有结婚才能心静,别无办法。于是我就结了婚。

到如今,结婚已有五年,有了一儿一女。把五年的经验和婚前所听到的理论相证,倒也怪有个味儿。

第一该说脾气。不错,朋友们说对了:有了家,脾气确是柔和了一些。我必定得说,这是结婚的好处。打算平安的过活必须采纳对方的意见,阳纲或阴纲独振全得出毛病;男女同居,根本需要民治精神,独裁必引起革命;努力于此种革命并不足以升官发财,而打得头破血出倒颇悲壮而泄气。彼此非纳着点气儿不可,久而久之都感到精神的胜利,凡事可以和平解决,夫妇而可成圣矣。

这个,可并不能完全打倒我在婚前的主张:独身气壮,天不怕地不怕;结婚气馁,该瞅着的就得低头。我的顾虑一点不算多此一举。结了婚,脾气确是柔和了,心气可也跟着软下来。为两个人打算,绝不会像一人吃饱天下太平那么干脆。于是该将就者便须将就,不便挺起胸来大吹浩然之气,恋爱可以自由,结婚无自由。

朋友们说对了。我也并没说错。这个,请老兄自己去判断,假如你想结婚的话。

第二该说经济。现在,如果再有人对我说,俩人花钱不见得比一人多,我一定毫不迟疑的敬他一个嘴巴子。俩人是俩人,多数加S,钱也得随着加S。是的,太太可以去挣钱,俩人比一人挣的多;可是花得也多呀。公园,电影场,绝不会有"太太免票"的办法,别的就不用说了。及至有了小孩,简直的就不能再有什么预算决算,小孩比皇上还会花钱。太太的事不能再作,顾了挣钱就顾不了小孩,因挣钱而把小孩养坏,照样的不上算;好,太太专看小孩,老爷专去挣钱,小孩专管花钱,不破产者鲜矣。

自然小孩会带来许多快乐,作了父母的夫妻特别的能彼此原谅,而小胖孩子又是那么天真可爱。单单的伸出一个胖手指已足使人笑上半天。可是,小胖子可别生病;一生病,爸的表,娘的戒指,全得暂入当铺,而且昼夜吃不好,睡不安,不亚于国难当前。割割扁桃腺,得一百块!幸亏正是扁桃腺,这要是整个的圆桃,说不定就得上万!以我自己说,我对儿女总算不肯溺爱,可是只就医药费一项来说,已经使我的肩背又弯了许多。有病难道不给治么?小孩真是金子堆成的。这还没提到将来的教育费——谁敢去想,闭着眼睛混吧!

有人会说喽,结婚之后顶好不要小孩呀。不用听那一套。我看见不少了,夫妻因为没有小孩而感情越来越坏,甚至去抱来个娃娃,暂时敷衍一下。有小孩才像家庭;不然,家庭便和旅馆一样。要有小孩,还是早些有的为是。一来,妇女岁数稍大,生产就更多危险;二来,早些有子女,虽然花费很多,可是多少能早些有个打算,即便计划不能实现,究竟想有个准备;一想到将来,便想到子女,多少心中要思索一番,对于作事花钱就不能不小心。这样,夫妇自自然然的会老成一些了,要按着老法子说呢,父母养活子女,赶到子女长大便倒过头来养活父母。假如此法还能适用,那么早有小孩,更为上算。假如父亲在四十岁上才有了儿子,儿子到二十的时候,父亲已经六十了;说不定,也许活不到六十的;即使儿子应用古法,想养活父亲,而父亲已入了棺材,哪能喝酒吃饭?

这个,朋友,假若你想结婚的话,又该去思索一番。娶妻需花钱,生儿养女需花钱,负担日大,肩背日弯,好不伤心;同时,结婚有益,有子也有乐趣,即使乐不抵苦,可是生命至少不显着空虚。如何之处,统希鉴裁!

至于娶什么样的太太,问题太大,一言难尽。不过,我看出这么点来:美不是一切。太太不是图画与雕刻,可以用审美的态度去鉴赏。人的美还有品德体格的成分在内。健壮比美更重要。一位爱生病的太太不大容易使家庭快乐可爱。学问也不是顶要紧的,因为有钱可以自己立个图书馆,何必一定等太太来丰富你的或任何人的学问?据我看,结婚是关系于人生的根本问题的;即使高调很受听,可是我不能不本着良心说话,吃,喝,性欲,繁殖,在结婚问题中比什么理想与学问也更要紧。我并不是说妇人应当只管洗衣作饭抱孩子,不应读书作事。我是说,既来到婚姻问题上,既来到家庭快乐上,就乘早不必唱高调,说那些闲盘儿。这是个实际问题,是解决生命的根源上的几项问题,那么,说真实的吧,不必弄一套之乎者也。一个美的摆设,正如一个有学问的摆设,都是很好的摆设,可是未见得是位好的太太。假若你是富家翁呢,那就随便的弄什么摆设也好。不幸,你只是个普通的人,那么,一个会操持家务的太太实在是必要的。假如说吧,你娶了一位哲学博士,长得也顶美,可是一进厨房便觉恶心,夜里和你讨论康德的哲学,力主生育节制,即使有了小孩也不会抱着,你怎办?听我的话,要娶,就娶个能作贤妻良母的。尽管大家高喊打倒贤妻良母主义,你的快乐你知道。这并不完全是自私,因为一位不希望作贤妻良母的满可以不嫁而专为社会服务呀。假如一位反抗贤妻良母的而又偏偏去嫁人,嫁了人又连自己的袜子都不会或不肯洗,那才是自私呢。不想结婚,好,什么主义也可以喊;既要结婚,须承认这是个实际问题,不必弄玄虚。夫妻怎不可以谈学问呢;可是有了五个小孩,欠着五百元债,明天的房钱还没指望,要能谈学问才怪!两个帮手,彼此帮忙,是上等婚姻。

有人根本不承认家庭为合理的组织,于是结婚也就成为可笑之举。这,另有说法,不是咱们所要谈的。咱们谈的是结婚与组织家庭,那么,这套婆婆话也许有一点点用,多少的备你参考吧。

载 1936 年 9 月 5 日《中流》第 1 卷第 1 期

我的理想家庭

一个二十多岁的小伙子,讲恋爱,讲革命,讲志愿,似乎天地之间,唯我独尊,简直想不到组织家庭——结婚既是爱的坟墓,家庭根本上是英雄好汉的累赘。及至过了三十,革命成功与否,事情好歹不论,反正领略够了人情世故,壮气就差点事儿了。虽然明知家庭之累,等于投胎为马为牛,可是人生总不过如此,多少也都得经验一番,既不坚持独身,结婚倒也还容易。于是发帖子请客,笑着开驶倒车,苦乐容或相抵,反正至少凑个热闹。到了四十,儿女已有二三,贫也好富也好,自己认头苦曳,对于年轻的朋友已经有好些个事儿说不到一处,而劝告他们老老实实的结婚,好早生儿养女,即是话不投缘的一例。到了这个年纪,设若还有理想,必是理想的家庭。倒退二十年,连这么一想也觉泄气。人生的矛盾可笑即在于此,年轻力壮,力求事事出轨,决不甘为火车;及至中年,心理的,生理的,种种理的什么什么,都使他不但非作火车不可,且作货车焉。把当初与现在一比较,判若两人,足够自己笑半天的!或有例外,实不多见。

明年我就四十了,已具说理想家庭的资格:大不必吹,盖亦自嘲。

我的理想家庭要有七间小平房:一间是客厅,古玩字画全非必要,只要几张很舒服宽松的椅子,一二小桌。一间书房,书籍不少,不管什么头版与古本,而都是我所爱读的。一张书桌,桌面是中国漆的,放上热茶杯不至烫成个圆白印儿。文具不讲究,可是都很好用。桌上老有一两枝鲜花,插在小瓶里。两间卧室,我独据一间,没有臭虫,而有一张极大极软的床。在这个床上,横睡直睡都可以,不论怎睡都一躺下就舒服合适,好像陷在棉花堆里,一点也不硬碰骨头。还有一间,是预备给客人住的。此外是一间厨房,一个厕所,没有下房,因为根本不预备用仆人。家中不要电话,不要播音机,不要留声机,不要麻将牌,不要风扇,不要保险柜。缺乏的东西本来很多,不过这几项是故意不要的,有人白送给我也不要。

院子必须很大。靠墙有几株小果木树。除了一块长方的土地,平坦无草,足够打开太极拳的,其他的地方就都种着花草——没有一种珍贵费事的,只求昌茂多花。屋中至少有一只花猫,院中至少也有一两盆金鱼;小树上悬着小笼,二三绿蝈蝈随意地鸣着。

这就该说到人了。屋子不多,又不要仆人,人口自然不能很多:一妻和一儿一女就正合适。先生管擦地板与玻璃,打扫院子,收拾花木,给鱼换水,给蝈蝈一两块绿黄瓜或几个毛豆;并管上街送信买书等事宜。太太管做饭,女儿任助手——顶好是十二三岁,不准小也不准大,老是十二三岁。儿子顶好是三岁,既会讲话,又胖胖的会淘气。母女于做饭之外,就做点针线,看小弟弟。大件衣服拿到外边去洗,小件的随时自己涮一涮。

既然有这么多工作,自然就没有多少工夫去听戏看电影。不过在过生日的时候,全家就出去玩半天;接一位亲或友的老太太给看家。过生日什么的永远不请客受礼,亲友家送来的红白帖子,就一概扔在字纸篓里,除非那真需要帮助的,才送一些干礼去。到过节过年的时候,吃食从丰,而且可以买一通纸牌,大家打打"索儿胡",赌铁蚕豆或花生米。

男的没有固定的职业;只是每天写点诗或小说,每千字卖上四五十元钱。女的也没事做,除了家务就读些书。儿女永不上学,由父母教给画图,唱歌,跳舞——乱蹦也算一种舞法——和文字,手工之类。等到他们长大,或者也会仗着绘画或写文章卖一点钱吃饭;不过这是后话,顶好暂且不提。

这一家子人,因为吃得简单干净,而一天到晚又不闲着,所以身体都很不坏。因为身体好,所以没有肝火,大家都不爱闹脾气。除了为小猫上房,金鱼甩子等事着急之外,谁也不急叱白脸的。

大家的相貌也都很体面,不令人望而生厌。衣服可并不讲究,都做得很结实朴素:永远不穿又臭又硬的皮鞋。男的很体面,可不露电影明星气;女的很健美,可不红唇卷毛的鼻子朝着天。孩子们都不卷着舌头说话,淘气而不讨厌。

这个家庭顶好是在北平,其次是成都或青岛,至坏也得在苏州。无论怎样吧,反正必须在中国,因为中国是顶文明顶平安的国家;理想的家庭必在理想的国内也。

载 1936 年 11 月 16 日《论语》第 100 期

有了小孩以后

艺术家应以艺术为妻,实际上就是当一辈子光棍儿。在下闲暇无事,往往写些小说,虽一回还没自居过文艺家,却也感觉到家庭的累赘。每逢困于油盐酱醋的灾难中,就想到独人一身,自己吃饱便天下太平,岂不妙哉。

家庭之累,大半由儿女造成。先不用提教养的花费,只就淘气哭闹而言,已足使人心慌意乱。小女三岁,专会等我不在屋中,在我的稿子上画圈拉杠,且美其名曰"小济会写字"!把人要气没了脉,她到底还是有理!再不然,我刚想起一句好的,在脑中盘旋,自信足以愧死莎士比亚,假若能写出来的话。当是时也,小济拉拉我的肘,低声说:"上公园看猴?"于是我至今还未成莎士比亚。小儿一岁整,还不会"写字",也不晓得去看猴,但善亲亲,闭眼,张口展览上下四个小牙。我若没事,请求他闭眼,露牙,小胖子总会东指西指的打岔。赶到我拿起笔来,他那一套全来了,不但亲脸,闭眼,还"指"令我也得表演这几招。有什么办法呢?!

这还算好的。赶到小济午后不睡,按着也不睡,那才难办。到这么四点来钟吧,她的困闹开始,到五点钟我已没有人味。什么也不对,连公园的猴都变成了臭的,而且猴之所以臭,也应当由我负责。小胖子也有这种困而不睡的时候,大概多数是与小济同时发难。两位小醉鬼一齐找毛病,我就是诸葛亮恐怕也得唱空城计,一点办法没有!在这种干等束手被擒的时候,偏偏会来一两封快信——催稿子！我也只好闹脾气了。不大一会儿，把太太也闹急了，一家大小四口，都成了醉鬼，其热闹至为惊人。大人声言离婚，小孩怎说怎不是，于离婚的争辩中瞎打混。一直到七点后，二位小天使已困得动不的，离婚的宣言才无形的撤销。这还算好的。遇上小胖子出牙，那才真教厉害，不但白天没有情理，夜里还得上夜班。一会儿一醒，若被针扎了似的惊啼，他出牙，谁也不用打算睡。他的牙出利落了，大家全成了红眼虎。

不过，这一点也不妨碍家庭中爱的发展，人生的巧妙似乎就在这里。记得 Frank Harris 仿佛有过这么点记载：他说王尔德为那件不名誉的案子过堂被审，一开头他侃侃而谈，语多幽默。及至原告提出几个男妓作证人，王尔德没了脉，非失败不可了。Harris 以为王尔德必会说："我是个戏剧家，为观察人生，什么样的人都当交往。假若我不和这些人接触，我从哪里去找戏剧中的人物呢？"可是，王尔德竟自没这么答辩，官司就算输了！

把王尔德且放在一边；艺术家得多去经验，Harris 的意见，假若不是特为王尔德而发的，的确是不错。连家庭之累也是如此。还拿小孩们说吧——这才来到正题——爱他们吧，嫌他们吧，无论怎说，也是极可宝贵的经验。

在没有小孩的时候，一个人的世界还是未曾发现美洲的时候的。小孩是科仑布，把人带到新大陆去。这个新大陆并不很远，就在熟习的街道上和家里。你看，街市上给我预备的，在没有小孩的时候，似乎只有理发馆，饭铺，书店，邮政局等。我想不出婴儿医院，糖食店，玩具铺等等的意义。连药房里的许许多多婴儿用的药和粉，报纸上婴儿自己药片的广告，百货店里的小袜子小鞋，都显着多此一举，劳而无功。及至小天使自天飞降，我的眼睛似乎戴上了一双放大镜，街市依然那样，跟我有关系的东西可是不知增加了多少倍！婴儿医院不但挂着牌子，敢情里边还有医生呢。不但有医生,还是挺神气,一点也得罪不得。拿着医生所给的神符,到药房去,敢情那些小瓶子小罐都有作用。不但要买瓶子里的白汁黄面和各色的药饼,还得买瓶子罐子,轧粉的钵,量奶的漏斗,乳头,卫生尿布,玩艺多多了!百货店里那些小衣帽,小家具,也都有了意义;原先以为多此一举的东西,如今都成了非它不行;有时候铺中缺乏了我所要的那一件小物品,我还大有看不起他们的意思:既是百货店,怎能不预备这件东西呢?!慢慢的,全街上的铺子,除了金店与古玩铺,都有了我的足迹;连当铺也走得怪熟。铺中人也渐渐熟识了,甚至可以随便闲谈,以小孩为中心,谈得颇有味儿。伙计们,掌柜们,原来不仅是站柜作买卖,家中还有小孩呢!有的铺子,竟自敢允许我欠账,仿佛一有了小孩,我的人格也好了些,能被人信任。三节的账条来得很踊跃,使我明白了过节过年的时候怎样出汗。

小孩使世界扩大,使隐藏着的东西都显露出来。非有小孩不能明白这个。看着别人家的孩子,肥肥胖胖,整整齐齐,你总觉得小孩们理应如此,一生下来就戴着小帽,穿着小袄,好像小雏鸡生下来就披着一身黄绒似的。赶到自己有了小孩,才能晓得事情并不这么简单。一个小娃娃身上穿戴着全世界的工商业所能供给的,给全家人以一切啼笑爱怨的经验,小孩的确是位小活神仙!

有了小活神仙,家里才会热闹。窗台上,我一向认为是摆花的地方。夏天呢,开着窗,风儿轻轻吹动花与叶,屋中一阵阵的清香。冬天呢,阳光射到花上,使全屋中有些颜色与生气。后来,有了小孩,那些花盆很神秘的都不见了,窗台上满是瓶子罐子,数不清有多少。尿布有时候上了写字台,奶瓶倒在书架上。大扫除才有了意义,是的,到时候非痛痛快快的收拾一顿不可了,要不然东西就有把人埋起来的危险。上次大扫除的时候,我由床底下找到了但丁的《神曲》。不知道这老家伙干吗在那里藏着玩呢!

人的数目也增多了,而且有很多问题。在没有小孩的时候,用一个仆人就够了,现在至少得用俩。以前,仆人"拿糖",满可以暂时不用;没人作饭,就外边去吃,谁也不用拿捏谁。有了小孩,这点豪气乘早收起去。三天没人洗尿布,屋里就不要再进来人。牛奶等项是非有人管理不可,有儿方知卫生难,奶瓶子一天就得烫五六次;没仆人简直不行!有仆人就得捣乱,没办法!

好多没办法的事都得马上有办法,小孩子不会等着"国联"慢慢解决儿童问题。这就长了经验。半夜里去买药,药铺的门上原来有个小口,可以交钱拿药,早先我就不晓得这一招。西药房里敢情也打价钱,不等他开口,我就提出:"还是四毛五?"这个"还是"使我省五分钱,而且落个行家。这又是一招。找老妈子有作坊,当票儿到期还可以入利延期,也都被我学会。没功夫细想,大概自从有了儿女以后,我所得的经验至少比一张大学文凭所能给我的多着许多。大学文凭是由课本里掏出来的,现在我却念着一本活书,没有头儿。

连我自己的身体现在都会变形,经小孩们的指挥,我得去装马装牛,还须装得像个样儿。不但装牛像牛,我也学会牛的忍性,小胖子觉得"开步走"有意思,我就得百走不厌;只作一回,绝对不行。多咱他改了主意,多咱我才能"立正"。在这里,我体验出母性的伟大,觉得打老婆的人们满该下狱。

中秋节前来了个老道,不要米,不要钱,只问有小孩没有?看见了小胖子,老道高了兴,说十四那天早晨须给小胖子左腕上系一根红线。备清水一碗,烧高香三炷,必能消灾除难。右邻家的老太太也出来看,老道问她有小孩没有,她惨淡的摇了摇头。到了十四那天,倒是这位老太太的提醒,小胖子的左腕上才拴了一圈红线。小孩子征服了老道与邻家老太太。一看胖手腕的红线,我觉得比写完一本伟大的作品还骄傲,于是上街买了两尊兔子王,感到老道,红线,兔子王,都有绝大的意义!

载 1936 年 11 月 25 日《谈风》第 3 期

搬　　家

一提议说搬家,我就知道麻烦又来了。住着平安,不吵不闹,谁也不愿搬动。又不是光棍一条,搬起来也省事。既然称得起"家",这至少起码是夫妇两个,往往彼此意见不合,先得开几次联席会议,结果大家的主张不得不折衷。谁去找房,这个说,等我找到得几时,我又得教书,编讲义,写文章,而且专等星期去找;况且我男人家又粗心又马虎,还是你去吧。那个说,一个女人家东家进,西家出,"眼观六路耳听八方"都得看仔细,打听明白,就是看妥了,和房东办交涉也是不善,全权通交在一人身上,这个责任,确是不轻。

没有法子,只得第二天就去实行,一路上什么也引不起注意,就看布告牌上的招租帖,墙角上,热闹口上通都留神,这还不算。有的好房就不贴条子,也不请银行信托部来管,这可不好办。一来二去的自己有了点发现,凡是窗户上没有窗帘子,你就可拍门去问。虽然看不中意,但是比较起所看的房确是强的多。

住惯北平的房子,老希望能找到一个大院子。所以离开北平之后,无论到天津,济南,汉口,上海,以至青岛,能找到房子带个大院子,真是少有。特别是在青岛,你能找到独门独院,只花很少的租价,就简直可说没有。除非你真有腰包,可以大大的租上座全楼。

我就不喜欢一个楼,分楼上一家,楼下一家,或是楼分四家住。这样住在楼上的人多少总是占便宜的。楼下的可就倒霉。

遇见清净孩子少的还好,遇见好热闹,有嗜好的,孩子多的,那才叫活糟。而且还注意同楼是不是好养狗。这是经验告诉我,一条狗得看新养的,还是旧有的。青岛的狗种,可属全世界的了,三更半夜,嚎出的声真能吓得你半夜不能安睡。有了狗群,更不得安生,决斗声,求爱声,乳狗声,比什么声音都复杂热闹。这个可不敢领教了!

其次看同楼邻居如何;人口,年龄,籍贯,职业,都得在看房之际顺口答音的,探听清楚。比如说吧,这家是南方人,老太太是湖北的,少奶奶是四川的,少爷是在港务局作事,孩子大小三个;这所楼我虽看的还合适,房间大,阳光充足,四壁厕所厨房都干净,可是一看这家邻居,心就凉爽了。第一老太太是南方的我先怕。这并不是说对于南方的老太太有什么仇恨,而是对于她们生活习惯都合不来。也不管什么日子,黑天白日,黄钱白钱——纸钱——足烧一气,口中念念有词,我确是看不下去。再有是在门前买东西,为了一分钱,一棵菜,绝不善罢甘休买成功,必得为少一两分量吵嚷半天,小贩们脸红脖子粗的走开。少奶奶管孩子,少爷吊嗓子,你能管得着么?碰巧还架上廉价无线电,吵得你"姑子不得睡,和尚不得安"。所以趁早不用找麻烦。

论到职业上,确是重大问题。如果同楼邻居是同行,当然不必每天见面,"今天天气,哈哈哈",或者不至于遭人白眼,扭头不屑于理"你个穷酸教书匠",大有"道不同不相为谋"的气概。有时还特别显示点大爷就是这股子劲,看着不顺眼,搬哪!于是乎下班之后约些朋友打打小牌。越是更深人静,红中白板叫得越响,碰巧就继续到天亮,叫车送客忙了一大阵,这且不提。

你遇见这样对头最好忍受。你若一干涉,好,事情更来得重,没事先拉拉胡琴,约个人唱两出。久而久之,来个"坐打二簧",锣鼓一齐响,你不搬家还等着什么?想用功到时候了,人家却是该玩的时候;你说明天第一堂有课,人家十时多才上班。你想着票友散了,先睡一觉,人家楼上孩子全起来了,玩橄榄球,拉凳子,打铁壶又跟上了。心中老害怕薄薄一层楼板,早晚是全军覆没,盖上木头被褥,那才高兴呢!

一封客客气气的劝告信,满希望等楼上的先生下了班,送了过去,发生点效力。一会儿楼上老妈子推门进来说,我们太太不认识字,老爷不在家,太太说不收这封信。好吧,接过来,整个丢进字纸篓里。自愧没作公安局长。

一个月后,房子才算妥当了,半年为期,没有什么难堪条件。回来对她一说,她先摇头,难道楼下你还没住够?我说,这次可担保,一定没有以前所受的流弊。房子够住,地点适宜,离学校,菜市,大街都近,而且喜欢遇到整齐的院子,又带着一个大空后院,练球,跳远,打拳都行。再说楼上只住老夫妇俩,还是教育界。她点了点头。

两辆大敞车,把所有的动产,在一早晨都搬了过去,才又发现门口正对着某某宿舍三个敞口大垃圾箱。掩鼻而过可也!

载 1936 年 12 月 10 日《谈风》第 4 期

老舍1946年摄于美国。

1946年老舍在耶鲁大学讲演后与曹禺（右）合影。

四 位 先 生

吴组缃先生的猪

从青木关到歌乐山一带,在我所认识的文友中要算吴组缃先生最为阔绰。他养着一口小花猪。据说,这小动物的身价,值六百元。

每次我去访组缃先生,必附带的向小花猪致敬,因为我与组缃先生核计过了:假若他与我共同登广告卖身,大概也不会有人出六百元来买!

有一天,我又到吴宅去。给小江——组缃先生的少爷——买了几个比醋还酸的桃子。拿着点东西,好搭讪着骗顿饭吃,否则就太不好意思了。一进门,我看见吴太太的脸比晚日还红。我心里一想,便想到了小花猪。假若小花猪丢了,或是出了别的毛病,组缃先生的阔绰便马上不存在了!一打听,果然是为了小花猪:它已绝食一天了。我很着急,急中生智,主张给它点奎宁吃,恐怕是打摆子。大家都不赞同我的主张。我又建议把它抱到床上盖上被子睡一觉,出点汗也许就好了;焉知道不是感冒呢?这年月的猪比人还娇贵呀!大家还是不赞成。后来,把猪医生请来了。我颇兴奋,要看看猪怎么吃药。猪医生把一些草药包在竹筒的大厚皮儿里,使小花猪横衔着,两头向后束在脖子上:这样,药味与药汁便慢慢走入里边去。把药包儿束好,小花猪的口中好像生了两个翅膀，倒并不难看。

虽然吴宅有此骚动，我还是在那里吃了午饭——自然稍微的有点不得劲儿！

过了两天，我又去看小花猪——这回是专程探病，绝不为看别人；我知道现在猪的价值有多大——小花猪口中已无那个药包，而且也吃点东西了。大家都很高兴，我就又就棍打腿的骗了顿饭吃，并且提出声明：到冬天，得分给我几斤腊肉！组缃先生与太太没加任何考虑便答应了。吴太太说："几斤？十斤也行！想想看，那天它要是一病不起……"大家听罢，都出了冷汗！

马宗融先生的时间观念

马宗融先生的表大概是、我想是一个装饰品。无论约他开会，还是吃饭，他总迟到一个多钟头，他的表并不慢。

来重庆，他多半是住在白象街的作家书屋。有的说也罢，没的说也罢，他总要谈到夜里两三点钟。假若不是别人都困得不出一声了，他还想不起上床去。有人陪着他谈，他能一直坐到第二天夜里两点钟。表、月亮、太阳，都不能引起他注意到时间。

比如说吧，下午三点他须到观音岩去开会，到两点半他还毫无动静。"宗融兄，不是三点，有会吗？该走了吧？"有人这样提醒他，他马上去戴上帽子，提起那有茶碗口粗的木棒，向外走。"七点吃饭。早回来呀！"大家告诉他。他回答声"一定回来"，便匆匆地走出去。

到三点的时候，你若出去，你会看见马宗融先生在门口与一位老太婆，或是两个小学生，谈话儿呢！即使不是这样，他在五点以前也不会走到观音岩。路上每遇到一位熟人，便要谈，至少有十分钟的话。若遇上打架吵嘴的，他得过去解劝，还许把别人劝开，而他与另一位劝架的打起来！遇上某处起火，他得帮着去救。有人追赶扒手,他必然得加入,非捉到不可。看见某种新东西,他得过去问问价钱,不管买与不买。看到戏报子,马上他去借电话,问还有票没有……这样,他从白象街到观音岩,可以走一天,幸而他记得开会那件事,所以只走两三个钟头,到了开会的地方,即使大家已经散了会,他也得坐两点钟,他跟谁都谈得来,都谈得有趣,很亲切,很细腻。有人随便哼了一句二簧,他立刻请教给他;有人刚买一条绳子,他马上拿过来练习跳绳——五十岁了啊!

七点,他想起来回白象街吃饭,归路上,又照样的劝架,救火,追贼,问物价,打电话……至早,他在八点半左右走到目的地。满头大汗,三步当作两步走的。他走了进来,饭早已开过了。

所以,我们与友人定约会的时候,若说随便什么时间,早晨也好,晚上也好,反正我一天不出门,你哪时来也可以,我们便说"马宗融的时间吧"!

姚蓬子先生的砚台

作家书屋是个神秘的地方,不信你交到那里一份文稿,而三五日后再亲自去索回,你就必定不说我扯谎了。

进到书屋,十之八九你找不到书屋的主人——姚蓬子先生。他不定在哪里藏着呢。他的被褥是稿子,他的枕头是稿子,他的桌上、椅上、窗台上……全是稿子。简单的说吧,他被稿子埋起来了。当你要稿子的时候,你可以看见一个奇迹。假如说尊稿是十张纸写的吧,书屋主人会由枕头底下翻出两张,由裤袋里掏出三张,书架里找出两张,窗子上揭下一张,还欠两张。你别忙,他会由老鼠洞里拉出那两张,一点也不少。

单说蓬子先生的那块砚台,也足够惊人了!那是块无法形容的石砚。不圆不方,有许多角儿,有任何角度。有一点沿儿,豁口甚多,底子最奇,四周翘起,中间的一点凸出,如元宝之背,它会像陀螺似的在桌上乱转,还会一头高一头低地倾斜,如浪中之船。我老以为孙悟空就是由这块石头跳出去的!

到磨墨的时候,它会由桌子这一端滚到那一端,而且响如快跑的马车。我每晚十时必就寝,而对门儿书屋的主人要办事办到天亮。从十时到天亮,他至少研十次墨,一次比一次响——到夜最静的时候,大概连南岸都感到一点震动。从我到白象街起,我没做过一个好梦,刚一入梦,砚台来了一阵雷雨,梦为之断。在夏天,砚一响,我就起来拿臭虫。冬天可就不好办,只好咳嗽几声,使之闻之。

现在,我已交给作家书屋一本书,等到出版,我必定破费几十元,送给书屋主人一块平底的,不出声的砚台!

何容先生的戒烟

首先要声明:这里所说的烟是香烟,不是鸦片。

从武汉到重庆,我老同何容先生在一间屋子里,一直到前年八月间。在武汉的时候,我们都吸"大前门"或"使馆"牌;小大"英"似乎都不够味儿。到了重庆,小大"英"似乎变了质,越来越"够"味儿了,"前门"与"使馆"倒仿佛没了什么意思。慢慢的,"刀"牌与"哈德门"又变成我们的朋友,而与小大"英",不管是谁的主动吧,好像冷淡得日悬一日,不久,"刀"牌与"哈德门"又与我们发生了意见,差不多要绝交的样子。何容先生就决心戒烟!

在他戒烟之前,我已声明过:"先上吊。后戒烟!"本来吗,"弃妇抛雏"的流亡在外,吃不敢进大三元,喝么也不过是清一色(黄酒贵,只好吃点白干),女友不敢去交,男友一律是穷光蛋,住是二人一室,睡是臭虫满床,再不吸两枝香烟,还活着干吗?可是,一看何容先生戒烟,我到底受了感动,既觉自己无勇,又钦佩他的伟大;所以,他在屋里,我几乎不敢动手取烟,以免动摇他的坚决!

何容先生那天睡了十六个钟头,一枝烟没吸!醒来,已是黄昏,他便独自走出去。我没敢陪他出去,怕不留神递给他一枝烟,破了戒!掌灯之后,他回来了,满面红光,含着笑,从口袋中掏出一包土产卷烟来。"你尝尝这个,"他客气地让我,"才一个铜板一枝!有这个,似乎就不必戒烟了!没有必要!"把烟接过来,我没敢说什么,怕伤了他的尊严。面对面的,把烟燃上,我俩细细地欣赏。头一口就惊人,冒的是黄烟,我以为他误把爆竹买来了!听了一会儿,还好,并没有爆炸,就放胆继续地吸。吸了不到四五口,我看见蚊子都争着向外边飞,我很高兴。既吸烟,又驱蚊,太可贵了!再吸几口之后,墙上又发现了臭虫,大概也要搬家,我更高兴了!吸到了半支,何容先生与我也跑出去了,他低声地说:"看样子,还得戒烟!"

何容先生二次戒烟,有半天之久。当天的下午,他买来了烟斗与烟叶。"几毛钱的烟叶,够吃三四天的,何必一定戒烟呢!"他说。吸了几天的烟斗,他发现了:(一)不便携带;(二)不用力,抽不到;用力,烟油射在舌头上;(三)费洋火;(四)须天天收拾,麻烦!有此四弊,他就戒烟斗,而又吸上香烟了。"始作卷烟者,其无后乎!"他说。

最近二年,何容先生不知戒了多少次烟了,而指头上始终是黄的。

载 1942 年 6 月 22、23、24、25 日《新民报晚刊》

在 火 车 上

俗语说:"在家千日好,出外一时难。"因此,把交通事业办好,使出外的人不再望而生畏,实在是造福不浅。

专就铁路来说,解放后这几年的进步真是了不起。首先是:列车按时开,按时到,误点的时候不多见。这值得表扬。其次是:大多数的列车服务员都和蔼可亲,认真服务。这也必须表扬。还有:车上多么干净啊!我们还有许多许多人没有把痰吐入痰盂,烟灰弹入烟灰碟或筒等等习惯。我想,这些人坐次火车就会受到一次教育;你看,服务员们一会儿就过来洒扫拭抹一遍,既不说长道短,也不厌烦,就那么一次再一次地把旅客们随意弄脏的地方收拾干净。谁能不受感动呢?我每次坐车都愿向这些位服务员们致谢!

不过,我也有些小意见,写出来供有关的同志们参考:

第一:卧铺问题。我的腿有毛病,已不能表演鹞子翻身或鲤鱼打挺等武技;爬到"上铺"去,十分困难。可是,我每次去定卧铺,声明要"下铺",得到的回答总是:上下不能预定,碰着什么是什么。这样,我拿到卧铺票之后,心中总是不安,不知有什么麻烦等着我。是呀,若是拿着上铺的票,而车上又没有下铺可换,我不就得预备拼出老命,往上爬吗?或是虽然拿到上铺的票,幸而有下铺可换,不也得预备下一套好话,详细说明我的病历,以期调换一下铺位吗?

当我在某些国家旅行的时候,不但卧铺可以预先选购,有的甚至连座位也可以事先定下——比如说,我要个吸烟室的靠窗座位,我就可以得到。

有一次,我在某国作短期旅行,我要第一晚的从甲地到乙地的一张下铺;次晨到达乙地后,我须换车到丙地,我要个由乙地到丙地的靠窗的座位;在丙地玩了一白天,我再由丙地到丁地,仍要一个下铺过夜。我说出我的计划,只见卖票员拿起电话打了几次,而后向我递过票来,一切随我的心意。他是怎么搞的?我不知道。我可是知道他的确为我服了务。他没对我说:我只管卖票,不了解车上情况,你碰上什么是什么,不要就拉倒。

天大的困难也难不倒咱们,那么,为什么就连一张上铺或下铺也不能事先预定好呢?

第二:饮食贵而难吃。火车上的饭食,中外大致相同,都是贵而难吃。不过,我们的火车上的饭食是相当的贵而特别难吃。我向卖饭票的同志讨论过这个问题,他告诉我:连这样,还赔钱呢?

哎呀,饭既贵而难吃,又须赔钱,这是个严重的问题呀,为什么不费些心思研究研究,找些窍门呢?难道不值得吗?

可是,我和卖饭票的同志讨论的时候是在去年初秋,今年初秋乘车,我又遇到同样的饭食,足见问题并未解决,也许根本未曾考虑过。

改进的办法也许不容易由一两位干部想好,可是若能走群众路线,多听听旅客们的意见,或者就不难想出好法儿来。为什么不去试试呢?

第三:车上嘈杂,使人头疼,我并非神经衰弱的患者,我吃得消列车行驶的轮声、笛声等等。不过,这些声音已经不简单,为什么还叫我听我不愿意听,不需要听,也无须乎听的种种唱片呢?到了车上,我知多少多少旅客需要安静、休息。假若我要听京戏、大鼓等,我就应当到剧院去,不必到火车上来。我要看看书、跟旅伴们聊聊天，或睡会儿觉，我不喜欢听那些歌曲和音乐。火车上的干部无权强迫我，叫我非听不可。

在苏联，卧车上每间寝室有一个小收音机，旅客们愿把它开开，就开开；要关上，就关上。旅客有旅客的自由。我们的车上可不这样，旅客听也得听，不听也得听，因为一截车上只有一个总开关。不错，我往往去把它关上，图片刻的安静；可是，服务员唯恐我感到寂寞、积郁成疾，马上又把它开开了。

是的，随时报告列车到达地点，提醒旅客准备下车，是有好处的。可是，这也不一定非此不可。比如说，卧车上人数较少，服务员不难记得旅客们在哪里下车，在到站以前，说一声就够了，何必机械化地大喊大叫呢？至于，刚一开车，就没结没完地报告列车全程行驶的概况，我看是多此一举。我没法记住全程中一共经过多少站，每站停多少分钟，我没有责任变成行车时间表。假若我关心某一站的情形，我会问服务员，他应当知道，我也容易记住，这不干脆吗？

还有更可怕的呢。我并不耳聋，但是听不清楚当日的新闻广播。对这种广播的技术问题，我不懂。我只知道这里若有技术问题的话，就是技术很不高明。中央……呼噜呼噜……北京……呼噜呼噜……一呼噜起来就是半点钟啊，我的天！是打雷呢，还是干什么呢？我没有在车上听打雷的义务啊。我知道，这种广播是为使旅客们关心国家和天下大事，我感谢这种善意。可是，既叫我听，又不叫我听明白，这是何苦来呢？教条主义啊，跟打雷一样，既不悦耳，又没有意义！谁也没法拦阻天上打雷，可是人为的雷也许可以设法改改吧？

我跟许多人谈过这个问题，他们也都不赞成车声，汽笛声，广播声，"雷声"，乱成一片。外宾们特别不喜欢听这一片响声！有不少人也向有关人员提过意见，可是直到如今，仍然是一片嘈杂，未曾稍减。为什么呢？难道有的旅客非在车上听那些声音不可么？当真这样，那就该举行旅客意见测验，看看到底有多少人赞成，多少人反对，这才是民主的办法。假若多数旅客投同意票，愿意听节目；少数服从多数，我就在旅行前准备下头疼药，决无怨言。假若这只是干部们的主张，不是群众的要求与需要，那就未免太专制了，不是吗？

载 1956 年 10 月《旅行家》第 10 期

抬 头 见 喜

对于时节,我向来不特别的注意。拿清明说吧,上坟烧纸不必非我去不可,又搭着不常住在家乡,所以每逢看见柳枝发青便晓得快到了清明,或者是已经过去。对重阳也是这样,生平没在九月九登过高,于是重阳和清明一样的没有多大作用。

端阳,中秋,新年,三个大节可不能这么马虎过去。即使我故意躲着它们,账条是不会忘记了我的。也奇怪,一个无名之辈,到了三节会有许多人惦记着,不但来信,送账条,而且要找上门来!

设若故意躲着借款,着急,设计自杀等等,而专讲三节的热闹有趣那一面儿,我似乎是最喜爱中秋。"似乎",因为我实在不敢说准了。幼年时,中秋是个很可喜的节,要不然我怎么还记得清清楚楚那些"兔儿爷"的样子呢?有"兔儿爷"玩,这个节必是过得十二分有劲。可是从另一方面说,至少有三次喝醉是在中秋;酒入愁肠呀!所以说"似乎"最喜爱中秋。

事真凑巧,这三次"非杨贵妃式"的醉酒我还都记得很清楚。那么,就说上一说呀。第一次是在北平,我正住在翊教寺一家公寓里。好友卢嵩庵从柳泉居运来一坛子"竹叶青",又约来两位朋友——内中有一位是不会喝的——大家就抄起茶碗来。坛子虽大,架不住茶碗一个劲进攻;月亮还没上来,坛子已空。干什么去呢?打牌玩吧。各拿出铜元百枚,约合大洋七角多,因这是古时候的事了。第一把牌将立起来,不晓得——至今还不晓得

——我怎么上了床。牌必是没打成,因为我一睁眼已经红日东升了。

第二次是在天津,和朱荫棠在同福楼吃饭,各饮绿茵陈二两。吃完饭,到一家茶肆去品茗。我朝窗坐着,看见了一轮明月,我就吐了。这回决不是酒的作用,毛病是在月亮。

第三次是在伦敦。那里的秋月是什么样子,我说不上来——也许根本没有月亮其物。中国工人俱乐部里有多人凑热闹,我和沈刚伯也去喝酒。我们俩喝了两瓶葡萄酒。酒是用葡萄还是葡萄叶儿酿的,不可得而知,反正价钱很便宜;我们俩自古至今总没作过财主。喝完,各自回寓所。一上公众汽车,我的脚忽然长了眼睛,专找别人的脚尖去踩。这回可不是月亮的毛病。

对于中秋,大致如此——无论如何也不能说它坏。就此打住。

至若端阳,似乎可有可无。粽子,不爱吃。城隍爷现在也不出巡;即使再出巡,大概也没有跟随着走几里路的兴趣。樱桃真是好东西,可惜被黑白桑葚给带累坏了。

新年最热闹,也最没劲,我对它老是冷淡的。自从一记事儿起,家中就似乎很穷。爆竹总是听别人放,我们自己是静寂无哗。记得最真的是家中一张《王羲之换鹅》图。每逢除夕,母亲必把它从个神秘的地方找出来,挂在堂屋里。姑母就给说那个故事;到如今还不十分明白这故事到底有什么意思,只觉得"王羲之"三个字倒很响亮好听。后来入学,读了《兰亭序》,我告诉先生,王羲之是在我的家里。

长大了些,记得有一年的除夕,大概是光绪三十年前的一、二年,母亲在院中接神,雪已下了一尺多厚。高香烧起,雪片由漆黑的空中落下,落到火光的圈里,非常的白,紧接着飞到火苗的附近,舞出些金光,即行消灭;先下来的灭了,上面又紧跟着下来许多,像一把"太平花"倒放。我还记着这个。我也的确感觉到,那年的神仙一定是真由天上回到世间。

中学的时期是最忧郁的,四、五个新年中只记得一个,最凄凉的一个。那是头一次改用阳历,旧历的除夕必须回学校去,不准请假。姑母刚死两个多月,她和我们同住了三十年的样子。她有时候很厉害,但大体上说,她很爱我。哥哥当差,不能回来。家中只剩母亲一人。我在四点多钟回到家中,母亲并没有把"王羲之"找出来。吃过晚饭,我不能不告诉母亲了——我还得回校。她愣了半天,没说什么。我慢慢的走出去,她跟着走到街门。摸着袋中的几个铜子,我不知道走了多少时候,才走到学校。路上必是很热闹,可是我并没看见,我似乎失了感觉。到了学校,学监先生正在学监室门口站着。他先问我:"回来了?"我行了个礼。他点了点头,笑着叫了我一声:"你还回去吧。"这一笑,永远印在我心中。假如我将来死后能入天堂,我必把这一笑带给上帝去看。

我好像没走就又到了家,母亲正对着一枝红烛坐着呢。她的泪不轻易落,她又慈善又刚强。见我回来了,她脸上有了笑容,拿出一个细草纸包儿来:"给你买的杂拌儿,刚才一忙,也忘了给你。"母子好像有千言万语,只是没精神说。早早的就睡了。母亲也没精神。

中学毕业以后,新年,除了为还债着急,似乎已和我不发生关系。我在哪里,除夕便由我照管着哪里。别人都回家去过年,我老是早早关上门,在床上听着爆竹响。平日我也好吃个嘴儿,到了新年反倒想不起弄点什么吃,连酒也不喝。在爆竹稍静了些的时节,我老看见些过去的苦境。可是我既不落泪,也不狂歌,我只静静的躺着。躺着躺着,多咱烛光在壁上幻出一个"抬头见喜",那就快睡去了。

载 1934 年 1 月《良友》(画报)第 4 卷第 8 期

又是一年芳草绿

悲观有一样好处，它能叫人把事情都看轻了一些。这个可也就是我的坏处，它不起劲，不积极。您看我挺爱笑不是？因为我悲观。悲观，所以我不能扳起面孔，大喊："孤——刘备！"我不能这样。一想到这样，我就要把自己笑毛咕了。看着别人吹胡子瞪眼睛，我从脊梁沟上发麻，非笑不可。我笑别人，因为我看不起自己。别人笑我，我觉得应该；说得天好，我不过是脸上平润一点的猴子。我笑别人，往往招人不愿意；不是别人的量小，而是不像我这样稀松，这样悲观。

我打不起精神去积极的干，这是我的大毛病。可是我不懒，凡是我该作的我总想把它作了，总算得点报酬养活自己与家里的人——往好了说，尽我的本分。我的悲观还没到想自杀的程度，不能不找点事作。有朝一日非死不可呢，那只好死喽，我有什么法儿呢？

这样，你瞧，我是无大志的人。我不想当皇上。最乐观的人才敢作皇上，我没这份胆气。

有人说我很幽默，不敢当。我不懂什么是幽默。假如一定问我，我只能说我觉得自己可笑，别人也可笑；我不比别人高，别人也不比我高。谁都有缺欠，谁都有可笑的地方。我跟谁都说得来，可是他得愿意跟我说；他一定说他是圣人，叫我三跪九叩报门而进，我没这个瘾。我不教训别人，也不听别人的教训。幽默，据我这么想，不是嬉皮笑脸，死不要鼻子。

也不是怎股子劲儿,我成了个写家。我的朋友德成粮店的写帐先生也是写家,我跟他同等,并且管他叫二哥。既是个写家,当然得写了。"风格即人"——还是"风格即驴"?——我是怎个人自然写怎样的文章了。于是有人管我叫幽默的写家。我不以这为荣,也不以这为辱。我写我的。卖得出去呢,多得个三块五块的,买什么吃不香呢。卖不出去呢,拉倒,我早知道指着写文章吃饭是不易的事。

稿子寄出去,有时候是肉包子打狗,一去不回头;连个回信也没有。这,咱只好幽默;多咱见着那个骗子再说,见着他,大概我们俩总有一个笑着去见阎王的。不过,这是不很多见的,要不怎么我还没想自杀呢。常见的事是这个,稿子登出去,酬金就睡着了,睡得还是挺香甜。直到我也睡着了,它忽然来了,仿佛故意吓人玩。数目也惊人,它能使我觉得自己不过值一毛五一斤,比猪肉还便宜呢。这个咱也不说什么,国难期间,大家都得受点苦,人家开铺子的也不容易,掌柜的吃肉,给咱点汤喝,就得念佛。是的,我是不能当皇上,焚书坑掌柜的,咱没那个狠心,你看这个劲儿!不过,有人想坑他们呢,我也不便拦着。

这么一来,可就有许多人看不起我。连好朋友都说:"伙计,你也硬正着点,说你是为人类而写作,说你是中国的高尔基;你太泄气了!"真的,我是泄气,我看高尔基的胡子可笑。他老人家那股子自卖自夸的劲儿,打死我也学不来。人类要等着我写文章才变体面了,那恐怕太晚了吧?我老觉得文学是有用的;拉长了说,它比任何东西都有用,都高明。可是往眼前说,它不如一尊高射炮,或一锅饭有用。我不能吆喝我的作品是"人类改造丸",我也不相信把文学杀死便天下太平。我写就是了。

别人的批评呢?批评是有益处的。我爱批评,它多少给我点益处;即使完全不对,不是还让我笑一笑吗?自己写的时候仿佛是蒸馒头呢,热气腾腾,莫名其妙。及至冷眼人一看,一定看出许多错儿来。我感谢这种指摘。说的不对呢,那是他的错儿,不干我的事。我永不驳辩,这似乎是胆儿小;可是也许是我的宽宏大量。我不便往自己脸上贴金。一件事总得由两面瞧,是不是?

对于我自己的作品,我不拿她们当作宝贝。是呀,当写作的时候,我是卖了力气,我想往好了写。可是一个人的天才与经验是有限的,谁也不敢保了老写的好,连荷马也有打盹的时候。有的人呢,每一拿笔便想到自己是但丁,是莎士比亚。这没有什么不可以的,天才须有自信的心。我可不敢这样,我的悲观使我看轻自己。我常想客观的估量估量自己的才力;这不易作到,我究竟不能像别人看我看得那样清楚;好吧,既不能十分看清楚了自己,也就不用装蒜,谦虚是必要的,可是装蒜也大可以不必。

对作人,我也是这样。我不希望自己是个完人,也不故意的招人家的骂。该求朋友的呢,就求;该给朋友作的呢,就作。作的好不好,咱们大家凭良心。所以我很和气,见着谁都能扯一套。可是,初次见面的人,我可是不大爱说话;特别是见着女人,我简直张不开口,我怕说错了话。在家里,我倒不十分怕太太,可是对别的女人老觉着恐慌,我不大明白妇女的心理;要是信口开河的说,我不定说出什么来呢,而妇女又爱挑眼。男人也有许多爱挑眼的,所以初次见面,我不大愿开口。我最喜辩论,因为红着脖子粗着筋的太不幽默。我最不喜欢好吹腾的人,可并不拒绝与这样的人谈话;我不爱这样的人,但喜欢听他的吹。最好是听着他吹,吹着吹着连他自己也忘了吹到什么地方去,那才有趣。

可喜的是有好几位生朋友都这么说:"没见着阁下的时候,总以为阁下有八十多岁了。敢情阁下并不老。"是的,虽然将奔四十的人,我倒还不老。因为对事轻淡,我心中不大藏着计划,作事也无须耍手段,所以我能笑,爱笑;天真的笑多少显着年轻一些。我悲观,但是不愿老声老气的悲观,那近乎"虎事"。我愿意老年轻轻的,死的时候像朵春花将残似的那样哀而不伤。我就怕什么"权威"咧,"大家"咧,"大师"咧,等等老气横秋的字眼们。我爱小孩,花草,小猫,小狗,小鱼;这些都不"虎事"。偶尔看见个穿小马褂的"小大人",我能难受半天,特别是那种所谓聪明的孩子,让我难过。比如说,一群小孩都在那儿看变戏法儿,我也在那儿,单会有那么一两个七八岁的小老头说:"这都是假的!"这叫我立刻走开,心里堵上一大块。世界确是更"文明"了,小孩也懂事懂得早了,可是我还愿意大家傻一点,特别是小孩。假若小猫刚生下来就会捕鼠,我就不再养猫,虽然它也许是个神猫。

我不大爱说自己,这多少近乎"吹"。人是不容易看清楚自己的。不过,刚过完了年,心中还慌着,叫我写"人生于世",实在写不出,所以就近的拿自己当材料。万一将来我不得已而作了皇上呢,这篇东西也许成为史料,等着瞧吧。

载 1935 年 3 月 6 日《益世报》

无题（因为没有故事）

　　人是为明天活着的，因为记忆中有朝阳晓露；假若过去的早晨都似地狱那么黑暗丑恶，盼明天干吗呢？是的，记忆中也有痛苦危险，可是希望会把过去的恐怖裹上一层糖衣，像看着一出悲剧似的，苦中有些甜美。无论怎说吧，过去的一切都不可移动；实在，所以可靠；明天的渺茫全仗昨天的实在撑持着，新梦是旧事的拆洗缝补。

　　对了，我记得她的眼。她死了好多年了，她的眼还活着，在我的心里。这对眼睛替我看守着爱情。当我忙得忘了许多事，甚至于忘了她，这两只眼会忽然在一朵云中，或一汪水里，或一瓣花上，或一线光中，轻轻的一闪，像归燕的翅儿，只须一闪，我便感到无限的春光。我立刻就回到那梦境中，哪一件小事都凄凉，甜美，如同独自在春月下踏着落花。

　　这双眼所引起的一点爱火，只是极纯的一个小火苗，像心中的一点晚霞，晚霞的结晶。它可以烧明了流水远山，照明了春花秋叶，给海浪一些金光，可是它恰好的也能在我心中，照明了我的泪珠。

　　它们只有两个神情：一个是凝视，极短极快，可是千真万确的是凝视。只微微的一看，就看到我的灵魂，把一切都无声的告诉了给我。凝视，一点也不错，我知道她只须极短极快的一看，看的动作过去了，极快的过去了，可是，她心里看着我呢，不定看多么久呢；我到底得管这叫作凝视，不论它是多么快，多么短。

一切的诗文都用不着,这一眼道尽了"爱"所会说的与所会作的。另一个是眼珠横着一移动,由微笑移动到微笑里去,在处女的尊严中笑出一点点被爱逗出的轻佻,由热情中笑出一点点无法抑止的高兴。

我没和她说过一句话,没握过一次手,见面连点头都不点。可是我的一切,她知道;她的一切,我知道。我们用不着看彼此的服装,用不着打听彼此的身世,我们一眼看到一粒珍珠,藏在彼此的心里;这一点点便是我们的一切,那些七零八碎的东西都是配搭,都无须注意。看我一眼,她低着头轻快的走过去,把一点微笑留在她身后的空气中,像太阳落后还留下一些明霞。

我们彼此躲避着,同时彼此愿马上搂抱在一处。我们轻轻的哀叹;忽然遇见了,那么凝视一下,登时欢喜起来,身上像减了分量,每一步都走得轻快有力,像要跳起来的样子。

我们极愿意过一句话,可是我们很怕交谈,说什么呢?哪一个日常的俗字能道出我们的心事呢?让我们不开口,永不开口吧!我们的对视与微笑是永生的,是完全的,其余的一切都是破碎微弱,不值得一作的。

我们分离有许多年了,她还是那么秀美,那么多情,在我的心里。她将永远不老,永远只向我一个人微笑。在我的梦中,我常常看见她,一个甜美的梦是最真实,是纯洁,最完美的。多少多少人生中的小困苦小折磨使我丧气,使我轻看生命。可是,那个微笑与眼神忽然的从哪儿飞来,我想起唯有"人面桃花相映红"差可托拟的一点心情与境界,我忘了困苦,我不再丧气,我恢复了青春;无疑的,我在她的洁白的梦中,必定还是个美少年呀。

春在燕的翅上,把春光颤得更明了一些,同样,我的青春在她的眼里,永远使我的血温暖,像土中的一颗子粒,永远想发出一个小小的绿芽。一粒小豆那么小的一点爱情,眼珠一移,嘴唇一动,日月都没有了作用,到无论什么时候,我们总是一对刚开开的春花。

　　不要再说什么,不要再说什么！我的烦恼也是香甜的呀,因为她那么看过我！

载 1937 年 6 月 10 日《谈风》第 16 期

南 来 以 前

××兄：

　　大示收到，慨极！邮递迟滞，虽相隔仅千里，如居异国；计自发函至收读，已一月另三日矣！一向不暇作长函，这遭却须破些工夫；信既蜗行，再不多写一点，则我似不诚，兄必失望。

　　芦沟桥事变初起，我们在青岛，正赶写《病夫》——《宇宙风》特约长篇，议定于九月中刊露。街巷中喊卖号外，自午及夜半，而所载电讯，仅三言两语，至为恼人！一闻呼唤，小儿女争来扯手："爸！号外！"平均每日写两千字，每因买号外打断思路。至七月十五日，号外不可再见，往往步行七八里，遍索卖报童子而无所得；日侨尚在青，疑市府已禁号外，免生是非。日人报纸则号外频发，且于铺户外揭贴，加以朱圈；消息均不利于我方。我弱彼强，处处惭忍，有如是者！

　　老母尚在北平，久无信示；内人又病，心绪极劣。时在青朋友纷纷送眷属至远方，每来辞行，必嘱早作离青之计；盖一旦有事，则敌舰定封锁海口，我方必拆毁胶济路，青岛成死地矣。家在故乡，已无可归，内人身重，又难行旅，乃力自镇定，以写作摈扰，文字之劣，在意料中。自十五至二十五，天热，消息沉闷，每深夜至友家听广播，全无收获。归来，海寂天空，但闻远处犬吠，辄不成寐。

　　二十六日又有号外，廊坊有战事，友朋来辞行者倍于前。写文过苦，乃强读杂书。二十八号外，收复廊坊与丰台，不敢深信，但当随众欢笑。二十九日消息恶转,号外又停。三十一日送内人入医院。在家看管儿女;客来数起,均谓大难将临。是日仍勉强写二千字给《民众日报》。

八月一日得小女,大小俱平安。久旱,饮水每断,忽得大雨,即以"雨"名女——原拟名"乱",妻嫌过于现实。电平报告老人;复访友人,告以妻小无恙;夜间又写千字。次日,携儿女往视妈妈与小妹,路过旅行社,购车票者列阵,约数百人。四日,李友入京,良乡有战事;此地大风,海水激卷,马路成河。乘帆船逃难者,多沉溺。每午,待儿女睡去,即往医院探视;街上卖布小贩已绝,车马群趋码头与车站;偶遇迁逃友人,匆匆数语即别,至为难堪。九日,《民众日报》停刊,末一号仍载有我小文一篇。王剑三以七号携眷去沪,臧克家、杨枫、孟超诸友,亦均有南下之意。我无法走。十一日,妻出院,实之自沪来电,促南下。商之内人,她决定不动。以常识判断,青岛日人产业值数万万,必不敢立时暴动,我方军队虽少,破坏计划则早已筹妥。是家小尚可暂留,俟雨满月后再定去向,至于我自己,市中报纸既已停刊,我无用武之地,救亡工作复无详妥计划,亦无人参加,不如南下,或能有些用处。遂收拾书籍,藏于他处,即电亢德,准备南下。十二日,已去托友买船票,得亢德复电:"沪紧缓来",南去之计既不能行,乃决去济南。前月已与齐大约定,秋初开学,任国文系课两门,故决先去,以便在校内找房,再接家小。别时,小女啼泣甚悲,妻亦落泪。十三早到济,沪战发。心极不安:沪战突然爆发,青岛或亦难免风波,家中无男人,若遭遇事变……

果然,十四日敌陆战队上岸。急电至友,送眷来济。妻小以十五日晨来,车上至为拥挤。下车后,大雨;妻疲极,急送入医院。复冒雨送儿女至敬环处暂住。小儿频呼"回家",甚惨。大雨连日,小女受凉亦病,送入小儿科。自此,每日赴医院分看妻女,而后到友宅看小儿,焦急万状。《病夫》已有七万字,无法续写，复以题旨距目前情形过远，即决放弃。

十日间，雨愈下愈大。行李未到，家具全无，日行泥水中，买置应用物品。自青来济者日多，友朋相见，只有惨笑。留济者找房甚难，迁逃者匆匆上路，忙乱中无一是处，真如恶梦。

二十八日，妻女出院，觅小房，暂成家。复电在青至友，托送器物。七月事变，济南居民迁走甚多，至此又渐热闹，物价亦涨。家小既团圆，我始得匀出工夫，看访故人；多数友人已将妻女送往乡间，家家有男无女，颇有谈笑，但欠自然。沪战激烈，我的稿费停止，搬家买物看病雇车等又费去三百元，遂决定不再迁动。深盼学校能开课，有些事作，免生闲愁，果能如此，还足以傲友辈也。

学校于九月十五日开课，学生到及半数。十六日大同失陷；十九日中秋节，街上生意不多，几不见提筐肩盒送礼者。《小实报》在济复刊，约写稿。平津流亡员生渐多来此，或办刊物，或筹救亡工作，我又忙起来。二十一日，敌机过市空，投一弹，伤数人，群感不安。此后时有警报。二十五六日，伤兵过济者极多，无衣无食无药物，省政府似不甚热心照料。到站慰劳与看护者均是学界中人。三十日，敌军入鲁境，学生有请假回家者。时中央派大员来指挥，军事应有好转，但本省军事长官嫌客军在鲁，设法避战，战事遂告失利。德州危，学校停课。师生相继迁逃，市民亦多东去，来自胶东者又复搬回，车上拥挤，全无秩序。我决不走。远行无力，近迁无益，不如死守济南，几每日有空袭警报，仍不断写作。笔为我唯一武器，不忍藏起。

入十月，我方不反攻，敌军不再进，至为沉闷。校内寂无人，猫狗被弃，群来啼饥。秋高气爽，树渐有红叶，正是读书时候，而校园中全无青年笑语声矣。每日小女助母折纱布揉棉球，备救护伤兵之用，小儿高呼到街上买木枪，好打飞机，我低首构思，全室有紧张之象。流亡者日增，时来贷金求衣，量力购助，不忍拒绝。写文之外，多读传记及小说，并录佳句于册。十四日，市保安队枪械被收缴，市面不安，但无暴动。青年学子，爱国心切，时约赴会讨论工作计划。但政府多虑，不准活动，相对悲叹。下半月，各线失利，而济市沉寂如常，虽仍未停写作，亦难自信果有何用处矣。

十一月中，敌南侵，我方退守黄河。友人力劝出走，以免白白牺牲，故南来。到汉口已两月余，还是日日拿笔。对政治军事，毫无所知，勉强写些文字，自觉空洞无物。可是，舍此别无可为，闲着当更难堪。无力无钱，只好有笔的出笔，聊以自慰。

家小尚在济，城陷后无音信。所以不能同来者：

一、车极难上，沿途且有轰炸之险。

二、儿女辈俱幼弱，天气复渐寒，遇险或受病，同是危难。

三、存款无多，仅足略购柴米，用之行旅，则成难民。版税稿费俱绝，找事非易，有出无入，何以支持？独逃可仅顾三餐，同来则无法尽避饥寒。

有此数因，故妻决留守，在济多友，亦愿为照料。不过，说着容易，实行则难，于心有所不忍，遂迟迟不敢行。及至事急，妻劝速行，盖我在家非但无益，且或累及家小。匆匆收拾衣物，儿女辈频牵衣问父何去何归，妻极勇敢，代答以父明日即来。时已入夜，天有薄云，灯下作别，难道一语！前得短诗，略记此景：

弱女痴儿不解哀，牵衣问父去何来。语因伤别潜成泪，血若停流定是灰！已见乡关沦水火，更堪江海逐风雷？徘徊未忍道珍重，暮雁声低切切催！

信已太长，犹未尽意，一俟家信到此，当再叙陈。祝吉！

载1938年2月15日《创导》第2卷第7期

小型的复活（自传之一章）

"二十三，罗成关。"

二十三岁那一年的确是我的一关，几乎没有闯过去。

从生理上，心理上，和什么什么理上看，这句俗语确是个值得注意的警告。据一位学病理学的朋友告诉我：从十八到二十五岁这一段，最应当注意抵抗肺痨。事实上，不少人在二十三岁左右正忙着大学毕业考试，同时眼睛溜着毕业即失业那个鬼影儿；两气夹攻，身体上精神上都难悠悠自得，肺病自不会不乘虚而入。

放下大学生不提，一般的来说，过了二十一岁，自然要开始收起小孩子气而想变成个大人了；有好些二十二三岁的小伙子留下小胡子玩玩，过一两星期再剃了去，即是一证。在这期间，事情得意呢，便免不得要尝尝一向认为是禁果的那些玩艺儿；既不再自居为小孩子，就该老声老气的干些老人们所玩的风流事儿了。钱是自己挣的，不花出去岂不心中闹得慌。吃烟喝酒，与穿上绸子裤褂，还都是小事；嫖嫖赌赌，才真够得上大人味儿。要是事情不得意呢，抑郁牢骚，此其时也，亦能损及健康。老实一点的人儿，即使事情得意，而又不肯瞎闹，也总会想到找个女郎，过过恋爱生活，虽然老实，到底年轻沉不住气，遇上以恋爱为游戏的女子，结婚是一堆痛苦，失恋便许自杀。反之，天下有欠太平，顾不及来想自己，杀身成仁不甘落后，战场上的血多是这般人身上的。

可惜没有一套统计表来帮忙,我只好说就我个人的观察,这个"罗成关论"是可以立得住的。就近取譬,我至少可以抬出自己作证,虽说不上什么"科学的",但到底也不失"有这么一回"的价值。

二十三岁那年,我自己的事情,以报酬来讲,不算十分的坏。每月我可以拿到一百多块钱。十六七年前的一百块是可以当现在二百块用的;那时候还能花十五个小铜子就吃顿饱饭。我记得:一份肉丝炒三个油撕火烧,一碗馄饨带沃两个鸡子,不过是十一二个铜子就可以开付;要是预备好十五枚作饭费,那就颇可以弄一壶白干儿喝喝了。

自然那时候的中交钞票是一块当作几角用的,而月月的薪水永远不能一次拿到,于是化整为零与化圆为角的办法使我往往须当一两票当才能过得去。若是痛痛快快的发钱,而钱又是一律现洋,我想我或者早已成了"阔老"了。

无论怎么说吧,一百多圆的薪水总没教我遇到极大的困难;当了当再赎出来,正合"裕民富国"之道,我也就不悦不怨。每逢拿到几成薪水,我便回家给母亲送一点钱去。由家里出来,我总感到世界上非常的空寂,非掏出点钱去不能把自己快乐的与世界上的某个角落发生关系。于是我去看戏,逛公园,喝酒,买"大喜"烟吃。因为看戏有了瘾,我更进一步去和友人们学几句,赶到酒酣耳热的时节,我也能喊两嗓子;好歹不管,喊喊总是痛快的。酒量不大,而颇好喝,凑上二三知己,便要上几斤;喝到大家都舌短的时候,才正爱说话,说得爽快亲热,真露出点燕赵多慷慨悲歌之士的气概来。这的确值得记住的。喝醉归来,有时候把钱包手绢一齐交给洋车夫给保存着,第二日醒过来,于伤心中仍略有豪放不羁之感。

也学会了打牌。到如今我醒悟过来,我永远成不了牌油子。我不肯费心去算计,而完全浪漫的把胜负交与运气。我不看

"地"上的牌,也不看上下家放的张儿,我只想象的希望来了好张子便成了清一色或是大三元。结果是回回一败涂地。认识了这一个缺欠以后,对牌便没有多大瘾了,打不打都可以;可是,在那时候我决不承认自己的牌臭,只要有人张罗,我便坐下了。

我想不起一件事比打牌更有害处的。喝多了酒可以受伤,但是刚醉过了,谁者不会马上再去饮,除非是借酒自杀的。打牌可就不然了,明知有害,还要往下干,有一个人说"再接着来",谁便也舍不得走。在这时候,人好像已被那些小块块们给迷住,冷热饥饱都不去管,把一切卫生常识全抛在一边。越打越多吃烟喝茶,越输越往上撞火。鸡鸣了,手心发热,脑子发晕,可是谁也不肯不舍命陪君子。打一通夜的麻雀,我深信,比害一场小病的损失还要大得多。但是,年轻气盛,谁管这一套呢!

我只是不嫖。无论是多么好的朋友拉我去,我没有答应过一回。我好像是保留着这么一点,以便自解自慰;什么我都可以点头,就是不能再往"那里"去;只有这样,当清夜扪心自问的时候才不至于把自己整个的放在荒唐鬼之群里边去。

可是,烟,酒,麻雀,已足使我瘦弱,痰中往往带着点血!

那时候,婚姻自由的理论刚刚被青年们认为是救世的福音,而母亲暗中给我定了亲事。为退婚,我着了很大的急。既要非作个新人物不可,又恐太伤了母亲的心,左右为难,心就绕成了一个小疙瘩。婚约到底是废除了,可是我得到了很重的病。

病的初起,我只觉得浑身发僵。洗澡,不出汗;满街去跑,不出汗。我知道要不妙。两三天下去,我服了一些成药,无效。夜间,我作了个怪梦,梦见我仿佛是已死去,可是清清楚楚的听见大家的哭声。第二天清晨,我回了家,到家便起不来了。

"先生"是位太医院的,给我下得什么药,我不晓得,我已昏迷不醒,不晓得要药方来看。等我又能下了地,我的头发已全体与我脱离关系,头光得像个磁球。半年以后,我还不敢对人脱帽,帽下空空如也。

经过这一场病,我开始检讨自己:那些嗜好必须戒除,从此要格外小心,这不是玩的!

可是,到底为什么要学这些恶嗜好呢?啊,原来是因为月间有百十块的进项,而工作又十分清闲。那么,打算要不去胡闹,必定先有些正经事作;清闲而报酬优的事情只能毁了自己。

恰巧,这时候我的上司申斥了我一顿。我便辞了差。有的人说我太负气,有的人说我被迫不能不辞职,我都不去管。我去找了个教书的地方,一月挣五十块钱。在金钱上,不用说,我受了很大的损失;在劳力上自然也要多受好多的累。可是,我很快活:我又摸着了书本,一天到晚接触的都是可爱的学生们。除了还吸烟,我把别的嗜好全自自然然的放下了。挣的钱少,作的事多,不肯花钱,也没闲工夫去花。一气便是半年,我没吃醉过一回,没摸过一次牌。累了,在校园转一转,或到运动场外看学生们打球,我的活动完全在学校里,心整,生活有规律;设若再能把烟卷扔下,而多上几次礼拜堂,我颇可以成个清教徒了。

想起来,我能活到现在,而且生活老多少有些规律,差不多全是那一"关"的劳;自然,那回要是没能走过来,可就似乎有些不妥了。"二十三,罗成关"是个值得注意的警告!

著 者 略 历

舒舍予,字老舍,现年四十岁,面黄无须。生于北平,三岁失怙,可谓无父。志学之年,帝王不存,可谓无君。无父无君,特别孝爱老母,布尔乔亚之仁未能一扫空也。幼读三百千,不求甚解。继学师范,遂奠教书匠之墓。及壮,糊口四方,教书为业,甚难发财;每购奖券,以得末彩为荣,示甘于寒贱也。二十七岁,发愤著书,科学哲学无所懂,故写小说,博大家一笑,没什么了不得。三十四岁结婚,今已有一女一男,均狡猾可喜。闲时喜养花,不得其法,每每有叶无花,亦不忍弃。书无所不读,全无所获,并不着急。教书作事,均甚认真,往往吃亏,亦不后悔。如是而已,再活四十年也许能有点出息!

著有:《老张的哲学》《赵子曰》《二马》《小坡的生日》《猫城记》《离婚》《赶集》《牛天赐传》《樱海集》《蛤藻集》《骆驼祥子》《火车集》,皆小说也。当继续再写八本,凑成二十本,可以搁笔矣。散碎文字,随写随扔;偶搜汇成集,如《老舍幽默诗文集》及《老牛破车》,亦不重视之。

载 1938 年 2 月《宇宙风》第 60 期

快活得要飞了

从二十八岁起练习写作,至今已有整十二年。在这十二年里,有三次真的快活——快活得连话也说不出,心里笑而泪在眼圈中。第一次是看到自己的第一本书印了出来。几个月的心血,满稿纸的钩抹点画,忽然变成一本很齐整的小书!每个铅字都静静的,黑黑的,在那儿排立着,一定与我无关,而又颇面善!生命的一部分变成了一本书!我与它似乎并没有多大关系,因为我决不会排字与钉书,或像产生小孩似的从身体里降落下八开本或十二开本。可是,我又与它极有关系,像我的耳目口鼻那样绝属于我自己,丑俊大小都没法再改,而自己的鼻子虽歪,也要对镜找出它的美点来呀!

第二次是当我的小女刚学会走路的时候,我离家两三天;回来,我刚一进门,她便晃晃悠悠的走来了,抱住我的腿不放。她没说什么——事实上她还没学会多少话;我也无言——我的话太多了,所以反倒不知说什么好。默默的,我与她都表现了父与女所能有的亲热与快乐。

第三次是在汉口,全国文艺界抗敌协会开筹备会的那一天。未到汉口之前,我一向不大出门,所以见到文艺界朋友的机会就很少。这次,一会到便是几十位!他们的笔名,我知道;他们的作品,我读过。今天,我看了他们的脸,握了他们的手。笔名,著作,写家,一齐联系起来,我仿佛是看着许多的星,哪一颗都在样子上差不多,可是都自成一个世界。这些小世界里的人物的创造者,和咱们这世界里的读众的崇拜者,就是坐在我面前的这些人!

可是,这还不足使我狂喜。几十个人都说了话,每个人的话都是那么坦白诚恳,啊,这才到了我喜得落泪的时候。这些人,每个人有他特别的脾气,独具的见解,个人的爱恶,特有的作风。因此,在平日他们就很难免除自是与自傲。自己的努力使每个人孤高自赏,自己的成就产生了自信;文人相轻,与其说是一点毛病,还不如说是因努力而自信的必然结果。可是,这一天,得见大家的脸,听到大家的话。在他们的脸上,我找到了为国家为民族的悲愤;在他们的话中,我听出团结与互助的消息。在国旗前,他低首降心,自认貌小;把平日个人的自是改为团结的信赖,把平日个人的好尚改作共同的爱恶——全民族的爱恶。在这种情感中,大家亲爱的握手,不客气地说出彼此的短长,真诚演为谅解。这是何等的胸襟与气度呢!

在全部的中国史里,要找到与这类似的事实,恐怕很不容易吧?因为在没有认清文艺是民族的呼声以前,文人只能为自己道出苦情,或进一步而嗟悼——是嗟悼!——国破家亡;把自己放在团体里充一名战士,去复兴民族,维护正义,是万难作到的。今天,我们都作到了这个,因为新文艺是国民革命中产生出的,文艺者根本是革命的号兵与旗手。他们今日的集合,排成队伍,绝不是偶然的。这不是乌合之众,而是战士归营,各具杀敌的决心,以待一齐杀出。这么着,也只有这么着,我们才足以自证是时代的儿女,把民族复兴作为共同的意志与信仰,把个人的一切放在团体里去,在全民族抗敌的肉长城前有我们的一座笔阵。这还不该欣喜么?

我等着,等到开大会的那一天,我想我是会乐疯了的!

载1938年3月27日汉口《大公报·全国
文艺界抗敌协会成立大特刊》

入 会 誓 词

我是文艺界中的一名小卒,十几年来日日操练在书桌上与小凳之间,笔是枪,把热血洒在纸上。可以自傲的地方,只是我的勤苦;小卒心中没有大将的韬略,可是小卒该作的一切,我确是作到了。以前如是,现在如是,希望将来也如是。在我入墓的那一天,我愿有人赠给我一块短碑,刻上:文艺界尽责的小卒,睡在这里。

在动摇的时代,维持住文艺的生命,到十几年,是不大容易的。思想是多么容易落伍,情感是多么容易拒新恋旧;眼角的皱纹日多,脊背的弯度日深;身老,心老,一个四十岁的人很容易老气横秋,翻回头来呆看昔日的光景,而把明日付与微叹了。我没有特殊的才力,没有高超的思想,我所以能还在文艺界之营里吃粮持戈者,端赖勤苦。我几乎永远不发表对文艺的意见,因为发号施令不是我的事,我是小卒。可是别人的意见,我向来不轻轻放过;必定要看一看,想一想。我虽不言,可是知道别人说了什么。对于自己的批评,我永远谦诚的读念;对也好,不对也好,别人所见到的总足以使自己警戒;一名小卒也不能浑吃闷睡,而须眼观六路耳听八方啊!我的制服也许太破旧了,我的言谈也许是近于唠里唠叨,可是我有一颗愿到最新式的机械化部队里去作个兄弟的心哪。

全国文艺界抗敌协会成立了,这是新的机械化部队。我这名小卒居然也被收容,也能随着出师必捷的部队去作战,腰间至少也有几个手榴弹打碎些个暴敌的头颅。你们发令吧,我已准备好出发。生死有什么关系呢,尽了一名小卒的职责就够了!

假若小卒入伍也要誓词,这就算是一篇吧,谁管誓词应当是什么样儿呢。

载 1938 年 4 月《文艺月刊·战时特刊》第 9 期

老舍1947年在美国写作。

老舍在美国时与朋友合影。

一 封 信

亢德兄：

由家出来已四个月了。我怎样不放心家小，是你可以想象得到的；因为你现在也把眷属放在了孤岛上，而独自出来挣扎。我的唯一武器是我这枝笔，我不肯教它休息。你的心血是全费在你的刊物上，你当然不肯教它停顿。为了这笔与刊物，我们出来；能作出多少成绩？谁知道呢！也许各尽其力的往前干就好吧？

这四个月来，最难过的时候是每晚十时左右。你知道，我素日生活最有规律，夜间十点前后，必须去睡。在流亡中，我还不肯放弃了这个好习惯。可是，一见表针指到该就寝的时刻，我不由的便难过起来。不错，我差不多是连星期日也不肯停笔，零七八碎的真赶出不少的东西来；但是，这到底有多大用处呢？笔在手里的时节，偶尔得到一两句满意的文章，我的确感到快乐，并且渺茫的想到这一两句也许能在我的读众心中发生一些好的作用；及至一放下笔，再看纸上那些字，这点自慰与自傲便立时变为失望与惭愧。眼看着院内的黑影或月光，我仿佛听见了前线的炮声，仿佛看见了火影与血光。多少健儿，今晚丧掉了生命！此刻有多少家庭都拆散，多少城市被轰平！这一夜有多少妇孺变成了寡妇孤儿！全民族都在血腥里，炮火下，到处有最辛酸的患难，与最悲壮的牺牲。我，我只能写一些字！即使我的文字能有一点点用处，可是又到了该睡的时候了；一天的工作——且承认它有些用——不过是那么一点点呀！我不能安心去睡，又不能不去睡，在去铺放被子的时候，我觉得自己不过是个无知的小动物，又须到窝穴里藏起头来，白白的费去七八小时了！这种难过，是我以前所未曾有过的。我简直怕见天黑了，黄昏的暮色晚烟，使我心中凝成一个黑团！我不知怎样才好，而日月轮还，黑夜又绝对不能变成白天！不管我是怎样的想努力，我到底不能不放下笔去睡，把心神交与若续若断的恶梦？

身体太坏。有心无力，勇气是支持不住肉体的疲惫的。作到了一日间所能作的那一些，就像皮球已圆到了容纳空气的限度，再多打一点气就会爆裂。这是毕生的恨事，在这大家都当拼命卖力气，共赴国难的期间，便越发使人苦恼。由这点自恨力短，便不由的想到了一般文人的瘦弱单薄。文人们，因生活的窘迫，因工作的勤苦，不易得到健壮的身体；咬牙努力，适足以呕血丧命。可是他们又是多么不服软，爱要强的人呢。他们越穷越弱，他们越不肯屈服，连自己体质的薄弱也像自欺似的加以否认或忽略。衰病或夭折是常有的当然结果，文学史上有多少"不幸短命死矣"的嗟悼呢！他们这样的不幸，自有客观的，无可避免的条件，并非他们自甘丧弃了生命。不过，在这国家危急存亡之秋，我不愿细细的述说这些客观的条件与因由，而替文人们呼冤。反之，我却愿他们以极度的热心，把不平之鸣改作自励自策，希望他们也都顾及身体的保养与锻炼。文人们，你们必须有铁一般的身儿，才能使你们的笔像枪炮一样的有力呀！注意你们的身体，你们才能尽所能的发挥才力，成为百战不挠的勇士。于此，我特别要诚恳的对年轻的文艺界朋友们说——或者不惜用"警告"这个字：要成个以笔为武器的战士，可先别忽略了战士应有的铜筋铁臂啊。"白面"书生是含有些轻视的形容。深夜里狂吸着纸烟，或由激愤而过着浪漫的生活，以致减低了写作的能力，这岂但有欠严肃，而且近乎自杀呀！日本军人每日在各处整批的屠杀我们,我们还要自杀么？我们应当反抗！战士,我们既是战士,便应当敏捷矫健,生龙活虎的冲锋陷阵。我们强壮的身体支持着我们坚定的意志。笔粗拳头大,气足心才热烈。我们都该自爱自惜。成为铁血文人,在这到处是血腥与炮火的时候,我们才能发出怒吼。惭愧,我到时候非去休息不可,因为身体弱；我是怎样的期待着那大时代锻炼出来的文艺生力军,以严肃的生活,雄美的体格,把"白面"与"文弱"等等可耻的形容词从此扫刷了去,而以粗莽英武的姿态为新中国高唱前进的战歌呢！浪漫,为什么不可以呢?！然而我们的浪漫必是上马杀敌,下马为文的那种磊落豪放的气概与心胸,必是坚苦卓绝,以牺牲为荣,为正义而战的那种伟大的英雄主义。以玫瑰色的背心,或披及肩项的卷发,为浪漫的象征,是死与无心肝的象征啊。

　　自恨使我睡不熟,不由的便想起了妻儿。当学校初一停课,学生来告别的时候,我的泪几乎终日在眼圈里转。"先生！我们去流亡！"出自那些年轻的朋友之口,多么痛心呢！有家,归去不得。学校,难以存身。家在北,而身向南,前途茫茫,确切可靠的事只有沿途都有敌人的轰炸与扫射！啊,不久便轮到了我,我也必得走出来呀！妻小没法出来,我得向她们告别！我是家长,现在得把她们交给命运。我自己呢,谁知道能走到哪里去呢！我只是一个影子,对家属全没了作用,而自己也不知自己的明日如何。小儿女们还帮着我收拾东西呢！

　　我没法不狠心。我不能把自己关在亡城里。妻明白这个,她也明白,跟我出来,即使可能,也是我的累赘。我照应她们,便不能尽量作我所能与所要作的事。她也狠了心。只有狠心才能互相割舍,只有狠心才见出互相谅解。她不是非与丈夫揽臂而行不可的那种妇女,她平日就不以领着我去看电影为荣,所以今天可以放了我,使我在这四个月间还能勤苦的动我的笔。

　　假若——呕,我真不敢这样想！——她是那从电影中学得一套虚伪娇贵的妇女,必定要同我出来,在逃难的时候,还穿着高跟鞋,我将怎办呢?我亲眼看见,在汉口最阔绰的饭店与咖啡馆中,摆着一些向她们的丈夫演着影戏的妇女。她们据说是很喜爱文艺呀。她们的丈夫们是否文艺家,我不晓得;我只不放心,假若她们的丈夫确是作者,他们能否在伺候太太而外,还有工夫去写文章呢?假若在半夜由咖啡馆回到家中,他还须去写作,她能忍受在天明的时节,看到他的苦相——与男明星绝对相反的气度与姿态吗?

我想念我的妻与儿女,我觉得太对不起她们,可是在无可奈何之中,我感谢她,我必须拼命的'去作事,好对得起她。由悬念而自励,一个有欠摩登的妇人,是怎样的能帮助像我这样的人哪!严肃的生活,来自男女彼此间的彻底谅解,互助互成。国难期间,男女间的关系,是含泪相誓,各自珍重,为国效劳。男儿是兵,女子也是兵,都须把最崇高的情绪生活献给这血雨刀山的大时代。夫不属于妻,妻不属于夫,他与她都属于国家。香艳温柔的生活只足以对得起好莱坞的苦心,只足以使汉口香港畸形的繁荣;而真正的汉奸所期望的也并不与这个相差甚远吧?

现在,又十点钟了!空袭警报刚解除不久。在探射灯的交插处,我看见八架、六架,银色的铁鹰;远处起了火!我必须去睡。谁知道明日见得着太阳与否呢?但是今天我必作完今天的事,明天再作明天的事。生与死都不算什么,只求生便生在,死便死在,各尽其力,民族必能于复兴的信念中。去睡呀,明日好早起。今天或者不再难以入梦了,我的忧思与感触已写在了这里一些;对老友谈心,或者能有定心静气的功效。假若你以为这封信被别人看到,也能有些好处,那就不妨把它发表,代替你要我写的短文吧。

《大风》已收到,谢谢!希望它更硬一些。

全国文艺界抗敌协会拟在本月下旬开成立大会,希望简公

们都入会。你若能来赴会,更好! 祝

安!

    老舍　武昌,二十七,三,十五夜。
载 1938 年 5 月《宇宙风》第 67 期

生 日

常住在北方,每年年尾祭灶王的糖瓜一上市,朋友们就想到我的生日。即使我自己想马虎一下,他们也会兴高彩烈地送些酒来:"一年一次的事呀,大家喝几杯!"祭灶的爆竹声响,也就借来作为对个人又增长一岁的庆祝。

今年可不同了:连自幼同学而现在住在重庆的朋友们,也忘记了这回事,因为街上看不到糖瓜呀。我自己呢,当然不愿为这点小事去宣传一番;桌上虽有海戈兄前两天送来的一瓶家酿橘酒,也不肯独酌。这不是吃酒的时候!

从早晨一睁眼,我就盘算:今天决不吃酒。可是,应当休息一天:这几天虽然没能写出什么文章来,但乱七八糟的事也使身体觉出相当的疲累。一年一次的事呀,还不休息休息?

休息么?几乎没这个习惯。手一闲起来,就五鸡六兽的难过。于是,先写封家信吧;用不着推敲字句,而又不致手不摸笔,办法甚妥。

家信非常的难写,多少多少的心腹话,要说给最亲爱的人;可是,暴敌到处检查信件;书信稍长一些,即使挑不出毛病,也有被焚化了的危险——鬼子多疑,又不肯多破费工夫;烧了省事。好吧,写短一些吧。短,有什么写头儿呢?我搁下了笔。想起妻与儿女,想起沦陷区域的惨状……

又拿起笔来,赶快又放下,我能直道出抗战必胜的实情,去安慰家人吗?啊,国还未亡,已没了写信的自由!真猜不透那些以屈服为和平的人们长着怎样一副心肝!

由这个就想到接出家眷的问题。朋友们善意的相劝,已非一次:把她们接来吧!可是,路费从何而来呢?是的,才几百块钱的事罢咧,还至于……哼,几百块钱就足以要了一个穷写家的命!

"难道你就没有版税?"友人们惊异地问。

没有。商务的是交由文学社转发,文学社在哪儿?谁负责?不知道。良友的书早已被抢一空。开明有通知,暂停版税,容日补发。人间书屋刚移到广州,而广州弃守,书籍丢个干净……从前年七七到现在,只收到生活的十块来钱!

没钱办不了事,而钱又极难与写家结缘,我不明白为什么有许多人总以为作家可羡慕。

家信不写也罢。

噢,也许作家的清贫值得羡慕。可是,我并没看见有谁因羡慕清贫而少吃一次冠生园!

家信既不写,又不能空过这一天,好,还是写文章吧。这穷人的生日,只好在纸墨中过了吧。

写了几句,心中太乱。家,国,文艺,穷,病,……没法使思想集中。求稿子的人惯说:"好歹给凑凑,哪怕是一两千字呢!好吧,明天下午来取!"仿佛作家不准有感情与心事,而只须一动开关,像电灯似的,就笔下生辉?

明天还有许多事呢:一个讲演,一家朋友结婚,约友人谈鼓词的写法,还要去看一位朋友……那么,今天还是非写出一点来不可;明天终日不得空闲。

我知道,这该到头疼的时候了。果然,头从脑子那溜儿起了一道热纹,大概比电灯里的细丝还细上多少倍。然后,脑中空了一块,而太阳穴上似乎要裂开些缝子。

出去转转吧?正落着毛毛雨。睡一会儿?宿舍里吵得要命。

怕笔尖干了,连连沾墨。写几个字,抹了;再写,再抹;看一会儿桌头上小儿女照片,想象着她们怎样念叨:"爸的生日,今天!"而后,再写,再抹……

写家的生活里并没有诗意呀,头疼是自献的寿礼!

载1939年4月《弹花》第2卷第5期

独　　白

没有打旗子的,恐怕就很不易唱出文武带打的大戏吧?所以,我永不轻看打旗子的弟兄们。假若这只是个人的私见,并非公论,那么自己就得负责检讨自己,找出说这话的原因。噢,原来自己就是个打旗子的啊!虽然自己并没有在戏台上跑来跑去,可是每日用笔在纸上乱画,始终没写出一篇惊人的东西,不也就等于打旗子吗?

票友有没有专学打旗子的?大概没有;至少是我自己还没见过。那么,打旗子的恐怕——即使有例外——多数都是职业的。凭本事挣饭吃,且不提光荣与否,实在不是件容易的事;因此,我不敢轻看戏台上的龙套,也就不便自惭无能,终日在文艺台上幌来幌去,而唱不出一句来。

天才是什么?我分析不上来。怎么能得到它?也至今还未晓得。所以,顶好暂不提它。经验,我可是知道,确是可以从努力中获得,而努力与否是全靠自己的。努力而仍不成功,也许是限于天才,石块不能变成金子,即使放在炉中依法锻炼。但是,努力必有进步,或者连天才者也难例外;那么,努力总会没错儿。于是,我就这样安慰自己,勉励自己:努力呀,打旗子的!是不是打末旗的可以升为打头旗的?我不知道戏班子里的规矩。在文艺台上,至今还没有明文规定升格的办法;假若自己肯努力,也许能往前进一步吧?即使连这在事实上也还难以办到,好,我在心理上抱定此旨,还不行吗?干脆一句话,努力就是了,管它什么!

　　这样,能产生伟大的作品吗?不知道!这样,不害羞自己永远庸庸碌碌吗?没关系!不偷懒、不自馁、不自满,我呀,我只求因努力而能稍稍进步!再进一万步,也许我还摸不着伟大的边儿,那有什么关系呢?努力是我所能的,所应该的;在梦中我曾变为莎士比亚,可惜那只是个梦呀!

载 1940 年 1 月 21 日《新蜀报》

诗　　人

设若有人问我:什么是诗?我知道我是回答不出的。把诗放在一旁,而论诗人,犹之不讲英雄事业,而论英雄其人,虽为二事,但密切相关,而且也许能说得更热闹一些,故论诗人。

好像记得古人说过,诗人是中了魔的人。什么魔?什么是魔?我都不晓得。由我的揣猜大概有两点可注意的:(一)诗人在举动上是有异于常人的,最容易看到的是诗人囚首垢面,有的爱花或爱猫狗如命,有的登高长啸,有的海畔行吟,有的老在闹恋爱或失恋,有的挥金如土,有的狂醉悲歌……在常人的眼中,这些行动都是有失正统的,故每每呼诗人为怪人、为狂士、为败家子。可是,这些狂士(或什么什么怪物)却能写出标准公民与正人君子所不能写的诗歌。怪物也许倾家败产,冻饿而死,但是他的诗歌永远存在,为国家民族的珍宝。这是怎一回事呢?

一位英国的作家仿佛这样说过:写家应该是有女性的人。这句话对不对?我不敢说。我只能猜到,也许本着这位写家自己的经验,他希望写家们要心细如发,像女人们那样精细。我之所以这样猜想者,也许表示了我自己也愿写家们对事物的观察特别详密。诗人的心细,只是诗人应具备的条件之一。不过,仅就这一个条件来说,也许就大有出入,不可不辨。诗人要怎样的心细呢?是不是像看财奴一样,到临死的时候还不放心床畔的油灯是点着一根灯草呢,还是两根?多费一根灯草,足使看财奴伤心落泪,不算奇怪。假若一个诗人也这样办呢?呵,我想天下大概没有这样的诗人!一个人的才力是长于此,则短于彼的。一手打着算盘,一手写着诗,大概是不可能。诗人——也许因为体质的与众人不同,也许因天才与常人有异,也许因为所注意的不是油盐酱醋之类的东西——总有所长,也有所短,有的地方极注意,有的地方极不注意。有人说,诗人是长着四只眼的,所以他能把一团飞絮看成了老翁,能在一粒砂中看见个世界。至于这种眼睛能否辨别钞票的真假,便没有听见说过了。他的眼要看真理,要看山川之美;他的心要世界进步,要人人幸福。他的居心与圣哲相同,恐怕就不屑于,或来不及,再管衣衫的破烂,或见人必须作揖问好了。所以他被称为狂士、为疯子。这狂士对那些小小的举动可以因无关宏旨而忽略,叫大事可就一点也不放松,在别人正兴高采烈,歌舞升平的时节,他会极不得人心的来警告大家。人家笑得正欢,他会痛哭流涕。及至社会上真有了祸患,他会以身谏,他投水,他殉难!正如他平日的那些小举动被视为疯狂,他的这种舍身救世的大节也还是被认为疯狂的表现而结果。即使他没有舍身全节的机会,他也会因不为五斗米而折腰,或不肯赞谀什么权要,而死于贫困。他什么也没有,只有一些诗。诗,救不了他的饥寒,却使整个的民族有些永远不灭的光荣。诗人以饥寒为苦么?那倒也未必,他是中了魔的人!

说不定,我们也许能发现一个诗人,他既爱财如命,也还能写出诗来。这就可以提出第(二)来了:诗人在创作的时候确实有点发狂的样子。所谓灵感者也许就是中魔的意思吧。看,当诗人中了魔,(或者有了灵感),他或碰倒醋瓮,或绕床疾走,或到庙门口去试试应当用"推"还是"敲",或喝上斗酒,真是天翻地覆。他喝茶也吟,睡眠也唱,能够几天几夜,忘寝废食。这时候,他把全部精力全拿出来,每一道神经都在颤动。他忘了钱——假使他平日爱钱。忘了饮食、忘了一切,而把意识中,连下意识中的那最崇高的、最善美的,都拿了出来!把最好的字,最悦耳的音,都配备上去。假使他平日爱钱,到这时节便顾不得钱了!在这时候而有人跟他来算账,他的诗兴便立刻消逝,没法挽回。当作诗的时候,诗人能把他最喜爱的东西推到一边去,什么贵重的东西也比不上诗。诗是他自己的,别的都是外来之物。诗人与看财奴势不两立,至于忘了洗脸,或忘了应酬,就更在情理中了。所以,诗人在平时就有点像疯子;在他作诗的时候,即使平日不疯,也必变成疯子——最快活,最苦痛,最天真,最崇高,最可爱,最伟大的疯子!

皮毛的去学诗人的囚首垢面,或破鞋敝衣,是容易的,没什么意义的。要成为诗人须中魔啊。要掉了头,牺牲了命,而必求真理至善之阐明,与美丽幸福之揭示,才是诗人啊。眼光如豆,心小如鼠,算了吧,你将永远是向诗人投掷石头的,还要作诗么?——写于诗人节

载1941年5月30日《新蜀报》

自 述

抗战第一年的深秋,我带了五十块钱,由济南跑到汉口。一晃儿,四年了!

妻是深明大义的。平日,她的胆子并不大。可是,当我要走的那天,铺子关上了门,飞机整天在飞鸣,人心恐慌到极度,她却把泪落在肚中,沉静的给我打点行李。她晓得必须放我走,所以不便再说什么。四年没听见她的语声了,沉着的静,将永远使我坚强!

儿女都小,不懂别离之苦。小乙帮助妈妈给爸爸拾收东西,而适足以妨碍妈妈。我叱了他一声,他撇了撇嘴,没敢哭出来。至今,我觉得对不起小乙;现在他大概已经学会写几个字了吧?

四年了,每一空闲下来,必然的想起离济南时妻的沉静,与小乙的被叱要哭;想到,泪也就来到;可是,抗战期间,似乎应把个人的难过都忍在心中,不当以泪洗面;我不敢哭。同时,我总设法教自己忙碌;没有空闲,也就没有了闲愁。

要把相当忙碌的四年中所经历的一切都写下来,恐怕不大容易;挑选着说一点吧:

一、我的苦恼:自幼就穷,惯于吃苦。可是,自幼就好洁净,虽在病中也不肯不洗手洗脸,衣服不怕破烂,只怕脏。抗战中,我连好清洁的习惯也不能保持了,很难过。

既爱清洁,很自然也就爱秩序。饮食起卧都有定时,一切东西都有一定的地位。秩序一乱,我就头昏,没法写作。抗战四年，我没有写出很多的文章来，写出的一点也十分拙劣，恐怕没有秩序是个很重要的原因。

爱洁净秩序的人往往好安静。我就是那样。不大爱热闹，不喜欢见生人。可是，在抗战中，没法把自己隐藏起来，什么地方都须去，什么生人都须见，不管我愿意不愿意。设若我能自主，我一定会躲到深山里去。可是流亡四方，原为作一点有益于抗战的事，怎能藏起去呢？也许还有人说我风头十足呢？咱们心里分明；个人内心的痛苦是用不着报告给不关切他的人的。

按理说，上述一些小苦恼本算不了什么。比起抗战将士所受的苦处，这真是微乎其微了。不过，假若我是作着别的事，我想一定不会抱怨什么；我要写作，这就不同了。写作有许多条件，个人的习惯也得算一个。把我放在一个毫无秩序的地方，我实在无法工作。啊，一个人是多么不易适应环境呀！我真钦佩羡慕那些战地的文艺工作者和新闻记者，他们即便是爬在土壕里，还能写他们的笔记或报告。我愿自己也有这种本领！战时的文人，据我看，不但要有文艺上的修养，还须有体质上的准备，"文弱"是战时文人的坏的形容词！可惜，我已年过四十，求不生疾病已属不易；要说一时就把自己练成运动家的模样，或者近乎梦想了。盼望青年文人们都注意到身体！

好清洁与爱秩序绝不是恶劣的习惯，我想不会有人以为我是要养尊处优的去吟风弄月。我之所以提到因不能保持这并不是要不得的习惯而感到苦恼者，倒是为说明假若我有健壮的身体，我就可以连这点苦恼也渐次消灭，使生活的不安毫不影响到我的工作。同时，我还要借此说明：这四年来，我已经没有什么私生活可言。家眷不在我的身边，住处无定，起睡没有定时；别人教我怎样，我就怎样，没有哪一天可以算作我自己的。就是自己的工作，有时候也不能自主；我生活在团体里，我的写作也就往往受人之托，别人出题，我去写。这种没有私生活的生活，给我许多苦痛,可是渐渐的也习惯下来。为了抗战,许多写家是这样的活着;人家既能忍受,我就也得忍受;战争带来的苦难,每一个人都应当分担一些。至于说这种生活妨碍了写作,自然使我最感不快,可是社会上既还没想到文字的事业应当在安静方便的处所去作,而给文人们预备一个工作室,我就只好在忙乱与嘈杂的缝子中,忙里偷闲的去写一点。写不出好东西,还是我自己来负责,不怨别人——要怨,也似乎只好怨自己没有牛一般的力气吧。

二、我的欣悦:抗战以前我不是在青岛,便是在济南,连北平也不大常去。因此,平沪两大文艺本营的工作者,认识我的很少。抗战后,有了见面的机会,我交了许多的朋友。前面说过,我羞见生人;文人中自然也有不少生人,可是我不怕见他们,且愿交为朋友,因为既同是文人,自有相近之处,人虽生,而气味似久已相投,恨未一面耳。

单单是大家呼兄唤弟,不但没有用处,而且也显着肉麻。我的朋友增多,每个人都有他的经验与特长,这才是学习与研究的好机会呀,这才使我欣喜呀!我们谈,我们相互批评,于是我的胆子大起来。不会写剧本么?去讨教!写得不好么?请大家批评!就是在这种友谊中,我才开始练习写诗歌与剧本。除了个人的获得,我也为整个的文艺界欣喜,因为互相教导与批评的风气在抗战中造成,一定不会因抗战胜利而消灭;那么,这种好风气的继续存在,也就是文艺能进步不停的保证。

有了这个欣喜,便克服了一切的小烦恼。什么衣服无人补啊,饿冷无人问啊,都是小事,都是小事!我是干文艺的人,只要在文艺上有所获得,便是获得了生命中最善的努力与成就,虽死不怨。

我希望还能再活二十年。这二十年中须再写出像点样子的十本或十多本作品。这些作品将是在写完以后,约请文友详加批评,而后细细修改;而后再评再改,直到大家与我都满意了才去付印。有今日的欣喜,我相信这对来日的希冀不是个梦想。

三、我的态度:从家里跑出来,是为作一点有助于抗战的事。能作多少,作得好坏,都是才力的问题;我晓得自己的才薄力微,但求不变此心,不问收获多寡。四年来,我已没有了私生活;这使我苦痛,可也使我更努力作事;我不怕被称为无才无能,而怕被识为苟且敷衍。被苦痛所压倒是软弱,软弱到相当的程度便会自暴自弃;这,非我所甘心。我永远不会成为英雄,只求有几分英雄气概;至少须消极的把受苦视为当然,而后用事实表现一点积极的向上精神。

有了此态度;我要作什么就极容易决定了。我所要作的必是我所能作的;我能写点小说之类的东西;那么,写作便是我的无容犹豫的工作。同时,妨碍写作的事也必须避免。作编辑,专心去看别人的文字,便没有时间写自己的,我不干。作教员,即使不管误人子弟与否,一面教书,一面写书,总不会是相得益彰的事,我不干。作官,公事房大概不是什么理想的写作的地方,我不干。削去这些枝节,即使本干还是很单细,但总有可以渐次坚实起来的希望;这个希望我抱定了笔与纸不放手。

幸而我的家眷没有跟着我!假若他们是在我的身边,我虽终日不舍纸笔,恐怕为了油盐酱醋,也要耽搁许多时间,耗费许多精神。说不定,还许为了煤米柴炭去作编辑,教员,或小官。我感激我的妻!

在抗战前,正如在抗战后,我的志愿不大——只求就我所能作的作出一点事来。抗战后之所以异于抗战前者,就是抗战前生活有规律,抗战后生活较比的散漫。生活的没有严整的秩序,影响到我的工作;可是,生活的简单使我心中清楚,虽然感到小小的苦恼,而不至于使我悲观与灰心。同时,我所能作到的,总愿多作出来一些;不能作的我决不轻举妄动。这样,我可以在一方面像耕牛似的慢慢的犁着土，在另一方面我抱定不随便生气动怒的主意。假若我被人骂了一顿，我必检讨自己一番；骂得对呢，我须接受；骂得不对，便一笑置之。无论如何，我不还口。以骂还骂，有时候或者是必要的，但是我不愿这样作。因为我所能作的是写一点小说剧本之类的东西，而骂人并不能与小说剧本相并列，所以即使我会骂人，我也不想开口。我未必能把小说剧本等写得很好，可是我准知道即使骂人骂得极俏皮厉害，也不能代替我那不很好的小说与剧本。因此，假若今天在某刊物或报纸上有骂我的文字，而明天那个刊物或报纸来教我写文章，我还是毫不迟疑的给它写；后来，它又骂了；大后天，再教我写，我还是毫不迟疑的去写。我写不出很好的文章来，但是我总求它有一点文艺性，这才能由学习而逐渐获得一点好的经验。世界上有很好的骂人文字，永垂不朽，但是，并不很多。我没有骂人的天才，所以写诟骂的文字不见得是上算的事；假若我的一本小说可以传到十年百年，我的一篇骂人的短文也不过只能快意一时而已。我很盼望在今天有几个能写骂人文字的人，而且能永垂不朽，给我们的文艺增添一点光彩。可是，这种文字极难写，非有极高的天才与识见不行。若是破口骂骂别人，以增自己的威风，居心已愧，必定骂不出什么名堂，而只虚耗了纸笔，在抗战中（或在任何时期），实无可取！

　　表白自己或者是件讨厌的事。好了我不再多列条目。在第一条里，我说明了自己的苦痛何在，和怎样就可以克服这种苦痛——身体强的才能有充足的战斗力。第二条中，我道出自己的欣喜。这欣喜不是什么利益，而是好学习的心志遇到了可以学习的机会，足以使我更坚定的作个职业的写家，从今天直到入墓。第三条是第一、二两条的产物。我苦痛，就应设法坚强自己，以期继续的工作。我欣喜，就更当削减一切冗叶繁枝，使自己真能成为文艺之林中的一株有出息的小树。

　　这苦恼,这欣喜,与这由苦乐中决定的态度,是四年来生活的实录,不是空想。既是自己生活的实录,就不求别人来批评,因为我只觉得自己这么作是对的,并不希望别人也照方吃一剂。至于这些事实都与抗战有关与否,我觉得十分惭愧:我真愿为国家出力,作出一番轰轰烈烈的事业来,可是因才力所限,因一向没有显身扬名的宏愿,我仅能在文字上表现一点爱国的诚心。从各尽其力的道理来说,我总算没有偷闲偷懒;从报国救亡上来说,我只有惭愧!

载 1941 年 7 月 7 日《大公报》

述　　志

　　自从一九三〇年春天由国外回到北平，我就想作个职业的写家。这个愿望，可是直到抗战的前一年才达到。《骆驼祥子》就是我作职业的写家后的作品。转过年来，就是"七七"抗战那一年，我同时写两部长篇小说，以期每月有一点固定的收入。这两篇，都写了有四五万字，可是正在往外寄稿的时节，芦沟桥的炮声便打碎了一切。这两部有头无尾的稿子，已随着我的全部书籍字画被敌人盗去了。"一二八"上海的大火，烧掉了我的《大明湖》——十万字以上的小说。"七七"后，敌人又劫夺了我所有的书籍字画与文稿。敌人的炮弹虽然到今天还没打伤了我的身体，可是久已击中我的心灵！我没有到过日本，也不识日本文字，所以我不知道日本有什么样的文化，或有无文化。可是我的确知道，日本人会来到我的家里，抢走或烧掉我的心爱的图书与我自己用心血滴成的文章。我要报仇！

　　我既不会打枪，也不会带领人马。想报仇，只有拿紧了我的笔。从"七七"抗战后，我差不多没有写过什么与抗战无关的文字。我想报个人的仇，同时也想为全民族复仇，所以不管我写得好不好，我总期望我的文字在抗战宣传上有一点作用。有的人以为，文艺要过于切近实用，偏重于某一点，则必损失了文艺的从容不迫，或竟至不成为文艺。这，我不愿回答什么，我只知道岳夫子的《满江红》，文天祥的《正气歌》，陆放翁的激昂的诗句，并没毁坏了文艺，而反倒有些千古不灭的正气，使有心人都受感动。我还知道,即使敌人与我个人无仇无怨,可是他抢的是中华的地土,杀的是我的同胞;假若这样的仇恨,还不足激动我的心,我就不算人了,更何有于文艺?我不能再照着王石谷的山水去赞美林壑之美,因为我看到听到我们的山河是被血染红,被火烧焦!我不能再夸赞我窗外的翠竹,因为隔壁已落了炸弹,邻儿的血肉都飞溅到我的窗前!假若我硬闭上眼塞上耳,不见不闻,而依然写"悠然见南山"那样的诗句,我觉得自己既不能再算个有心肠的人,而且我的文字也必都是冰冷的小四方块,即使文艺之神喜欢我这个调调儿,我也宁愿得罪了神仙,而不能不顾及面前的活生生的人。因此,抗战五年来,我不肯去教书,不肯去另谋高就,并不是因为我的写作生活能够使我饱食暖衣,而是因为我要咬住牙,拿住我的笔不放松。这支笔能替我说话,而且能使别人听见,好,它便是我的生命。从一九三〇年我就想作个职业的写家,经过抗战,我想连"职业的"三个字也取消,而干脆说我要永远作个"写家",因为"职业的"一词含有挣钱吃饭之意,而我今天是身无长物,连妻小已都快饿死了。多咱我自己也饿死,我就不能不放下笔;但是在饿死之前,我总要不停的写作,因为我要作个"写家"。

载 1942 年 12 月 15 日《宇宙风》第 129 期

自　　谴

去年在北碚养病的时候我作了一首小诗："雾里梅花江上烟,小三峡外又新年;病中逢酒仍须醉,家在芦沟桥北边!"

既病,又值新年,故有流离之感。可是,这只是那一时的感触。及至身体好了一些,便又忘了病痛与乡思,而想打起精神去做事;即使终身流浪,只要儿辈能"家祭无忘告尔翁"以胜利的消息,便死也安心了。

可是,直到今天,身体还未全好,每逢说多了话,或写多了字,头就发晕。非常的着急,但心越急头便越昏!病是我自己的最大的仇敌!医生嘱咐多吃猪肝脑菠菜与豆腐。可是住在别人的家里,怎好意思发号施令呢?况且,肉已难买到手,还能强使人家专为我自己去找肝与脑吗?有时候,我后悔结过婚;假若我是独身汉,大概就不会在无聊的时候因想念儿女皱眉。没有闲愁,或者就可多写出一些东西。及至遇到了猪肝这一类问题,我又否定了这个悔意,而切盼家眷能够西来;人生要有多少小小的矛盾才算及格呢?!

且不提新的工作,去年未写完的东西到今天还都秃着尾巴。《剑北篇》,到去年秋季,只成了28段。所余的材料,大概还够写12段的。28加12,整40。即使40段未能有一万行——原本是想写成一万行的——可是40这个数倒还齐整,就此结束,未为不可。可是过半年了,并没在28段之外多添上一个字。每逢空袭,我必抱着那足以再成12段的材料入洞;纸已有了破烂的地方,而我还没能把这些将要模糊的字变成韵语。这简直是块心病!是的,即使我能写成40段,它们能算作诗不算,还是个问题,我知道。那么,写完或写不完,又有什么关系呢?不过,"把戏是假的,工夫是真的",我愿把它写完。假若我去扫地,我愿把地扫干净。同样的,虽然写得完整并不就是写得美好,我还愿把它写完。我总觉得有始有终是个好的习惯,虽然这个办法也许并不适用于文艺习作上。

今年春天,《新蜀报》决定出文艺丛书,就把《剑北篇》的前20段要了去,先出上册;等全篇写完,再出下册。上册刚刚印好,恰遇上新蜀印厂失火,同归于尽。莫非这是一个什么谴责么?虽然我并不迷信。

《无形的防线》是个四幕的剧本,从去冬到现在只有了两幕。已写成的两幕,经朋友们看过之后,必须大加改正,才能使三四幕有好戏。可是,这该改正的几十张纸也只作了我的伴侣,别无关系。看见它们,我就伤心;拿起笔来,我就头晕!

《面子问题》——三幕剧本——算是写完了。写完它的那一天,我的头晕开始。有好多新的意思,写完才想起来,都应当加进去,势必得从头另写;头晕阻止了我那么办。

旧欠未清,新的工作就无从说起。今天,可已又到了七七——半年多,什么也没写出来!

头一个七七,我在青岛。第二个七七,在武昌。第三个,在留侯祠。第四个,在陈家桥。今天,这第五个七七,是我头一次在陪都纪念它。

像我这样的一个没有什么用处的人,遇到这样伟大的日子,实在不敢讲说什么,要说,只好说说自己。我总以为每个人要都能尽力于他所能作的,而且经过客观的批判——是最有意义的事,大概社会上就会得到应该由他那里得到的好处。我自己没有什么本事,除了能写点平庸而有时候还清楚的文字。写出来的小说也好,剧本也好,虽然说不到什么文艺,可是也许碰巧能使一个青年,或一个老人,或一个受伤的士兵,得到一点往好里去的鼓励,或一点安慰;这就没白耗费了工夫。这是我能够作的,而且客观的觉得并非全无意义,所以我就这么作了;在抗战前,与抗战中,我始终是这么老老实实的拿定了我的笔。

  一个人也许不见得充分了解他自己吧?假如我去做些别的事,说不定或许比写文章更有好的成绩呢。可是,我不冒险。这个看起来好像是"消极的"态度,却足以保证自己不是以文艺为敲门砖,而到时候就可以放下纸笔,另有所图。有些人,我曾看见,以为别人从事文艺是为了给他们自己搭一座浮桥,等到走过了河便把桥拆掉,而永远不再提起文艺。因此,这些人在一开始弄文艺的时候,便先要打倒别人,诟骂别人,不过也是给自己搭起浮桥而已。这样的人,我永远不愿说什么;即使他们骂到我自己的头上来,我还是相应不理,而只为文艺伤心罢了。在这个消极的态度中,我保持着些积极的精神,文艺决不是我的浮桥,而是我的生命。同时,我也切盼浮桥主义渐次消灭,而使文艺得到它应有的尊严。

  可是,我已有半年多没能写东西了!在抗战中,不是一个人应当做三个人的事么?我却作了半年的废人!这是多么可耻的事呢!没有身体,便没有一切;用脑子的人应当怎么看清他的身体啊!七七,这伟大的日子,我敢说什么呢?没有尽到心力的,就没有说话的资格,我只能谴责自己!

载 1944 年 7 月 7 日《新蜀报》《蜀道》七七复刊纪念号

文　牛

　　干哪一行的总抱怨哪一行不好。在这个年月能在银行里，大小有个事儿，总该满意了，可是我的在银行作事的朋友们，当和我闲谈起来，没有一个不觉得怪委屈的。真的，我几乎没有见过一个满意、夸赞他的职业的。我想，世界上也许有几位满意于他们的职业的人，而这几位人必定是英雄好汉。拿破仑、牛顿、爱因司坦、罗斯福，大概都不抱怨他们的行业"没意思"。虽然不自居拿破仑与牛顿，我自己可是一向满意我的职业。我的职业多么自由啊！我用不着天天按时候上课或上公事房，我不必等七天才到星期日；只要我愿意，我可连着有一个星期的星期日！

　　我的资本很小，纸笔墨砚而已。我的生活可以按照自己的意思安排，白天睡，夜里醒着也好，昼夜都不睡也可以；一日三餐也好，八餐也好！反正我是在我自己的屋里操作，别人也不能敲门进来，禁止我把脚放在桌子上。专凭这一点自由，我就不能不满意我的职业。况且，写得好吧歹吧，大致都能卖出去，喝粥不成问题，倒也逍遥自在；虽然因此而把妒忌我的先生们鼻子气歪，我也没法子代他们去搬正！

　　可是，在近几个月来，也不知怎么我也失去了自信，而时时不满意我的职业了。这是吉是凶，且不去管，我只觉得"不大是味儿"！心里很不好过！

　　我的职业是"写"。只要能写，就万事亨通，可是，近来我写不上来了！问题严重得很，我不晓得生了娃娃而没有奶的母亲怎样痛苦,我可是晓得我比她还更痛苦。没有奶,她可以雇乳娘,或买代乳粉,我没有这些便利。写不出就是写不出,找不到代替品与代替的人。

天天能写一点,确实能觉得很自由自在,赶到了一点也写不出的时节呀,哈哈,你便变成世界上最痛苦的人!你的自由,闲在,正是对你的刑罚;你一分钟一分钟无结果的度过,也就每一分钟都如坐针毡!你不但失去工作与报酬,你简直失去了你自己!

一夏天除了阴雨,我的卧室兼客厅兼饭厅兼浴室兼书房的书房,热得老像一只大火炉。夜间一点钟以后,我才能勉强的进去睡。睡不到四个小时,我就必须起来,好乘早凉儿工作一会儿;一过午,屋内即又成烤炉。一夏天,我没有睡足。睡不足,写的也就不多,一拿笔就觉得困啊。我很着急,但是想不出办法,缙云山上必定凉快,谁去得起呢!

入秋,我本想要"好好"的工作一番,可是天又霉,纸烟的价钱好像疯了似的往上涨。只好戒烟。我曾经声明过:"先上吊,后戒烟!"以示至死不戒烟的决心。现在,自己打了嘴巴。最坏的烟卖到一百元一包(二十枝:我一天须吸三十枝),我没法不先戒烟,以延缓上吊之期了;人都惜命呀!没有烟,我只会流汗,一个字也写不出!戒烟就是自己跟自己摔跤,我怎能写字呢?半个月,没写出一个字!

烟瘾稍杀,又打摆子,本来贫血,摆子使血更贫。于是,头又昏起来。不留神,猛一抬头,或猛一低头,眼前就黑那么一下,老使人有"又要停电"之感,每天早上,总盼着头不大昏,幸而真的比较清爽,我就赶快的高高兴兴去研墨,期望今天一下子能写出两三千字来。墨研好了,笔也拿在手中,也不知怎么的,头中轰的一下,生命成了空白,什么也没有了,除了一点轻微的嗡嗡的响声。这一阵好容易过去了,脑中开始抽着疼,心中烦躁得要狂喊几声！只好把笔放下——文人缴械！一天如此，两天如此，忍心的、耐性的、敷衍自己："明天会好些的！"第三天还是如此，我开始觉得："我完了！"放下笔，我不会干别的！是的，我晓得我应当休息，并且应当吃点补血的东西——豆腐、猪肝、猪脑、菠菜、红萝卜等。但是，这年月谁休息得起呢？紧写慢写还写不出香烟钱怎敢休息呢？至于补品，猪肝岂是好惹的东西，而豆腐又一见双眉紧皱，就是菠菜也不便宜啊！如此说来，理应赶快服点药，使身体从速好起来。可是西药贵如金，而中药又无特效。怎办呢？到了这般地步，我不能不后悔当初为什么单单选择这一门职业了！唱须生的倒了嗓子，唱花旦的损了面容，大概都会明白我的苦痛：这苦痛是来自希望与失望的相触，天天希望，天天失望，而生命就那么一天天的白白的摆过去，摆向绝望与毁灭！

最痛苦是接到朋友征稿的函信的时节。

朋友不仅拿你当作个友人，而且是认为你是会写点什么的人。可是，你须向友人们道歉；你还是你，你也已经不是你——你已不能够作了！

吃的是草，挤出的是牛奶；可是，文人的身体并不和牛一样壮，怎办呢？

青年朋友们，假使你没有变成一头牛的把握，请不要干我这一行事吧；当你写不出字来的时候，你比谁的苦痛都更大！我是永不怨天尤人的人，今天我只后悔自己选错了职业——完全是我自己的事，与别人毫不相干。我后悔作了写家的正如我后悔"没"作生意，或税吏一样；假若我起初就作着囤积居奇，与暗中拿钱的事，我现在岂不正兴高采烈的自庆前程远大么？啊，青年朋友们，尽使你健壮如牛，也还要细想一想再决定吧，即在此处，牛恐怕是永远没有希望的动物，管你，和我一样的，不怨天尤人。

载 1944 年 11 月《华声》第 1 卷第 1 期

大 智 若 愚

学会了作文章,(文章不一定就是文艺),而后中了状元,而后无灾无病作到公卿,这恐怕是历来的文人的最如意的算盘。相传既久,心理就不易一时改变过来;于是在今天也许还有不少的人想用文章猎取利禄与声名。可是,这个心理必须改变,因为它正是把文艺置之死地的祸根。

要搞文艺就必先决定去牺牲。你要忘了个人的利益与幸福,你才能作一辈子文人,为文艺而生,为文艺而死。在物质享受上,稿费版税永远不能比囤积走私的来头大;在精神上,思想永远是自取烦恼的东西。相安无事便是一夜无话,文艺也就无从产生。不甘相安无事,你便必苦心焦虑的思索,而后把那最好的,最有价值的话说出来,而后你还要认真的去驳辩,勇敢的作真理的律师。这些,都给你带来痛苦,也许会要掉了脑袋。好话永远不甜蜜悦耳,而真理永远是用生命换得来的。

这样的说来,你假若想要以一半篇作品取个文艺者的头衔,从而展开一条小小的路径,去弄点钱花,娶个相当漂亮的太太,或且作一番与文艺无关的事业,则似乎大可不必,因为文艺最忌敷衍,最忌脚踩两只船;顶好卖什么吆喝什么,大不该只在"好玩",或"方便"上耍些玄虚。

只要你一想到为文艺服役,你就须马上想到一切苦处,像要去作和尚那样斩尽尘根,硬是准备满身虱子连搔也不去搔一下!你要知道,凡是要救世的都须忘了自己,丧掉了自己的生命。

你要准备下那最高的思想与最深的感情,好长出文艺的花朵,切不可只在文字上用工夫,以文字为神符。文字不过是文艺的工具。一把好锯并不能使人变为好木匠。

即使那是真的,你也不要先去揣摩某人怎么仗着舅舅的力量而印出两本书,或某人怎么出巧计而作了编辑,从而千方百计的去仿效。文艺中无巧可取,你千万别自骗骗人!你知道,文艺者对别人是"大智",对自己却是"大愚"!

载 1945 年 3 月《抗战文艺》第 10 卷第 1 期

三函"良友"

一

琴：

你问我，"怎样既要是个人，而还能不是个傻瓜？"我真没法回答。

老友，你不该拿这样的题目来难我！既是个人，就也必是个傻瓜，难道还有另个看法？生、老、病、死，谁能逃得出去呢？可是当你为失恋而要去跳河，或因辩论失败而一夜不闭眼，你仿佛唯恐死得不快一点似的；傻瓜！

噢，我猜着了！你并不希望我回答那个问题，你晓得那是永没有答案的。你那么问我，是为教我知道你又出了岔子。那也许是很小很小的一个岔子，如不留神被开水烫了手，或老鼠偷吃了你的肥皂等等、等等。你一时动了气，而又觉得值不得对我说，所以搬出个连神仙也得眨眼的问题来。咱们自幼儿就会这一招：小时候，咱们不是不说还要多得两个落花生，而去哭着喊着的向母亲要刚刚升起的月亮么？

算了吧，老琴！（你要不喜欢这个"老"字，"古"琴怎样？）让我们随便的闲扯吧。闲扯是最便宜的娱乐，咱们既都是穷秀才。在古希腊，苏格拉底的时代，在欧洲的文艺复兴时期，有知识的人们都昼夜不断的闲扯。闲扯，即使对任何问题都得不到结论，也会给我们的脑子一些有益的运动。对于一个文艺写家,这是必需的运动。我以为,咱们的大学文学系的学生们吃了很大的亏;他们不会闲扯。他们皱着眉头在讲堂上听讲,他们咬着嘴唇在图书馆里读书,他们像一棵玫瑰整天的吸收水分,呕,几乎是泡在水坑儿里!结果,他们还没有开花,叶子就已经黄了;旱与涝原来同样的能使他们受害。假若他们有机会闲扯,他们必会毫不费力的把吸入的水,在心中回荡一下,而后喷出美丽的花来。他们必定不期然而然的听到很多不同的意见,使他们怀疑书本与教师们的讲演,使他们知道不要永远作书本的奴隶。他们还能听到书本上所没有的事;即使这些事很琐细,可是往往与柴霍甫和莫泊桑所写给我们的一样的有趣味有价值。宇宙所以伟大便是它细巨不遗,包容一切。一个文艺创作者假若只是一座小图书馆,没有一颗露水,没有一根青草,没有猫狗的与人的声音,他会创造出什么呢?那才真是个傻瓜呢!

  你看,每个人的身世遭遇都是一本好小说。闲扯是钥匙,它会开开大家的"心门"。你记得咱们的明老师吗?那位教咱们军乐的先生?他不识字。廿年前,咱们不是常常窃笑他的错用了的新名词吗?你应当记得那回他的帽子被风吹跑,他连呼"冒险"!我们不是差点笑破了肚子吗?廿年不见了,我忽然遇见了他。快三个月了,我几乎天天和他一块儿坐茶馆,吃面条或水饺。你读过我的最近发表的两三篇短篇小说吗?那些材料都是明先生说给我的。

  你要知道,朋友,我并不专以从朋友口中偷取材料为快,我所引以为快的倒是每逢接触一个人,只要我肯和他闲扯,他就教我看见一个新的世界。而且,接触的人越多,我便越觉得自己的藐小。一个极平凡的人,也许有极深厚的感情。即使他的学识与聪明都远不及我,可是他的对父母,或对朋友,或对某项社会事业的热情是会使我由惭愧回想往崇高里去的。还有,每一个人都有一颗心;只要他肯打开他的心,毫无拘束的和我们谈话,我们就会觉得他的心也是肉长的。一个犯过罪的人,并不像你我所想象的那么坏,当他肯和我们谈心的时候。在这里,我们才真能了解一点人道主义。在这里,我们才能明白善与恶并没有极明显的界限,而我们的同情心是要增宽多少倍,才能使我们增多一点人味儿。

忘去你的小小的别扭,让咱们闲扯吧!等你的回信!祝吉!

舍

二

琴:

你的信使我失望!什么!你说不愿闲扯?甚至于不愿再交朋友?我告诉你,那是胡说!

你看,我三岁丧父,家里连黄豆都没有过一升。现在,我已经四十六岁了,还活着呢。奇怪吗?一点也不!我有朋友!我有位好母亲,但是除了我的吃穿而外,她并没给我什么更大的帮助。她给了我生命,给了我衣食,而没给我教育。她不识字。我的哥识字也不多。他自顾还不暇,哪有帮助弟弟的能力呢?我的一切差不多完全由我自己决定,我是个没有舵的小舟。可是,这个小舟并没有被社会的恶浪打碎。他到处遇到慈善的手,把他推或拉到妥当的地方去。我有朋友!

有了朋友,就像有了神佛的保佑,我无须害怕了。我不怕疾痛,我准知道朋友们会作我的最尽心的护士。我不怕寂寞,因为当我在偏僻的地方的时候,我知道朋友们并不会忘了我。我不怕困苦,朋友们会帮我的忙。

有了朋友,我们才有心理上的健康。这并不是说,因为朋友肯帮忙我们,我们能诸事顺利,而心广体胖。我是说,友谊的建

1949年老舍由美国回国途中在香港赴侯宝璋一家宴请时合影。

老舍1952年在家中写作。

立与维持是基于"取与予"。友谊像梭，必须一来一往。我们关切别人，帮助别人，而后我们才泰然的能接受，明白，与欣赏别人对我们的关切与帮助。这，我们才会有了活跃的生活，与和平的心境。一个乖谬的人，不会交友；一个吝啬的人，不肯交友；一个自私的人，不能交友。因为他们没有朋友，所以他们就日甚一日的更乖谬，更吝啬，更自私；而这些——乖谬、吝啬、自私——都不是美德。

友谊不是教我们依赖别人，而是教我们无计较的取与予；在必要的时候，我们会为友人牺牲了性命。

有朋友的人永远不孤独，即使他没有父母兄弟妻小。出卖朋友的人受到最大的惩罚，因为他把自己圈禁在自己的屋子里！失了群的羊最可怜，人也是如此。

友谊不是依赖，也不是希冀格外的原谅，反之，因为要维持友谊，一个人才要自策自励。一个人犯了过错，也许不肯告诉父母妻子，而肯告诉朋友。那并不为求得格外的原谅，使自己得到安慰，而是像对神明忏悔似的，要改过自新。友情会宽容，可是它更喜欢大家一致的向上。一个慢慢由朋友圈中退出来的，必是落伍的人。

琴，不要因为心情不佳，而像蜗牛似的把自己藏在壳里去。把心中的话谈给你的老友吧！我怀疑你是不是因一位友人的冷淡你，而想到与一切朋友隔离。假若我的猜测是对的，你便错了。你要知道，友谊是最民主的，谁也不许控制谁。朋友们的思想不同，性格不同，假若你只找服从你的人，爱友，你必得不到一个真正的友人。友人彼此间的不同处要求着我们彼此谅解，互相承认。在英国的国会里，各党的议员都毫不客气的相互驳辩攻击。可是，在辩论的时候外，他们并不因为政见不同而变为私人间的仇敌。交友也该如此。所以我说友谊是民主的。所期望于友人的是严正的责难规劝，不是互相标榜。我们必须宽大，接受那正放在我们的病痛上的针灸。自尊并不是狂傲;狂傲是人毫无根据的蔑视别人,而自己永远得不到交友的好处。有人得罪你了吗?静静的想一想吧,那不一定是谁的过错呢!

一会儿热,一会儿冷,不单不是好天气,也不是妥善的交友之道。交友的最难处是在能长久的维持友谊。最使我痛心的就是看见多年的老友一旦绝了交。绝交是多么严重的事;可是,绝交的原因往往是为了一点小小的不和。你打算交友,你就须先有所警戒。朋友们,特别是有家小的,住在一处,是最大的不幸。妇人、小孩、仆人,都可以惹起不快与不幸。单说个人的生活习惯,就无法教大家永远和睦的住在一处。你要早起,我可是爱睡早觉;你要上午写作,我呢,又非深夜不能执笔。你看,这两位怎能住在一处而不起冲突呢?朋友们的心要离得近,而身体要保持个相当的距离。我想古人所谓"君子之交淡如水",也许就是这个意思吧?一时的极热,会招来风暴;友谊绝不是一时的结合,而是终生的相助相善。请告诉我,是不是因有人把烟灰弹在你的茶碗里,而使你不快?呕,琴,你应当首先承认一个人有一个人的生活习惯,不要以琐细的行动去断定一个人的心地的善恶。你要学习怎样原谅人。同时,你要把你自己作成个不讨厌的人。原谅友人的缺欠,而滋长自己的长处,你就会于交友中得到修身的益处。

我的语太陈腐,太缺乏刺激,但是我以为最好的,就愿与友朋共之。还敬候你的信!祝吉!

舍

三

琴:

接到你的信。呕,原来是为有人批评了你的作品。你发了气。我不怪你。从前,我也发过这样的气。为安慰你,我可是不能只劝你:"管那些胡说八道干什么!"我们既是好友,我就必须向你说些更深刻一点的话。

在表面上看,写家与批评家仿佛永远像猫与狗那样不相容,而又谁也不能治服了谁。在写家想,我的作品是由心血提炼出来的,我有我自己的方法与目的,不容第二个人开口多管闲事。在批评家想呢,写作的人尽管花费了心血,可是也许只是小狗咬尾巴,而只有批评家能看出那是不是小狗咬尾巴,这两个人的官司永远打不完。

据我看,文艺的心腹人是批评。从一方面看,批评者既不是作家本人,他就无论如何也不能了解写作的过程与辛苦,像作家自己那样清楚。婴儿比赛会的评判者并不是婴儿的母亲。从另一方面看呢,批评者总有那么几句,触到作家的痒肉,批评者也许没有按照作品的原样加以批判,而依着他自己的愿望要求作家给他另一本作品。即使如此,批评者的过分的要求也还是一种启示与刺激。假使作家能稍微忍耐一下,去细细读一读批评文字,他一定会得到一些好处。

是的,我曾为受批评而发怒。但是,在近几年来,我不再生气,而渴望有人批评。假若批评超出了作品,而涉及个人的私德,我便一笑置之。反之,凡是对着作品说的话,不管对与不对,总会使我感到兴趣。

文人相轻是最自然不过的事,因为每一个有良心的文艺工作者必是把心中的最真最善最美的放在作品里,他怎能不自傲得像母亲生了胖娃娃那样呢?相轻,在这种情形下,是必然的。可是,我们必须看清,批评可不是文人相轻的儿女。批评是以文艺批评文艺。它是文艺中的一部门。正如写诗的不可以看轻了写小说的,创作家也不许看轻批评者。批评者的文艺生命就是去批评。假若写家固执的反对批评,不许批评,那只是他自己的过错,他自己会吃很大的亏。有人讨厌猫,因为猫在家畜中是最特立独行的。但是,尽管有人讨厌它,它还存在,而且还不失为个俊美的小动物。同样的,批评也不会因有人讨厌它,它就与世长别。况且,文艺的昌旺绝不能专仗着盲目的大量生产,而是必有人在一旁客观的监视与提醒。批评使文艺清醒。批评的发展也必是文艺的发展。对于全社会的文艺发展是如此,对于一个人的文艺进展也是如此。你看,从我最初从事写作到如今,已经差不多有廿年了;在这廿年中,因个人的才力有限,我始终没有写出什么像样的东西来。可是,即使我没有显然的进步,我却始终没有放弃文艺。为什么?批评使我感到趣味。读了批评文字,我就东试一试,西试一试,随时的去变换我的文字,内容,形式。试验不一定成功,但是试验的兴趣使我紧紧的抱住文艺,廿年如一日,最初,我厌恶批评;慢慢的,我注意了批评;现在,我喜欢批评。因为我不怕批评了,我才学会了自己批评自己。自我批判也许无补于我的才力增加,但是它至少教我不甘自暴自弃,不把我已获得的一点小小成就看成天那么大而毁坏了自己,批评原来是文艺的真正朋友。

不要生气了吧,琴!用批评照一照自己,你会在那面镜子里发现你的鼻子旁边有两个黑痣啊!祝吉!

舍

载 1948 年 1 月上海春明书店《老舍文集》

气。我不怪你。从前,我也发过这样的气。为安慰你,我可是不能只劝你:"管那些胡说八道干什么!"我们既是好友,我就必须向你说些更深刻一点的话。

在表面上看,写家与批评家仿佛永远像猫与狗那样不相容,而又谁也不能治服了谁。在写家想,我的作品是由心血提炼出来的,我有我自己的方法与目的,不容第二个人开口多管闲事。在批评家想呢,写作的人尽管花费了心血,可是也许只是小狗咬尾巴,而只有批评家能看出那是不是小狗咬尾巴,这两个人的官司永远打不完。

据我看,文艺的心腹人是批评。从一方面看,批评者既不是作家本人,他就无论如何也不能了解写作的过程与辛苦,像作家自己那样清楚。婴儿比赛会的评判者并不是婴儿的母亲。从另一方面看呢,批评者总有那么几句,触到作家的痒肉,批评者也许没有按照作品的原样加以批判,而依着他自己的愿望要求作家给他另一本作品。即使如此,批评者的过分的要求也还是一种启示与刺激。假使作家能稍微忍耐一下,去细细读一读批评文字,他一定会得到一些好处。

是的,我曾为受批评而发怒。但是,在近几年来,我不再生气,而渴望有人批评。假若批评超出了作品,而涉及个人的私德,我便一笑置之。反之,凡是对着作品说的话,不管对与不对,总会使我感到兴趣。

文人相轻是最自然不过的事,因为每一个有良心的文艺工作者必是把心中的最真最善最美的放在作品里,他怎能不自傲得像母亲生了胖娃娃那样呢?相轻,在这种情形下,是必然的。可是,我们必须看清,批评可不是文人相轻的儿女。批评是以文艺批评文艺。它是文艺中的一部门。正如写诗的不可以看轻了写小说的,创作家也不许看轻批评者。批评者的文艺生命就是去批评。假若写家固执的反对批评,不许批评,那只是他自己的过错，他自己会吃很大的亏。有人讨厌猫，因为猫在家畜中是最特立独行的。但是，尽管有人讨厌它，它还存在，而且还不失为个俊美的小动物。同样的，批评也不会因有人讨厌它，它就与世长别。况且，文艺的昌旺绝不能专仗着盲目的大量生产，而是必有人在一旁客观的监视与提醒。批评使文艺清醒。批评的发展也必是文艺的发展。对于全社会的文艺发展是如此，对于一个人的文艺进展也是如此。你看，从我最初从事写作到如今，已经差不多有廿年了；在这廿年中，因个人的才力有限，我始终没有写出什么像样的东西来。可是，即使我没有显然的进步，我却始终没有放弃文艺。为什么？批评使我感到趣味。读了批评文字，我就东试一试，西试一试，随时的去变换我的文字，内容，形式。试验不一定成功，但是试验的兴趣使我紧紧的抱住文艺，廿年如一日，最初，我厌恶批评；慢慢的，我注意了批评；现在，我喜欢批评。因为我不怕批评了，我才学会了自己批评自己。自我批判也许无补于我的才力增加，但是它至少教我不甘自暴自弃，不把我已获得的一点小小成就看成天那么大而毁坏了自己，批评原来是文艺的真正朋友。

不要生气了吧，琴！用批评照一照自己，你会在那面镜子里发现你的鼻子旁边有两个黑痣啊！祝吉！

舍

载 1948 年 1 月上海春明书店《老舍文集》

"五四"给了我什么

因家贫,我在初级师范学校毕业后就去挣钱养家,不能升学。在"五四"运动的时候,我正作一个小学校的校长。

以我这么一个中学毕业生(那时候,中学是四年毕业,初级师范是五年毕业),既没有什么学识,又须挣钱养家,怎么能够一来二去地变成作家呢?这就不能不感谢"五四"运动了!

假若没有"五四"运动,我很可能终身作这样的一个人:兢兢业业地办小学,恭恭顺顺地侍奉老母,规规矩矩地结婚生子,如是而已。我绝对不会忽然想起去搞文艺。

这并不是说,作家比小学校校长的地位更高,任务更重;一定不是!我是说,没有"五四",我不可能变成个作家。"五四"给我创造了当作家的条件。

首先是:我的思想变了。"五四"运动是反封建的。这样,以前我以为对的,变成了不对。我幼年入私塾,第一天就先给孔圣人的木牌行三跪九叩的大礼;后来,每天上学下学都要向那牌位作揖。到了"五四",孔圣人的地位大为动摇。既可以否定孔圣人,那么还有什么不可否定的呢?他是大成至圣先师啊!这一下子就打乱了二千年来的老规矩。这可真不简单!我还是我,可是我的心灵变了,变得敢于怀疑孔圣人了!这还了得!假若没有这一招,不管我怎么爱好文艺,我也不会想到跟才子佳人,鸳鸯蝴蝶有所不同的题材,也不敢对老人老事有任何批判。"五四"运动送给了我一双新眼睛。

其次是:"五四"运动是反抗帝国主义的。自从我在小学读书的时候,我就知道了国耻。可是,直到"五四",我才知道一些国耻是怎么来的,而且知道了应该反抗谁和反抗什么。以前,我常常听说"中国不亡,是无天理"这类的泄气话,而且觉得不足为怪。看到了"五四"运动,我才懂得了"天下兴亡,匹夫有责"。这运动使我看见了爱国主义的具体表现,明白了一些救亡图存的初步办法。反封建使我体会到人的尊严,人不该作礼教的奴隶;反帝国主义使我感到中国人的尊严,中国人不该再作洋奴。这两种认识就是我后来写作的基本思想与情感。虽然我写的并不深刻,可是若没有"五四"运动给了我这点基本东西,我便什么也写不出了。这点基本东西迫使我非写不可,也就是非把封建社会和帝国主义所给我的苦汁子吐出来不可!这就是我的灵感,一个献身文艺写作的灵感。

最后,"五四"运动也是个文艺运动。白话已成为文学的工具。这就打断了文人腕上的锁铐——文言。不过,只运用白话并不能解决问题。没有新思想,新感情,用白话也可以写出非常陈腐的东西。新的心灵得到新的表现工具,才能产生内容与形式一致新颖的作品。"五四"给了我一个新的心灵,也给了我一个新的文学语言。

感谢"五四",它叫我变成了作家,虽然不是怎么了不起的作家。

载 1957 年 5 月 4 日《解放军报》

何容何许人也

粗枝大叶的我可以把与我年纪相仿佛的好友们分为两类。这样的分类可是与交情的厚薄一点也没关系。第一类是因经济的压迫或别种原因,没有机会充分发展自己的才力,到二十多岁已完全把生活放在挣钱养家,生儿养女等等上面去。他们没工夫读书,也顾不得天下大事,眼睛老钉在自己的忧喜得失上。他们不仅不因此而失去他们的可爱,而且可羡慕,因为除非遇上国难或自己故意作恶,他们总是苦乐相抵,不会遇到什么大不幸。他们不大爱思想,所以喝杯咸菜酒也很高兴。

第二类差不多都是悲剧里的角色。他们有机会读书;同情于,或参加过,革命;知道,或想去知道,天下大事;会思想或自己以为会思想。这群朋友几乎没有一位快活的。他们的生年月日就不对:都生在前清末年,现在都在三十五与四十岁之间。礼义廉耻与孝弟忠信,在他们心中还有很大的分量。同时,他们对于新的事情与道理都明白个几成。以前的作人之道弃之可惜,于是对于父母子女根本不敢作什么试验。对以后的文化建设不愿落在人后,可是别人革命可以发财,而他们革命只落个"忆昔当年……"。他们对于一切负着责任:前五百年,后五百年,全属他们管。可是一切都不管他们,他们是旧时代的弃儿,新时代的伴郎。谁都向他们讨税,他们始终就没有二亩地,这些人们带着满肚子的委屈,而且还得到处扬着头微笑,好像天下与自己都很太平似的。

在这第二类的友人中,有的是徘徊于尽孝呢,还是为自己呢?有的是享受呢,还是对家小负责呢?有的是结婚呢,还是保持个人的自由呢?……花样很多,而其基本音调是一个——徘徊、迟疑、苦闷。他们可是也并不敢就干脆不挣扎,他们的理智给感情画出道儿来,结果呢,还是努力的维持旧局面吧,反正得站一面儿,那么就站在自幼儿习惯下来的那一面好啦。这可不是偷懒,捡着容易的作,也不是不厌恶旧而坏的势力,而实在需要很大的勉强或是——说得好听一点——牺牲;因为他们打算站在这一面,便无法不舍掉另一面,而这个另一面正自带着许多媚人的诱惑力量。

何容兄是这样朋友中的一位代表。在革命期间,他曾吃过枪弹:幸而是打在腿上,所以现在还能"不"革命的活着。革命吧,不革命吧,他的见解永不落在时代后头。可是在他的行为上,他比提倡尊孔的人还更古朴,这里所指的提倡尊孔者还是那真心想翼道救世的。他没有一点"新"气,更提不到"洋"气。说卫生,他比谁都晓得。但是他的生活最没规律:他能和友人们一谈谈到天亮,他决不肯只陪到夜里两点。可有一点,这得看是什么朋友;他要是看谁不顺眼,连一分钟也不肯空空的花费。他的"古道"使他柔顺像个羊,同时能使他硬如铁。当他硬的时候,不要说巴结人,就是泛泛的敷衍一下也不肯。在他柔顺的时候,他的感情完全受着理智的调动:比如说友人的小孩病得要死,他能昼夜的去给守着,而面上老是微笑,希望他的笑能减少友人一点痛苦;及至友人们都睡了,他才独对着垂死的小儿落泪。反之,对于他以为不是东西的人,他全任感情行事,不管人家多么难堪。他"承认"了谁,谁就是完人;有了错过他也要说而张不开口。他不承认谁,乘早不必讨他的厌去。

怎样能被他"承认"呢?第一个条件是光明磊落。所谓光明磊落就是一个人能把旧礼教中那些舍己从人的地方用在一切行动上。而且用得自然单纯,不为着什么利益与必期的效果。他不反对人家讲恋爱,可是男的非给女的提着小伞与低声下气的连唤"嘀耳"不可,他便受不住了,他以为这位先生缺乏点丈夫气概。他不是不明白在"追求"期间这几乎是照例的公事,可是他遇到这种事儿,便夸大的要说他的话了:"我的老婆给我扛着伞,能把人碰个跟头的大伞!"他,真的,不让何太太扛伞。真的,他也不能给她扛伞。他不佩服打老婆的人,加倍的不佩服打完老婆而出来给她提小伞的人,后者不光明磊落。

　　光明磊落使他不能低三下四的求爱,使他穷,使他的生活没有规律,使他不能多写文章——非到极满意不肯寄走,改、改、改,结果文章失去自然的风趣。作什么他都出全力,为是对得起人,而成绩未必好。可是他愿费力不讨好,不肯希望"歪打正着"。他不常喝酒,一喝起来他可就认了真,喝酒就是喝酒;醉?活该! 在他思索的时候,他是心细如发。他以为不必思索的事,根本不去思索,譬如喝酒,喝就是了,管它什么。他的心思忽细忽粗,正如其为人忽柔忽硬。他并不是疯子,但是这种矛盾的现象,使他"阔"不起来。对于自己物质的享受,他什么都能将就;对于择业择友,一点也不将就。他用消极的安贫去平衡他所不屑的积极发展。无求于人,他可以冷眼静观宇宙了,所以他幽默。他知道自己矛盾,也看出世事矛盾,他的风凉话是含着这双重的苦味。

　　是的,他不像别的朋友们那样有种种无法解决的,眼看着越缠越紧而翻不起身的事。以他来比较他们,似乎他还该算个幸运的。可是我拿他作这群朋友的代表。正因为他没有显然的困难,他的悲哀才是大家所必不能避免的,不管你如何设法摆脱。显然的困难是时代已对个人提出清账,一五一十,清清楚楚。他的默默悲哀是时代与个人都微笑不语,看到底谁能再敷衍下去。他要想敷衍呢,他便须和一切妥协:旧东西中的好的坏的,新东西中的好的坏的,一齐等着他给喊好;自要他肯给它们喊好,他就颇有希望成为有出路的人。他不能这么办。同时他也知道毁坏了自己并不是怎样了不得的事,他不因不妥协而变成永不洗脸的名士。革命是有意义的事,可是他已先偏过了。怎办呢?他只交下几个好朋友,大家到一块儿,有的说便说,没的说彼此就楞着也好。他也教书,也编书,月间进上几十块钱就可以过去。他不讲穿,不讲究食住,外表上是平静沉默,心里大概老有些人家看不见的风浪。真喝醉了的时候也会放声的哭,也许是哭自己,也许是哭别人。

他知道自己的毛病,所以不吹腾自己的好处。不过,他不想改他的毛病,因为改了毛病好像就失去些硬劲儿似的。努力自励的人,假若没有脑子,往往比懒一些的更容易自误误人。何容兄不肯拿自己当个猴子耍给人家看。好、坏,何容是何容:他的微笑似乎表示着这个。对好友们,他才肯说他的毛病,像是:"起居无时,饮食无节,衣冠不整,礼貌不周,思而不学,好求甚解而不读书……"只有他自己才能说得这么透澈。催他写文章,他不说忙,而是"慢与忙有关系,因优故忙。"因为"作文章像暖房里人工孵鸡,鸡孵出来了,人得病一场!"

他若穿起军服来,很像个营里的书记长。胸与肩够宽,可惜脸上太白了些,不完全像个兵。脸白,可并不美。穿起蓝布大衫,又像个学校里不拿事的庶务员。面貌与服装都没什么可说,他的态度才是招人爱的地方,老是安安稳稳,不慌不忙,不多说话,但说出来就得让听者想那么一会儿。香烟不离口;酒不常喝,而且喝多了在两天之后才现醉象——这使朋友们视他为"异人";他自己也许很以此自豪,虽然"晚醉"和"早醉"是一样受罪的。他喜爱北平,大概最大的原因是北平有几位说得来的朋友。

载 1935 年 12 月《人间世》第 41 期

宗月大师

在我小的时候,我因家贫而身体很弱。我九岁才入学。因家贫体弱,母亲有时候想教我去上学,又怕我受人家的欺侮,更因交不上学费,所以一直到九岁我还不识一个字。说不定,我会一辈子也得不到读书的机会。因为母亲虽然知道读书的重要,可是每月间三四吊钱的学费,实在让她为难。母亲是最喜脸面的人。她迟疑不决,光阴又不等待着任何人,荒来荒去,我也许就长到十多岁了。一个十多岁的贫而不识字的孩子,很自然的去作个小买卖——弄个小筐,卖些花生、煮豌豆、或樱桃什么的。要不然就是去学徒。母亲很爱我,但是假若我能去作学徒,或提篮沿街卖樱桃而每天赚几百钱,她或者就不会坚决的反对。穷困比爱心更有力量。

有一天刘大叔偶然的来了。我说"偶然的",因为他不常来看我们。他是个极富的人,尽管他心中并无贫富之别,可是他的财富使他终日不得闲,几乎没有工夫来看穷朋友。一进门,他看见了我。"孩子几岁了?上学没有?"他问我的母亲。他的声音是那么洪亮,(在酒后,他常以学喊俞振庭的《金钱豹》自傲)他的衣服是那么华丽,他的眼是那么亮,他的脸和手是那么白嫩肥胖,使我感到我大概是犯了什么罪。我们的小屋,破桌凳,土炕,几乎禁不住他的声音的震动。等我母亲回答完,刘大叔马上决定:"明天早上我来,带他上学,学钱、书籍,大姐你都不必管!"我的心跳起多高,谁知道上学是怎么一回事呢!

第二天,我像一条不体面的小狗似的,随着这位阔人去入学。学校是一家改良私塾,在离我的家有半里多地的一座道士庙里。庙不甚大,而充满了各种气味:一进山门先有一股大烟味,紧跟着便是糖精味,(有一家熬制糖球糖块的作坊)再往里,是厕所味,与别的臭味。学校是在大殿里。大殿两旁的小屋住着道士,和道士的家眷。大殿里很黑、很冷。神像都用黄布挡着,供桌上摆着孔圣人的牌位。学生都面朝西坐着,一共有三十来人。西墙上有一块黑板——这是"改良"私塾。老师姓李,一位极死板而极有爱心的中年人。刘大叔和李老师"嚷"了一顿,而后教我拜圣人及老师。老师给了我一本《地球韵言》和一本《三字经》。我于是,就变成了学生。

自从作了学生以后,我时常的到刘大叔的家中去。他的宅子有两个大院子,院中几十间房屋都是出廊的。院后,还有一座相当大的花园。宅子的左右前后全是他的房屋,若是把那些房子齐齐的排起来,可以占半条大街。此外,他还有几处铺店。每逢我去,他必招呼我吃饭,或给我一些我没有看见过的点心。他绝不以我为一个苦孩子而冷淡我,他是阔大爷,但是他不以富傲人。

在我由私塾转入公立学校去的时候,刘大叔又来帮忙。这时候,他的财产已大半出了手。他是阔大爷,他只懂得花钱,而不知道计算。人们吃他,他甘心教他们吃;人们骗他,他付之一笑。他的财产有一部分是卖掉的,也有一部分是被人骗了去的。他不管;他的笑声照旧是洪亮的。

到我在中学毕业的时候,他已一贫如洗,什么财产也没有了,只剩了那个后花园。不过,在这个时候,假若他肯用用心思,去调整他的产业,他还能有办法教自己丰衣足食,因为他的好多财产是被人家骗了去的。可是,他不肯去请律师。贫与富在他心中是完全一样的。假若在这时候,他要是不再随便花钱,他至少可以保住那座花园，和城外的地产。可是，他好善。尽管他自己的儿女受着饥寒，尽管他自己受尽折磨，他还是去办贫儿学校，粥厂，等等慈善事业。他忘了自己。就是在这个时候，我和他过往的最密。他办贫儿学校，我去作义务教师。他施舍粮米，我去帮忙调查及散放。在我的心里，我很明白：放粮放钱不过只是延长贫民的受苦难的日期，而不足以阻拦住死亡。但是，看刘大叔那么热心，那么真诚，我就顾不得和他辩论，而只好也出点力了。即使我和他辩论，我也不会得胜，人情是往往能战败理智的。

在我出国以前，刘大叔的儿子死了。而后，他的花园也出了手。他入庙为僧，夫人与小姐入庵为尼。由他的性格来说，他似乎势必走入避世学禅的一途。但是由他的生活习惯上来说，大家总以为他不过能念念经，布施布施僧道而已，而绝对不会受戒出家。他居然出了家。在以前，他吃的是山珍海味，穿的是绫罗绸缎。他也嫖也赌。现在，他每日一餐，入秋还穿着件夏布道袍。这样苦修，他的脸上还是红红的，笑声还是洪亮的。对佛学，他有多么深的认识，我不敢说。我却真知道他是个好和尚，他知道一点便去作一点，能作一点便作一点。他的学问也许不高，但是他所知道的都能见诸实行。

出家以后，他不久就作了一座大寺的方丈。可是没有好久就被驱除出来。他是要作真和尚，所以他不惜变卖庙产去救济苦人。庙里不要这种方丈。一般的说，方丈的责任是要扩充庙产，而不是救苦救难的。离开大寺，他到一座没有任何产业的庙里作方丈。他自己既没有钱，他还须天天为僧众们找到斋吃。同时，他还举办粥厂等等慈善事业。他穷，他忙，他每日只进一顿简单的素餐，可是他的笑声还是那么洪亮。他的庙里不应佛事，赶到有人来请，他便领着僧众给人家去唪真经，不要报酬。他整天不在庙里，但是他并没忘了修持；他持戒越来越严，对经义也深有所获。他白天在各处筹钱办事，晚间在小室里作工夫。谁见到这位破和尚也不曾想到他曾是个在金子里长起来的阔大爷。

去年，有一天他正给一位圆寂了的和尚念经，他忽然闭上了眼，就坐化了。火葬后，人们在他的身上发现许多舍利。

没有他，我也许一辈子也不会入学读书。没有他，我也许永远想不起帮助别人有什么乐趣与意义。他是不是真的成了佛？我不知道。但是，我的确相信他的居心与言行是与佛相近似的。我在精神上物质上都受过他的好处，现在我的确愿意他真的成了佛，并且盼望他以佛心引领我向善，正像在三十五年前，他拉着我去入私塾那样！

他是宗月大师。

载 1940 年 1 月 23 日《华西日报》

敬悼许地山先生

地山是我的最好的朋友。以他的对种种学问好知喜问的态度,以他的对生活各方面感到的趣味,以他的对朋友的提携辅导的热诚,以他的对金钱利益的淡薄,他绝不像个短寿的人。每逢当我看见他的笑脸,握住他的柔软而戴着一个翡翠戒指的手,或听到他滔滔不断的讲说学问或故事的时候,我总会感到他必能活到八九十岁,而且相信若活到八九十岁,他必定还能像年轻的时候那样有说有笑,还能那样说干什么就干什么,永不驳回朋友的要求,或给朋友一点难堪。

地山竟自会死了——才将快到五十的边儿上吧。

他是我的好友。可是,我对于他的身世知道的并不十分详细。不错,他确是告诉过我许多关于他自己的事情;可是,大部分都被我忘掉了。一来是我的记性不好;二来是当我初次看见他的时候,我就觉得"这是个朋友",不必细问他什么;即使他原来是个强盗,我也只看他可爱;我只知道面前是个可爱的人,就是一点也不晓得他的历史,也没有任何关系!况且,我还深信他会活到八九十岁呢。让他讲那些有趣的故事吧,让他说些对种种学术的心得与研究方法吧;至于他自己的历史,忙什么呢?等他老年的时候再说给我听,也还不迟啊!

可是,他已经死了!

我知道他是福建人。他的父亲作过台湾的知府——说不定他就生在台湾。他有一位舅父,是个很有才而后来作了不十分规矩的和尚的。由这位舅父,他大概自幼就接近了佛说,读过不少的佛经。还许因为这位舅父的关系,他曾在仰光一带住过,给了他不少后来写小说的资料。他的妻早已死去,留下一个小女孩。他手上的翡翠戒指就是为纪念他的亡妻的。从英国回到北平,他续了弦。这位太太姓周,我曾在北平和青岛见到过。

以上这一点:事实恐怕还有说得不十分正确的地方,我的记性实在太坏了!记得我到牛津去访他的时候,他告诉了我为什么老戴着那个翡翠戒指;同时,他说了许许多多关于他的舅父的事。是的,清清楚楚的我记得他由述说这位舅父而谈到禅宗的长短,因为他老人家便是禅宗的和尚。可是,除了这一点,我把好些极有趣的事全忘得一干二净;后悔没把它们都笔记下来!

我认识地山,是在二十年前了。那时候,我的工作不多,所以常到一个教会去帮忙,作些"社会服务"的事情。地山不但常到那里去,而且有时候住在那里,因此我认识了他。我呢,只是个中学毕业生,什么学识也没有。可是地山在那时候已经在燕大毕业而留校教书,大家都说他是个很有学问的青年。初一认识他,我几乎不敢希望能与他为友,他是有学问的人哪!可是,他有学问而没有架子,他爱说笑话,村的雅的都有;他同我去吃八个铜板十只的水饺,一边吃一边说,不一定说什么,但总说得有趣。我不再怕他了。虽然不晓得他有多大的学问,可是的确知道他是个极天真可爱的人了。一来二去,我试着步去问他一些书本上的事;我生怕他不肯告诉我,因为我知道有些学者是有这样脾气的:他可以和你交往,不管你是怎样的人;但是一提到学问,他就不肯开口了;不是他不肯把学问白白送给人,便是不屑于与一个没学问的人谈学问——他的神态表示出来,跟你来往已是降格相从,至于学问之事,哈哈……但是,地山绝对不是这样的人。他愿意把他所知道的告诉人,正如同他愿给人讲故事。他不因为我向他请教而轻视我,而且也并不板起面孔表示他有学问。和谈笑话似的,他知道什么便告诉我什么,没有矜持,没有厌倦,教我佩服他的学识,而仍认他为好友。学问并没有毁坏了他的为人,像那些气焰千丈的"学者"那样,他对我如此,对别人也如此;在认识他的人中,我没有听到过背地里指摘他,说他不够个朋友的。

　　不错,朋友们也有时候背地里讲究他;谁能没有些毛病呢。可是,地山的毛病只是朋友们又气又笑的那一种,绝无损于他的人格。他不爱写信。你给他十封信,他也未见得答复一次;偶而回答你一封,也只是几个奇形怪状的字,写在一张随手拾来的破纸上。我管他的字叫作鸡爪体,真是难看。这也许是他不愿写信的原因之一吧?另一毛病是不守时刻。口头的或书面的通知,何时开会或何时集齐,对他绝不发生作用。只要他在图书馆中坐下,或和友人谈起来,就不用再希望他还能看看钟表。所以,你设若不亲自拉他去赴会就约,那就是你的过错;他是永远不记着时刻的。

　　一九二四年初秋,我到了伦敦,地山已先我数日来到。他是在美国得了硕士学位,再到牛津继续研究他的比较宗教学的;还未开学,所以先在伦敦住几天,我和他住在了一处。他正用一本中国小商店里用的粗纸账本写小说,那时节,我对文艺还没有发生什么兴趣,所以就没大注意他写的是哪一篇。几天的工夫,他带着我到城里城外玩耍,把伦敦看了一个大概。地山喜欢历史,对宗教有多年的研究,对古生物学有浓厚的兴趣。由他领着逛伦敦,是多么有趣、有益的事呢!同时,他绝对不是"月亮也是外国的好"的那种留学生。说真的,他有时候过火的厌恶外国人。因为要批判英国人,他甚至于连英国人有礼貌,守秩序,和什么喝汤不准出响声,都看成愚蠢可笑的事。因此,我一到伦敦,就借着他的眼睛看到那古城的许多宝物,也看到它那阴暗的一方面,而不至胡胡涂涂的断定伦敦的月亮比北平的好了。

不久，他到牛津去入学。暑假寒假中，他必到伦敦来玩几天。"玩"这个字，在这里，用得很妥当，又不很妥当。当他遇到朋友的时候，他就忘了自己：朋友们说怎样，他总不驳回。去到东伦敦买黄花木耳，大家作些中国饭吃？好！去逛动物园？好！玩扑克牌？好！他似乎永远没有忧郁，永远不会说"不"。不过，最好还是请他闲扯。据我所知道的，除各种宗教的研究而外，他还研究人学、民俗学、文学、考古学；他认识古代钱币，能鉴别古画，学过梵文与巴利文。请他闲扯，他就能——举个例说——由男女恋爱扯到中古的禁欲主义，再扯到原始时代的男女关系。他的故事多书本上的佐证也丰富。他的话一会儿低降到贩夫走卒的俗野，一会儿高飞到学者的深刻高明。他谈一整天并无倦容，大家听一天也不感疲倦。

不过，你不要让他独自溜出去。他独自出去，不是到博物院，必是入图书馆。一进去，他就忘了出来。有一次，在上午八九点钟，我在东方学院的图书馆楼上发现了他。到吃午饭的时候，我去唤他，他不动。一直到下午五点，他才出来，还是因为图书馆已到关门的时间的原故。找到了我，他不住的喊"饿"，是啊，他已饿了十点钟。在这种时节，"玩"字是用不得的。

牛津不承认他的美国的硕士学位，所以他须花二年的时光再考硕士。他的论文是法华经的介绍，在预备这本论文的时候，他还写了一篇相当长的文章，在世界基督教大会（？）上去宣读。这篇文章的内容是介绍道教。在一般的浮浅传教师心里，中国的佛教与道教不过是与非洲黑人或美洲红人所信的原始宗教差不多。地山这篇文章使他们闻所未闻，而且得到不少宗教学学者的称赞。

他得到牛津的硕士。假若他能继续住二年，他必能得到文学博士——最荣誉的学位。论文是不成问题的，他能于很短的期间预备好。但是，他必须再住二年；校规如此，不能变更。他没有住下去的钱,朋友们也不能帮助他。他只好以硕士为满意,而离开英国。

在他离英以前,我已试写小说。我没有一点自信心,而他又没工夫替我看看。我只能抓着机会给他朗读一两段。听过了几段,他说"可以,往下写吧!"这,增多了我的勇气。他的文艺意见,在那时候,仿佛是偏重于风格与情调;他自己的作品都多少有些传奇的气息,他所喜爱的作品也差不多都是浪漫派的。他的家世,他的在南洋的经验,他的旧文学的修养,他的喜研究学问而又不忍放弃文艺的态度,和他自己的生活方式,我想,大概都使他倾向着浪漫主义。

单说:他的生活方式吧。我不相信他有什么宗教的信仰,虽然他对宗教有深刻的研究,可是,我也不敢说宗教对他完全没有影响。他的言谈举止都像个诗人。假若把"诗人"按照世俗的解释从他的生活中发展起来,他就应当有很古怪奇特的行动与行为。但是,他并没作过什么怪事。他明明知道某某人对他不起,或是知道某某人的毛病,他仍然是一团和气,以朋友相待。他不会发脾气。在他的嘴里,有时候是乱扯一阵,可是他的私生活是很严肃的,他既是诗人,又是"俗"人。为了读书,他可以忘了吃饭。但一讲到吃饭,他却又不惜花钱。他并不孤高自赏。对于衣食住行他都有自己的主张,可是假若别人喜欢,他也不便固执己见。他能过很苦的日子。在我初认识他的几年中,他的饭食与衣服都是极简单朴俭。他结婚后,我到北平去看他,他的住屋衣服都相当讲究了。也许是为了家庭间的和美,他不便于坚持己见吧。虽然由破夏布裙子换为整齐的绫罗大衫,他的脱口而出的笑话与戏谑还完全是他,一点也没改。穿什么,吃什么,他仿佛都能随遇而安,无所不可。在这里和在其他的好多地方,他似乎受佛教的影响较基督教的为多,虽然他是在神学系毕业,而且也常去作礼拜。他像个禅宗的居士,而绝不能成为一个清教徒。

不但亲戚朋友能影响他,就是不相识而偶然接触的人也能临时的左右他。有一次,我在"家"里,他到伦敦城里去干些什么。日落时,他回来了,进门便笑,而且不住的摸他的刚刚刮过的脸。我莫名其妙。他又笑了一阵。"教理发匠挣去两镑多!"我吃了一惊。那时候,在伦敦理发普通是八个便士,理发带刮脸也不过是一个先令,"怎能花两镑多呢?"原来是理发匠问他什么,他便答应什么,于是用香油香水洗了头,电气刮了脸,还不得用两磅多么?他绝想不起那样打扮自己,但是理发匠的钱罐是不能驳回的!

自从他到香港大学任事,我们没有会过面,也没有通过信;我知道他不喜欢写信,所以也就不写给他。抗战后,为了香港文协分会的事,我不能不写信给他了,仍然没有回信。可是,我准知道,信虽没来,事情可是必定办了。果然,从分会的报告和友人的函件中,我晓得了他是极热心会务的一员。我不能希望他按时回答我的信,可是我深信他必对分会卖力气,他是个极随便而又极不随便的人,我知道。

我自己没有学问,不能妥切的道出地山在学术上的成就何如。我只知道,他极用功,读书很多,这就值得钦佩,值得效法。对文艺,我没有什么高明的见解,所以不敢批评地山的作品。但是我晓得,他向来没有争过稿费,或恶意的批评过谁。这一点,不但使他能在香港文协分会以老大哥的身分德望去推动会务,而且在全国文艺界的团结上也有重大的作用。

是的,地山的死是学术界文艺界的极重大的损失! 至于谈到他与我私人的关系,我只有落泪了;他既是我的"师",又是我的好友!

啊,地山! 你记得给我开的那张"佛学入门必读书"的单子吗? 你用功,也希望我用功;可是那张单子上的六十几部书,到如今我一部也没有读啊!

　　你记得给我打电报,叫我到济南车站去接周校长① 吗?多么有趣的电报啊!知道我不认识她,所以你教她穿了黑色旗袍,而电文是:"×日×时到站接黑衫女"!当我和妻接到黑衫女的时候,我们都笑得闭不上口啊。朋友,你托友好作一件事,都是那样有风趣啊!啊,昔日的趣事都变成今日的泪源。你怎可以死呢!

　　不能再往下写了……

载 1941 年 8 月 17 日《大公报》

---

① 周校长,即许地山夫人的妹妹。

我所认识的沫若先生

关于沫若先生,据我看,至少有五方面值得赞述:

(一)他的文艺作品的创作及翻译;

(二)在北伐期间,他的革命功业;

(三)他在考古学上的成就;

(四)抗战以来,他的抗敌工作;

(五)他的为人。

对以上的五项,可怜,我都没有资格说话,因为:

(一)他的文艺作品及翻译,我没有完全读过,不敢乱说;而马上去搜集他的全部著作,从事研读,在今天,恐怕又不可能。

(二)关于北伐期间他的革命工作,他自己已经写出了一点;以后他还许有更详细的自述,用不着我替他说;要说,我也所知无几。

(三)对于他的考古学的成就,我只知道:遇有机会,我总是小学生似的恭听他讲说古史或古文字。因为,据专家们说:今日治考古学的人们可分为三类,第一类是学有家数,生经入史,根底坚深,但不习外国言语,昧于科学方法,用力至苦而收获无多。第二类是略知科学方法,复有研究趣味,而旧学根底不够,失之浮浅。第三类是通古如今,新旧兼胜,既不泥古,复能出新,研究结果乃能照耀全世。沫若先生,据专家们说,就属于第三类。这,我只能相信他们的话。当我恭听他讲述的时候,我只怀疑自己的理解力,一句类似批评的话也不敢说,——一个外行怎敢去批评内行们所推崇的内行呢?

(四)至于抗战以来,他的抗敌工作,是眼前的事情,人人知道,我并不比别人知道的多到哪里去,也就用不着多开口。

(五)关于他的为人,我照样的没有说话的资格,因为我认识他才不过四年。

不过一位新闻记者既可以由一面之缘而写印象记,那么,相识四年,还不可以放开胆子么?根据这个聊以自解的理由,我现在要说几句没有资格来说的话。

由四年来的观察,我觉得沫若先生是个:

(一)绝顶聪明的人,这里所说的"聪明",并不指他的多才多艺而言,因为我要说的是他的为人,而不是介绍他在文艺上与学术上的才力与成就。我说他是绝顶聪明,因为他知道他自己的天才,知道他自己的地位,而完全不利用它们去取得个人的利益与享受。反之,他老想把自己的才力聪明用到他以为有意义的事上去,即使因此而受到很大的物质上的损失和身心上的苦痛,他也不皱一皱眉!他敢去革命,敢去受苦,敢从日本小鬼的眼皮下逃回祖国,来抵抗日本小鬼!我管这叫作愚傻的聪明,假若愚傻就是舍利趋义的意思的话。这种聪明才是一个诗人的伟大处:有了它,诗人的人格才宝气珠光。

(二)沫若先生是个五十岁的小孩,因为他永是那么天真、热烈,使人看到他的笑容,他的怒色,他的温柔和蔼,而看不见,仿佛是,他的岁数。他永远真诚,等到他因真诚而受了骗的时候,他也会发怒——他的怒色是永不藏起去的。这个脾气使他不能自己的去多知多闻,对什么都感觉趣味;假若是他的才力所能及的,他便不舍昼夜去研究学习,他写字,他作诗,他学医,他翻译西洋文学名著,他考古……而且,他都把它们作得好;他是头狮子,扑什么都用全力,等到他把握到一种学术或技艺,他会像小孩拆开一件玩具那么天真,高兴,去告诉别人,领导别人;他的学问,正和他的生命一样,是要献给社会、国家、与世界的。他对人也是如此,虽然不能有求必应,但凡是他所能作到的,无不尽心尽力的去为人帮忙。最使我感动的是他那随时的,真诚而并不正颜厉色的,对朋友们的规劝。这规劝,像春晓的微风似的,使人不知不觉的感到温暖,而不能不感谢他。好几次了,他注意到我贪酒。好几次了,当我辞别他的时候,他低声的,微笑的,像极怕伤了我的心似的,说:"少喝点酒啊!"好多次了,我看见他这样规劝别人——绝不是老大哥的口气,而永远是一种极同情,极关切的劝慰。在我不认识他的时候,我以为他是一条猛虎;现在,相识已有四年。我才知道他是个伏虎罗汉。

啊,五十岁的老小孩,我相信你会继续在创作上,学术研究上,抗敌工作上,用你的聪明;也相信,你会在创作研究等等而外,还时时给我们由你心中发出的春风!

载 1942 年 6 月《抗战文艺》第 7 卷第 6 期

我的母亲

母亲的娘家是北平德胜门外，土城儿外边，通大钟寺的大路上的一个小村里。村里一共有四五家人家，都姓马。大家都种点不十分肥美的地，但是与我同辈的兄弟们，也有当兵的，作木匠的，作泥水匠的，和当巡察的。他们虽然是农家，却养不起牛马，人手不够的时候，妇女便也须下地作活。

对于姥姥家，我只知道上述的一点。外公外婆是什么样子，我就不知道了，因为他们早已去世。至于更远的族系与家史，就更不晓得了；穷人只能顾眼前的衣食，没有功夫谈论什么过去的光荣；"家谱"这字眼，我在幼年就根本没有听说过。

母亲生在农家，所以勤俭诚实，身体也好。这一点事实却极重要，因为假若我没有这样的一位母亲，我以为我恐怕也就要大大的打个折扣了。

母亲出嫁大概是很早，因为我的大姐现在已是六十多岁的老太婆，而我的大外甥女还长我一岁啊。我有三个哥哥，四个姐姐，但能长大成人的，只有大姐，二姐，三姐，三哥与我。我是"老"儿子。生我的时候，母亲已有四十一岁，大姐二姐已都出了阁。

由大姐与二姐所嫁入的家庭来推断，在我生下之前，我的家里，大概还马马虎虎的过得去。那时候定婚讲究门当户对，而大姐丈是作小官的，二姐丈也开过一间酒馆，他们都是相当体面的人。

可是,我,我给家庭带来了不幸:我生下来,母亲晕过去半夜,才睁眼看见她的老儿子——感谢大姐,把我揣在怀中,致未冻死。

一岁半,我把父亲"克"死了。

兄不到十岁,三姐十二三岁,我才一岁半,全仗母亲独力抚养了。父亲的寡姐跟我们一块儿住,她吸鸦片,她喜摸纸牌,她的脾气极坏。为我们的衣食,母亲要给人家洗衣服,缝补或裁缝衣裳。在我的记忆中,她的手终年是鲜红微肿的。白天,她洗衣服,洗一两大绿瓦盆。她作事永远丝毫也不敷衍,就是屠户们送来的黑如铁的布袜,她也给洗得雪白。晚间,她与三姐抱着一盏油灯,还要缝补衣服,一直到半夜。她终年没有休息,可是在忙碌中她还把院子屋中收拾得清清爽爽。桌椅都是旧的,柜门的铜活久已残缺不全,可是她的手老使破桌面上没有尘土,残破的铜活发着光。院中,父亲遗留下的几盆石榴与夹竹桃,永远会得到应有的浇灌与爱护,年年夏天开许多花。

哥哥似乎没有同我玩耍过。有时候,他去读书;有时候,他去学徒;有时候,他也去卖花生或樱桃之类的小东西。母亲含着泪把他送走,不到两天,又含着泪接他回来。我不明白这都是什么事,而只觉得与他很生疏。与母亲相依为命的是我与三姐。因此,他们作事,我老在后面跟着。他们浇花,我也张罗着取水;她们扫地,我就撮土……从这里,我学得了爱花,爱清洁,守秩序。这些习惯至今还被我保存着。

有客人来,无论手中怎么窘,母亲也要设法弄一点东西去款待。舅父与表哥们往往是自己掏钱买酒肉食,这使她脸上羞得飞红,可是殷勤的给他们温酒作面,又给她一些喜悦。遇上亲友家中有喜丧事,母亲必把大褂洗得干干净净,亲自去贺吊——份礼也许只是两吊小钱。到如今如我的好客的习性,还未全改,尽管生活是这么清苦,因为自幼儿看惯了的事情是不易改掉的。

姑母常闹脾气。她单在鸡蛋里找骨头。她是我家中的阎王。直到我入了中学,她才死去,我可是没有看见母亲反抗过。"没受过婆婆的气,还不受大姑子的吗?命当如此!"母亲在非解释一下不足以平服别人的时候,才这样说。是的,命当如此。母亲活到老,穷到老,辛苦到老,全是命当如此。她最会吃亏。给亲友邻居帮忙,她总跑在前面:她会给婴儿洗三——穷朋友们可以因此少花一笔"请姥姥"钱——她会刮痧,她会给孩子们剃头,她会给少妇们绞脸……凡是她能作的,都有求必应。但是吵嘴打架,永远没有她。她宁吃亏,不逗气。当姑母死去的时候,母亲似乎把一世的委屈都哭了出来,一直哭到坟地。不知道哪里来的一位侄子,声称有承继权,母亲便一声不响,教他搬走那些破桌子烂板凳,而且把姑母养的一只肥母鸡也送给他。

可是,母亲并不软弱。父亲死在庚子闹"拳"的那一年。联军入城,挨家搜索财物鸡鸭,我们被搜两次。母亲拉着哥哥与三姐坐在墙根,等着"鬼子"进门,街门是开着的。"鬼子"进门,一刺刀先把老黄狗刺死,而后入室搜索。他们走后,母亲把破衣箱搬起,才发现了我。假若箱子不空,我早就被压死了。皇上跑了,丈夫死了,鬼子来了,满城是血光火焰,可是母亲不怕,她要在刺刀下,饥荒中,保护着儿女。北平有多少变乱啊,有时候兵变了,街市整条的烧起,火团落在我们院中。有时候内战了,城门紧闭,铺店关门,昼夜响着枪炮。这惊恐,这紧张,再加上一家饮食的筹划,儿女安全的顾虑,岂是一个软弱的老寡妇所能受得起的?可是,在这种时候,母亲的心横起来,她不慌不哭,要从无办法中想出办法来。她的泪会往心中落!这点软而硬的个性,也传给了我。我对一切人与事,都取和平的态度,把吃亏看作当然的。但是,在作人上,我有一定的宗旨与基本的法则,什么事都可将就,而不能超过自己划好的界限。我怕见生人,怕办杂事,怕出头露面;但是到了非我去不可的时候,我便不得不去,正像我的母亲。从私塾到小学,到中学,我经历过起码有廿位教师吧,其中有给我很大影响的,也有毫无影响的,但是我的真正的教师,把性格传给我的,是我的母亲。母亲并不识字,她给我的是生命的教育。

　　当我在小学毕了业的时候,亲友一致的愿意我去学手艺,好帮助母亲。我晓得我应当去找饭吃,以减轻母亲的勤劳困苦。可是,我也愿意升学。我偷偷的考入了师范学校——制服,饭食,书籍,宿处,都由学校供给。只有这样,我才敢对母亲提升学的话。入学,要交十元的保证金。这是一笔巨款!母亲作了半个月的难,把这巨款筹到,而后含泪把我送出门去。她不辞劳苦,只要儿子有出息。当我由师范毕业,而被派为小学校校长,母亲与我都一夜不曾合眼。我只说了句:"以后,您可以歇一歇了!"她的回答只有一串串的眼泪。我入学之后,三姐结了婚。母亲对儿女是都一样疼爱的,但是假若她也有点偏爱的话,她应当偏爱三姐,因为自父亲死后,家中一切的事情都是母亲和三姐共同撑持的。三姐是母亲的右手。但是母亲知道这右手必须割去,她不能为自己的便利而耽误了女儿的青春。当花轿来到我们的破门外的时候,母亲的手就和冰一样的凉,脸上没有血色——那是阴历四月,天气很暖。大家都怕她晕过去。可是,她挣扎着,咬着嘴唇,手扶着门框,看花轿徐徐的走去。不久,姑母死了。三姐已出嫁,哥哥不在家,我又住学校,家中只剩母亲自己。她还须自晓至晚的操作,可是终日没人和她说一句话。新年到了,正赶上政府倡用阳历,不许过旧年。除夕,我请了两小时的假。由拥挤不堪的街市回到清炉冷灶的家中。母亲笑了。及至听说我还须回校,她楞住了。半天,她才叹出一口气来。到我该走的时候,她递给我一些花生,"去吧,小子!"街上是那么热闹,我却什么也没看见,泪遮迷了我的眼。今天,泪又遮住了我的眼,又想起当日孤独的过那凄惨的除夕的慈母。可是慈母不会再候盼着我了,她已入了土!

儿女的生命是不依顺着父母所设下的轨道一直前进的,所以老人总免不了伤心。我廿三岁,母亲要我结了婚,我不要。我请来三姐给我说情,老母含泪点了头。我爱母亲,但是我给了她最大的打击。时代使我成为逆子。廿七岁,我上了英国。为了自己,我给六十多岁的老母以第二次打击。在她七十大寿的那一天,我还远在异域。那天,据姐姐们后来告诉我,老太太只喝了两口酒,很早的便睡下。她想念她的幼子,而不便说出来。

七七抗战后,我由济南逃出来。北平又像庚子那年似的被鬼子占据了,可是母亲日夜惦念的幼子却跑西南来。母亲怎样想念我,我可以想象得到,可是我不能回去。每逢接到家信,我总不敢马上拆看,我怕,怕,怕,怕有那不祥的消息。人,即使活到八九十岁,有母亲便可以多少还有点孩子气。失了慈母便像花插在瓶子里,虽然还有色有香,却失去了根。有母亲的人,心里是安定的。我怕,怕,怕家信中带来不好的消息,告诉我已是失了根的花草。

去年一年,我在家信中找不到关于老母的起居情况。我疑虑,害怕。我想象得到,如有不幸,家中念我流亡孤苦,或不忍相告。母亲的生日是在九月,我在八月半写去祝寿的信,算计着会在寿日之前到达。信中嘱咐千万把寿日的详情写来,使我不再疑虑。十二月二十六日,由文化劳军的大会上回来,我接到家信。我不敢拆读。就寝前,我拆开信,母亲已去世一年了!

生命是母亲给我的。我之能长大成人,是母亲的血汗灌养的。我之能成为一个不十分坏的人,是母亲感化的。我的性格,习惯,是母亲传给的。她一世未曾享过一天福,临死还吃的是粗粮。唉!还说什么呢?心痛!心痛!

大地的女儿

我与史沫特莱初次会面是在一九四六年九月里,以前,闻名而不曾见过面。

见面的地点是雅门(XADDO)。雅门是美国纽约省的一所大花园,有一万多亩地。园内有松林、小湖、玫瑰圃、楼馆,与散在松荫下的单间书房。此园原为私产。园主是财主,而喜艺术。他死后,继承人们组织了委员会,把园子作为招待艺术家来创作的地方。这是由一九二六年开始的,到现在已招待过五百多位艺术家。招待期间,客人食宿由园中供给。

园林极美,地方幽静。这的确是安心创作的好地点。当我被约去住一个月的时候,史沫特莱正在那里撰写朱德总司令传。

客人们吃过早饭,即到林荫中的小书房去工作。游园的人们不得到书房附近来,客人们也不得凑到一处聊天。下午四点,工作停止,客人们才到一处,或打球、或散步、或划船。晚饭后,大家在一处或闲谈、或下棋、或跳舞、或喝一点酒。这样,一个月里,我差不多都能见到史沫特莱。

她最初给我的印象是:这是个烈性的女人。及至稍熟识了一点,才知道她是路见不平,拔刀相助,如烈性男儿,可又善于体贴,肯服侍人,像个婆婆妈妈的中年妇人。赶到读了她的自传,《大地的女儿》,我更明白了她是既敢冲破一切网罗束缚的战士,又是个多情的女子。因此,她非常的可爱,她在工作之暇,总是挑头儿去跳舞、下棋、或喝两杯酒。这些小娱乐与交际,使大家都愿意接近她;她既不摆架子,又不装腔作势。她真纯。她有许多印度亲戚与朋友。赶到他们来到,她就按着东方的习俗招待他们,拿出所有的钱给他们花,把自己的床让给他们睡,还给他们洗衣服、做饭。她并不因为自己思想前进,而忽略了按照着老办法招呼亲友。

虽然如此,她却无时无地不给当时的中国的解放区与苏联作宣传。在作这种宣传的时候,她还是针对着对象,适当的发言,不犯急性病。比如,有两次她到新从战场上退役的士兵里去活动,教他们不要追随着老退伍军人作反动的事情,她就约我同去,先请我陈诉蒋介石政权是多么腐烂横暴,而后她自己顺着我的话再加以说明。她并不一下子就说中国的解放区怎么好——那会教文化不高的士兵害怕,容易误认为她要劝他们加入共产党。同样的,她与一位住在雅门的英国作家讨论世界大势的时候,她也留着神,不一下子就赶尽杀绝。那位英国作家参加过西班牙内战,痛恨法西斯主义。可是,正和许多别的英国文化人一样,他一方面反法西斯,却一方面又为英国工党政府的反动政策作辩护,反对苏联。史沫特莱有心眼,知道自己要是一个劲的说苏联好,必会劳而无功,或者弄得双方面红耳赤,下不来台。她总先提:苏联的建设是全世界的一个新理想,新试验,他就是人类的光明。因此,我们不能只就某一件事去批评苏联,而须高瞻远瞩的为苏联着想,为全人类的光明远景着想。我们若是依据着别人的话语去指摘苏联,便会减低了我们的理想,遮住了人类的光明。这种苦口婆心的,识大体的规劝,对于可左可右的知识分子是大有说服力量的。

可是,她并不老婆婆妈妈。当她看到不平的事情,她会马上冒火,准备开打。有一次,我们到市里去吃饭,(雅门园距市里有二英里,可以慢慢走去)看见邻桌坐着一男一女两位黑人。坐了二十多分钟,没有人招呼他们。女的极感不安,想要走出去,男的不肯。史沫特莱过去把他们让到我们桌上来,同时叫过跑堂的质问为什么不伺候黑人。那天,有某进步的工会正在市里开年会,她准备好,假若跑堂的出口不逊,她会马上去找开会的工人代表们,来兴师问罪。幸而,跑堂的见她声色俱厉,在她面前低了头;否则,那天会出些事故的。

后来,她来过纽约,为控诉麦克阿瑟。可惜,我没有见着她。据说:麦克阿瑟说她是红侦探,所以她一怒来到纽约起诉。她一点也没看起占据日本的加料天皇。

也因为她,雅门后来遭受检查与检举,说那里窝藏危险人物,传播危险思想。雅门招待过不少前进的艺术家,不过史沫特莱是最招眼毒的。

在雅门的时候,我跟她谈到那时候国内文艺作家的贫困。她马上教我起草一封信,由她打出多少份,由她寄给美国的前进作家们。结果,我收到了大家的献金一千四百多元,存入银行。我没法子汇寄美金,又由她写信给一位住在上海的友人,教她把美金交给那时候的文协负责人。她的热心、肯受累、肯负责,令人感动、感激。

从她的精力来看,她不像个早死的人。她的死是与美国在第二次大战后,日甚一日的走向法西斯化,大有关系。单是这个恶劣倾向,已足使许多开明的知识分子感到痛苦,而史沫特莱又是身受其害的人,就不能不悲愤抑郁,以至伤害了她的健康。我不大知道她临死时的情况,但是我的确知道这几年中,美国人被压迫病了的、疯了的、自杀了的,也不在少数。

在她去世以前,我知道,她曾有机会到印度去。可是她告诉我:要走,我就再到中国去!

美国政府不允许她再到中国来,她只能留下遗嘱把尸身埋葬在她所热爱的中国去。她临死还向那要侵略中国的美国战争贩子,与诬蔑新中国的政客财阀们抗议——她的骨头要埋在中

1954年老舍与胡絜青在家中。

老舍写作照。

国的地土里。她是中国人民的真朋友。

在她的心里,没有国籍的种族的宗教的成见。她热爱世界上所有的劳苦大众,她自己就是劳苦出身。她受过劳苦人民所受的压迫、饥寒、折磨,所以哪里有劳苦人民的革命,她就往哪里去。她认识中国人,同情中国人,热爱中国人,死了还把尸骨托付给中国人,因为她认识了中国的革命是人民的革命。安眠吧,大地的女儿,你现在是睡在人民革命胜利了的地土中!

载 1951 年 5 月 6 日《光明日报》

悼念罗常培先生

与君长别日,悲忆少年时……

听到罗莘田(常培)先生病故的消息,我就含着热泪写下前面的两句。我想写好几首诗,哭吊好友。可是,越想泪越多,思想无法集中,再也写不下去!

悲忆少年时!是的,莘田与我是小学的同学。自初识到今天已整整有五十年了!叫我怎能不哭呢?这五十年间,世界上与国家里起了多大的变化呀,少年时代的朋友绝大多数早已不相闻问或不知下落了。在莘田活着的时候,每言及此,我们就都觉得五十年如一日的友情特别珍贵!

我记得很清楚:我从私塾转入学堂,即编入初小三年级,与莘田同班。我们的学校是西直门大街路南的两等小学堂。在同学中,他给我的印象最深,他品学兼优。而且长长的发辫垂在肩前;别人的辫子都垂在背后。虽然也吵过嘴,可是我们的感情始终很好。下午放学后,我们每每一同到小茶馆去听评讲《小五义》或《施公案》。出钱总是他替我付。我家里穷,我的手里没有零钱。

不久,这个小学堂改办女学。我就转入南草厂的第十四小学,莘田转到报子胡同第四小学。我们不大见面了。到入中学的时候,我们俩都考入了祖家街的第三中学,他比我小一岁,而级次高一班。他常常跃级,因为他既聪明,又肯用功。他的每门功课都很好,不像我那样对喜爱的就多用点心,不喜爱的就不大注意。在"三中"没有好久,我即考入北京师范,为的是师范学校既免收学膳费,又供给制服与书籍。从此,我与莘田又不常见了。

师范毕业后,我即去办小学,莘田一方面在参议院作速记员,一方面在北大读书。这就更难相见了。我们虽不大见面,但未相忘。此后许多年月中都是如此,忽聚忽散,而始终彼此关切。直到解放后,我们才又都回到北京,常常见面,高高兴兴地谈心道故。

莘田是学者,我不是。他的著作,我看不懂。那么,我们俩为什么老说得来,不管相隔多远,老彼此惦念呢?我想首先是我俩在作人上有相同之点,我们都耻于巴结人,又不怕自己吃点亏。这样,在那污浊的旧社会里,就能够独立不倚,不至被恶势力拉去作走狗。我们愿意自食其力,哪怕清苦一些。记得在抗日战争中,我在北碚,莘田由昆明来访,我就去卖了一身旧衣裳,好请他吃一顿小饭馆儿。可是,他正闹肠胃病,吃不下去。于是,相视苦笑者久之。

是的,遇到一处,我们总是以独立不倚,作事负责相勉。志同道合,所以我们老说得来。莘田的责任心极重,他的学生们都会作证。学生们大概有点怕他,因为他对他们的要求,在治学上与为人上,都很严格。学生们也都敬爱他,因为他对自己的要求也严格。他不但要求自己把学生教明白,而且要求把他们教通了,能够去独当一面,独立思考。他是那么负责,哪怕是一封普通的信,一张字条,也要写得字正文清,一丝不苟。多少年来,我总愿向他学习,养成凡事有条有理的好习惯,可总没能学到家。

莘田所重视的独立不倚的精神,在旧社会里有一定的好处。它使我们不至于利欲熏心,去淌混水。可是它也有毛病,即孤高自赏,轻视政治。莘田的这个缺点也正是我的缺点。我们因不关心政治,便只知恨恶反动势力,而看不明白革命运动。我们武断地以为二者既都是搞政治，就都不清高。在革命时代里，我们犯了错误——只有些爱国心，而不认识革命道路。细想起来，我们的独立不倚不过是独善其身，但求无过而已。我们的四面不靠，来自黑白不完全分明。我们总想远远躲开黑暗势力，而躲不开，可又不敢亲近革命。直到革命成功，我们才明白救了我们的是革命，而不是我们自己的独立不倚！

是的，到解放后，我们才看出自己的错误，从而都愿随着共产党走，积极为人民服务。彼此见面，我们不再提独立不倚，而代之以关心政治，改造思想。可是，多年来养成的思想习惯往往阻碍着我们的思想跃进。莘田哪，假若你能多活几岁，我相信我们会互相督励，勤于学习，叫我们的心眼更亮堂一些，胸襟更开朗一些，忘掉个人的小小顾虑，而全心全意地接受党的领导，作出更多更好的工作来！你死的太早了！

莘田虽是博读古籍的学者，却不轻视民间文学。他喜爱戏曲与曲艺，常和艺人们来往，互相学习。他会唱许多折昆曲。莘田哪，再也听不到你的圆滑的嗓音，高唱《长生殿》与《夜奔》了！

安眠吧，莘田！我知道：这二三年来，你的最大苦痛就是因为身体不好，不能照常工作，老觉得对不起党与人民！安眠吧，在治学与教学上你尽了所能尽的心力，在政治思想上你更不断地学习，改造自己，儿女们都已长大，朋友与学生们都不会忘了你，休息吧！特别重要的是，我们都知道，并且永难忘记：党怎么爱护你，信任你！疾病夺去你的生命，你的朋友、学生和子女却都会因你所受的爱护与教育而感激党，靠近党，从而全心全意地努力于社会主义的建设！安眠吧，五十年的老友！明年来祭你的时候，祖国的革命事业必又有飞跃的发展与成就，你含笑休息吧！

载 1959 年 1 月号《中国语文》

梅兰芳同志千古

我们正在大兴安岭上游览访问,忽然听到梅兰芳同志病逝的消息。我们都黯然者久之,热泪欲坠!我们之中,有的是梅大师的朋友,有的只看过他的表演,伤心却是一致的。谁都知道这是全国戏曲界的一个重大损失!

我有许多话要说,但是心中悲痛,无法安排好我的话语。我只好想到什么就说什么。在这心酸意乱的时刻中,我已控制不住自己的感情,无法有条有理的讲话!

我与梅大师一同出国访问过两次,一次到朝鲜,一次到苏联。在行旅中,我们行则同车,宿则同室。在同车时,他总是把下铺让给我,他睡上铺。他知道我的腰腿有病。同时,他虽年过花甲,但因幼工结实,仍矫健如青年人。看到他上去下来,那么轻便敏捷,我常常对友人们说:大师一定长寿,活到百龄是很可能的!是呀,噩耗乍来,我许久不能信以为真!

不论是在车上,还是在旅舍中,他总是早起早睡,劳逸结合。起来,他便收拾车厢或房间:不仅把被子叠得整整齐齐,而且不许被单上有一些皱纹。收拾完自己的,他还过来帮助我,他不许桌上有一点烟灰,衣上有点尘土。他的手不会闲着。他在行旅中,正如在舞台上,都一丝不苟地处理一切。他到哪里,哪里就得清清爽爽,有条有理,开辟个生活纪律发着光彩的境地。

在闲谈的时候,他知道的便源源本本地告诉我;他不知道的就又追问到底。他诲人不倦,又肯广问求知。他不叫已有的成就限制住明日的发展。这就难怪,他在中年已名播全世,而在晚年还有新的贡献。他的确是活到老、学到老的人。

每逢他有演出任务的时候,在登台前好几小时就去静坐或静卧不语。我赶紧躲开他。他要演的也许是《醉酒》,也许是《别姬》。这些戏,他已演过不知多少次了。可是,他仍然要用半天的时间去准备。不,不仅准备,他还思索在哪一个身段,或某一句的行腔上,有所改进。艺术的锤炼是没有休止的!

他很早就到后台去,检查一切。记得:有一次,他演《醉酒》,几个宫娥是现由文工团调来的。他就耐心地给她们讲解一切,并帮助她们化装。他发现有一位宫娥,面部的化装很好,而耳后略欠明洁,他马上代她重新敷粉。他不许舞台上有任何敷衍的地方,任何对不起观众的地方。舞台是一幅图画,一首诗,必须一笔不苟!

在我这次离京以前,他告诉我:将到西北去演戏,十分高兴。他热爱祖国,要走遍各省,叫全国人民看见他,听到他,并向各种地方戏学习。他总是这样热情地愿献出自己的劳动,同时吸收别人的长处。五十多年的舞台生活,他给我们创造了多少新的东西啊!这些创造正是他随时随地学习,力除偏见与自满的结果。

他不仅是京剧界的一代宗师,继往开来,风格独创,他的勤学苦练,自强不息的精神,他的爱国爱党,为民族争光的热情,也是我们一般人都应学习的!

在朝鲜时,我们饭后散步,听见一间小屋里有琴声与笑语,我们便走了进去。一位志愿军的炊事员正在拉胡琴,几位战士在休息谈笑。他就烦炊事员同志操琴,唱了一段。唱罢,我向大家介绍他,屋中忽然静寂下来。待了好一会儿,那位炊事员上前拉住他的双手,久久不放,口中连说:梅兰芳同志!梅兰芳同志!这位同志想不起别的话来!

梅兰芳同志千古

我们正在大兴安岭上游览访问,忽然听到梅兰芳同志病逝的消息。我们都黯然者久之,热泪欲坠!我们之中,有的是梅大师的朋友,有的只看过他的表演,伤心却是一致的。谁都知道这是全国戏曲界的一个重大损失!

我有许多话要说,但是心中悲痛,无法安排好我的话语。我只好想到什么就说什么。在这心酸意乱的时刻中,我已控制不住自己的感情,无法有条有理的讲话!

我与梅大师一同出国访问过两次,一次到朝鲜,一次到苏联。在行旅中,我们行则同车,宿则同室。在同车时,他总是把下铺让给我,他睡上铺。他知道我的腰腿有病。同时,他虽年过花甲,但因幼工结实,仍矫健如青年人。看到他上去下来,那么轻便敏捷,我常常对友人们说:大师一定长寿,活到百龄是很可能的!是呀,噩耗乍来,我许久不能信以为真!

不论是在车上,还是在旅舍中,他总是早起早睡,劳逸结合。起来,他便收拾车厢或房间:不仅把被子叠得整整齐齐,而且不许被单上有一些皱纹。收拾完自己的,他还过来帮助我,他不许桌上有一点烟灰,衣上有点尘土。他的手不会闲着。他在行旅中,正如在舞台上,都一丝不苟地处理一切。他到哪里,哪里就得清清爽爽,有条有理,开辟个生活纪律发着光彩的境地。

在闲谈的时候,他知道的便源源本本地告诉我;他不知道的就又追问到底。他诲人不倦,又肯广问求知。他不叫已有的成就限制住明日的发展。这就难怪,他在中年已名播全世,而在晚年还有新的贡献。他的确是活到老、学到老的人。

每逢他有演出任务的时候,在登台前好几小时就去静坐或静卧不语。我赶紧躲开他。他要演的也许是《醉酒》,也许是《别姬》。这些戏,他已演过不知多少次了。可是,他仍然要用半天的时间去准备。不,不仅准备,他还思索在哪一个身段,或某一句的行腔上,有所改进。艺术的锤炼是没有休止的!

他很早就到后台去,检查一切。记得:有一次,他演《醉酒》,几个宫娥是现由文工团调来的。他就耐心地给她们讲解一切,并帮助她们化装。他发现有一位宫娥,面部的化装很好,而耳后略欠明洁,他马上代她重新敷粉。他不许舞台上有任何敷衍的地方,任何对不起观众的地方。舞台是一幅图画,一首诗,必须一笔不苟!

在我这次离京以前,他告诉我:将到西北去演戏,十分高兴。他热爱祖国,要走遍各省,叫全国人民看见他,听到他,并向各种地方戏学习。他总是这样热情地愿献出自己的劳动,同时吸收别人的长处。五十多年的舞台生活,他给我们创造了多少新的东西啊!这些创造正是他随时随地学习,力除偏见与自满的结果。

他不仅是京剧界的一代宗师,继往开来,风格独创,他的勤学苦练,自强不息的精神,他的爱国爱党,为民族争光的热情,也是我们一般人都应学习的!

在朝鲜时,我们饭后散步,听见一间小屋里有琴声与笑语,我们便走了进去。一位志愿军的炊事员正在拉胡琴,几位战士在休息谈笑。他就烦炊事员同志操琴,唱了一段。唱罢,我向大家介绍他,屋中忽然静寂下来。待了好一会儿,那位炊事员上前拉住他的双手,久久不放,口中连说:梅兰芳同志!梅兰芳同志!这位同志想不起别的话来!

今天我在兴安岭中,大草原上,也只能南望悲呼:梅兰芳同志!梅兰芳同志!梅兰芳同志离开我们了,梅兰芳同志永垂不朽!

载1961年《北京文艺》9月号